A ERA DA ESCURIDÃO

TIM LAHAYE
& BOB PHILLIPS

A ERA DA ESCURIDÃO

A PROFECIA DA BABILÔNIA – LIVRO 4

Tradução
Marcelo Almada

BestSeller

CIP-BRASIL. CATALOGAÇÃO-NA-FONTE
SINDICATO NACIONAL DOS EDITORES DE LIVROS, RJ.

L185e LaHaye, Tim F., 1926-
A era da escuridão: a profecia da Babilônia, livro 4: romance / Tim LaHaye e Bob Phillips; tradução: Marcelo Almada. - Rio de Janeiro: Best*Seller*, 2011.

Tradução de: The edge of darkness
ISBN 978-85-7684-344-3

1. Bíblia - Antiguidades - Ficção. 2. Babilônia (Cidade extinta) - Ficção.3. Dagan (Divindade grega). 4. Romance americano. I. Phillips, Bob, 1940-. II. Almada, Marcelo. III. Título.

10-6461 CDD: 813
CDU: 821.111(73)-3

Texto revisado segundo o novo Acordo Ortográfico da Língua Portuguesa.

Título original norte-americano
THE EDGE OF DARKNESS

Publicado mediante acordo com The Bantam Dell Publishing Group, uma divisão da Random House, Inc.

Capa: Sérgio Campante
Editoração eletrônica: Abreu's System

Impresso no Brasil

ISBN 978-85-7684-344-3

Dedicado a todos aqueles que percebem que este mundo
é uma confusão irreversível e que querem acreditar
que existe esperança de um mundo melhor amanhã.

PREFÁCIO
de Tim LaHaye

UM FAMOSO CIENTISTA apresentou uma sombria previsão ao dizer: "Não vejo futuro além do ano 2025 para o mundo tal como o conhecemos." Mais otimista, outro profetizou que 2050 seria o ano do Juízo Final! Há pouca esperança para os adolescentes de hoje.

Nos dias atuais, abundam armas de destruição em massa nas mãos de terroristas; países rebeldes, como a Coreia do Norte, que não pretendem renunciar às armas nucleares a fim de chantagear o mundo com regimes ditatoriais implacáveis comprovadamente sem consideração pela vida, e, agora, a ascensão ao poder de um louco islâmico que se autodefiniu na ONU como destinado a criar o caos no mundo para que seu profeta volte à Terra e instaure uma ditadura islâmica mundial.

Correndo o risco de parecer demasiadamente negativo, citemos mais problemas no domínio da natureza: terremotos de intensidades inusitadas (alguns acima de 9 na escala Richter), furacões sem precedentes, epidemias fora de controle, como a Aids – que ameaça dizimar a África –, a ameaça de uma epidemia de "gripe asiática"... e a lista continua. Estamos nos aproximando de um tempo de escuridão.

Contudo, esse não é o fim! Os profetas hebreus, Jesus Cristo e seus apóstolos advertiram várias vezes que tais dias viriam. Por isso, comecei esta série de *thrillers* de ação baseados nas profecias bíblicas; para mostrar que, mesmo à beira da escuridão, há muita esperança para o futuro.

O professor Michael Murphy, empolgante herói da nossa série *A profecia da Babilônia*, é a pessoa perfeita para interpretar os tempos à luz das antigas profecias da Bíblia. Esse estudioso de arqueologia e profecias bíblicas encontra grande satisfação em provar, do ponto de vista arqueológico, a exatidão da Bíblia.

Este livro não poderia ser mais oportuno. Oferece uma resposta intrigante e extremamente relevante para os problemas do planeta e os tempos em que estamos vivendo.

UM

Chamem de instinto, intuição ou malícia, o fato é que um arrepio percorreu a espinha de Murphy. Um estalo o fez saltar do assento do carro da montanha-russa o mais rápido que sua estrutura de 1,90m lhe permitia. Saltou para trás, agarrando o assento com as duas mãos. Tão logo os pés tocaram o para-choque ao redor do carro, agachou-se e prendeu a respiração.

Foi por um triz. Uma lufada de vento desalinhou-lhe os cabelos quando dois blocos de cimento de aproximadamente 35 quilos caíram, esmagando o assento onde ele estivera um instante antes.

Um milésimo de segundo a mais, e eu teria morrido, pensou. *Como é que ainda faço coisas desse tipo?*

Era um desses dias em que tudo dizia a Murphy *Não vá trabalhar*. Um dia belo demais para ficar dentro de uma sala de aula ensinando arqueologia bíblica. Enquanto com relutância juntava os papéis e os enfiava na pasta, as palavras de Mark Twain ecoavam em sua mente: *Faça todos os dias algo que você não quer fazer; essa é a regra de ouro para adquirir o hábito de cumprir sem dor os deveres.*

Murphy nunca se cansava de admirar o caminho para a faculdade e o campus da Preston University. Algo o atraía profundamente nas viçosas folhagens do Sul e na beleza das magnólias em flor. Ao estacionar o carro na área reservada aos professores, percorreu a arborizada alameda que conduzia ao escritório próximo ao Memorial Lecture Hall. Um perfume de jasmim invadiu-lhe os sentidos.

Sob as árvores, alguns alunos estudavam, mas a maioria apenas conversava com os amigos. Um grupo lançava um *frisbee* de um lado para outro. Murphy lembrou-se de quando era estudante. *A vida era muito mais simples naquela época. Eles nem sequer imaginam como eram bons aqueles tempos.*

Pensou de repente na imagem de Laura, nos momentos de riso e alegria que tiveram durante o casamento. Anos felizes, antes de ela ser assassinada por Talon. A dor rasgou-lhe as entranhas, e um suspiro escapou-lhe dos lábios. Expulsou, então, as lembranças para que a tristeza não o esmagasse.

Ao chegar ao escritório, abriu a porta e soltou um gemido. Na mesa, pilhas de provas de alunos e relatórios de leitura aguardavam avaliação. *Vou deixar isso para Shari. Ela vai me odiar, mas assistentes não são para isso, para executar tarefas de que a gente não gosta?*

Shari estava no laboratório há quase uma hora. Examinava um envelope ao microscópio quando Murphy entrou.

– Já sei, já sei. Você quer saber o que estou fazendo aqui tão cedo.

Murphy abriu um sorriso tipo gato de Cheshire e olhou para Shari. Sua tez muito clara e os olhos de um verde reluzente contrastavam com os cabelos pretos, e suas marias-chiquinhas quase cobriam o microscópio sobre o qual ela estava debruçada. Shari vestia seu jaleco preferido.

– Sei que adora este lugar – ele disse. – Talvez eu devesse trazer uma cama para cá, assim você não precisaria voltar para casa à noite.

Ela olhou para ele e franziu o nariz.

– Até parece que você não se envolve com *seu* trabalho!

– Quem, eu? – perguntou Murphy, soltando a pasta. – O que está olhando?

Shari ergueu o rosto com uma expressão de culpa.

– Ah, é algo que chegou para você pelo correio.

– Para mim? Por que está examinando minha correspondência num microscópio?

Ela sorriu, com um brilho no olhar.

– Só estou tentando protegê-lo.

– Proteger-me de quê?

– Do que pode estar aí dentro.

– Muito misterioso. Do que está falando?

– Acho que é uma carta de seu admirador – ela respondeu com um sorriso malicioso.

– Deixe-me adivinhar. O nome dele começa com M?

– Nada mal, professor, para esta hora da manhã.

Shari entregou-lhe a carta.

– Estava comparando a caligrafia com a de outras cartas que você recebeu do admirador maluco. É a mesma.

Murphy segurou o envelope contra a luz e notou que dentro havia um cartão de 7 por 12 centímetros.

– Por que não o abre?

Murphy sorriu. Shari sempre ficava curiosa com qualquer coisa que parecesse um mistério. Ele abriu o envelope, tirou o cartão e começou a lê-lo.

Reme, reme, reme, suavemente, pelo lago
Ande, ande, fale, coma um pedaço de bolo

Pegue, pegue, pegue o bonde
Esteja certo de parar e visite Molly

Dance, dance, dance o choo-choo
Visite o zoo e também o cassino

Você dá voltas, e voltas, e voltas
Não se deprima por causa do tornado

Procure, procure, procure e encontre
Cuidado para não perder a cabeça

Procure, procure, procure, como um rato
Talvez encontre uma casa de diversões

– Chega de poesia! – ironizou Shari. – O que acha que ele quer dizer? Talvez tenha finalmente enlouquecido.

– Matusalém é estranho, excêntrico, até mesmo sádico... mas não é louco. Suas indicações e enigmas já nos levaram a muitas descobertas arqueológicas. – Murphy levou a mão ao queixo, perdido em pensamentos. – Deve ter algum outro troféu para procurarmos.

– Tem alguma ideia do que se trata agora?

Murphy passou os dedos pelos cabelos castanhos e começou a andar pela sala. Shari sorriu e ficou observando o chefe. Sabia que era melhor não incomodá-lo quando suas engrenagens mentais estavam em funcionamento.

Murphy foi até o computador e entrou na internet. Shari colocou-se atrás dele, intrigada, observando-o digitar "Parques de Diversões". Depois de 15 minutos de buscas voltou-se para ela.

– Talvez eu tenha decifrado o enigma.

– Então diga logo, senhor Sherlock Holmes. Não faça suspense.

– A primeira pista é a palavra bonde. No começo do século XX, um dos principais meios de transporte nas grandes cidades era o bonde elétrico.

– E daí? O que isso tem a ver?

– Vamos com calma. Consta aqui: as companhias de eletricidade no começo dos anos 1900 cobravam uma soma fixa das companhias de bonde. Independentemente do número de passageiros, a quantia era a mesma. Os donos das companhias de bondes tentaram, então, conseguir mais passageiros. O plano deles era construir parques de diversão no ponto final das linhas, o que atrairia mais gente e geraria mais renda. Não foi má ideia, né?

– Acho que agora *você* deve ter perdido o juízo.

– Minha querida, ouça bem. A frase "Faça uma visita a Molly" é a chave do enigma. Em 1910, um parque de diversões chamado Lakewood foi construído no final da linha de bondes em Charlotte, Carolina do Norte. Naquela época, ficava a quase 5 quilômetros da cidade. Sua planta era semelhante à do parque de Coney Island e tornou-se uma das maiores atrações do Sul.

– Como você sabe disso tudo?

– Genevieve Murphy.

– Quem é Genevieve Murphy?

– Minha avó. Ela morava em Charlotte, e eu costumava visitá-la no verão. Ela me contava histórias sobre a infância no Sul. Uma dessas mencionava um parque com bondes e um lago. Lembro-me de uma montanha-russa, que ela adorava a ponto de andar umas duas, três vezes a cada ida ao parque.

– Continue, estou ouvindo.

– O Lakewood Park tinha um pequeno lago com barcos a remo – *Reme, reme, reme, suavemente, pelo lago. Ande, ande, fale, coma um pedaço de bolo.* Ao redor, havia uma alameda com barracas arrendadas. Também havia uma montanha-russa de quase 1 quilômetro antigamente chamada Scenic Railway. Um trenzinho panorâmico, que também chamavam de Molly's Madness, loucuras de Molly. Além disso, havia um carrossel para cem pessoas, tiro ao alvo e um pequeno zoológico. E ainda uma pista de dança, que ficava sobre uma parte do lago, e um cassino. Essas atrações todas têm relação com o enigma de Matusalém.

– E o que seria "Não se deprima por causa do tornado"?

– Acho que é a parte conclusiva, Shari. Em 1933, a Grande Depressão levou o Lakewood Park à falência. As pessoas não tinham dinheiro para andar nos brinquedos nem para jogar. Em 1936, um grande tornado atingiu o local e arrasou o parque. As fortes chuvas que caíram em seguida romperam o dique e inundaram tudo. Nunca consertaram os estragos, e o parque fechou para sempre.

– Ruína total. Não restou mesmo nada do parque?

– Não. Acho que construíram algo no local anos atrás. Mas dizem que os donos do parque estavam construindo no subsolo uma espécie de casa de diversões. Era para haver barris rolantes, tobogãs, pontes balançantes, roleta humana, um labirinto de espelhos e um passeio no Túnel do Medo.

– Tudo isso no subsolo?

– É o que diziam. Talvez tenham construído, mas não para o público. Talvez isso se relacione à frase "Procure, procure, procure, como um rato. Talvez você encontre uma casa de diversões". Matusalém sugere que eu procure algo. Provavelmente, velhos registros de edificações dos anos 1930. A casa de diversões talvez ainda esteja lá, em algum lugar do subsolo, em Charlotte.

Shari notou o brilho no olhar de Murphy.

– Você não vai tentar encontrá-la, vai? Preciso lembrá-lo de que Matusalém já tentou matá-lo várias vezes?!

– Eu sei, eu sei. Mas suas indicações nos ajudaram a encontrar a cabeça de ouro de Nabucodonosor, a Arca de Noé e a famosa Escrita na Parede. Fico curioso para ver a qual nova descoberta arqueológica ele nos conduzirá.

– O problema é justamente esse. Você é curioso demais.

Se Shari falasse para a parede teria sido a mesma coisa. Ele já estava decidido.

O despertador de Murphy tocou às 5 horas da manhã. Ele resmungou um pouco e o desligou.

Muito bem, já é hora de uma nova aventura, pensou.

Queria acordar a tempo para o café da manhã e fazer a viagem de duas horas e meia de Raleigh para Charlotte. Ele telefonara no dia em que recebera o enigma de Matusalém e disseram-lhe que os Arquivos Públicos abriam às 9 horas da manhã.

O que será que aquele velho excêntrico reservou para mim?, pensou Murphy. *É melhor eu me preparar.*

Colocou na mochila água, uma faca, um machadinho, um kit de primeiros socorros, uma bússola, corda e mais algumas utilidades. Em seguida, olhou ao redor pensando em o que mais levar.

Laser, ele pensou.

Foi até o *closet* e pegou um estojo preto à prova de choque, de 1,50m por 30 centímetros. Abriu-o e sorriu, lá estava *Laser.* Acariciou o arco composto de fibra de carbono laminada e, instintivamente, examinou o sistema de tração com os cabos e polias excêntricas instaladas nas pontas do arco. Com esse arco ele poderia lançar uma flecha em linha reta como um laser a uma velocidade de 100 metros por segundo.

Isto poderá ser útil, pensou. *Quem sabe o que Matusalém está tramando desta vez?*

Desde a adolescência Murphy se interessava por arco e flecha. Era uma disciplina de precisão, e ele se tornara um excelente arqueiro. Suas flechas certeiras atingiam o alvo como pequenos mísseis guiados. *Laser* o socorrera mais de uma vez, até mesmo contra um dos falcões de Talon, na Pirâmide dos Ventos.

Doze flechas serão o bastante, ele pensou. *Deve ser o suficiente*

A viagem a Charlotte deu a Murphy tempo para pensar. Ele se contraiu todo ao lembrar-se de quando Matusalém o lançara contra um leão num armazém em Raleigh. Conservara a cicatriz no ombro como lembrança. Depois houve o episódio da Caverna das Águas, onde quase se afogou tentando salvar dois filhotes de pastores-alemães. E também a vez em que Matusalém cortou o cabo com que ele atravessava a Garganta Real, no Colorado. Ah, e também a ocasião em que cascavéis caíram sobre ele em Reed Gold Mine.

Matusalém é um homem muito estranho, pensou Murphy. *Deve passar noites em claro imaginando armadilhas para mim. E eu simplesmente faço o jogo dele, arriscando minha vida para resolver seus enigmas. Quem, então, é o louco?*

Murphy, antes, passou pela biblioteca principal. Ficou uma hora vasculhando velhos recortes da *Charlotte Gazette*. Já estava indo embora quando viu um pequeno artigo datado de 12 de abril de 1929.

TÚNEL DO MEDO

> Jesse P. East e Roland Kalance, proprietários do Lakewood Park e da Trolley Company, planejaram uma nova atração para o parque. Deve chamar-se Túnel do Medo. Será uma atração só para os corajosos e integrará a nova casa de diversões subterrânea. A construção começará em setembro e não tardará mais que um ano para ser concluída. A este repórter disseram que o custo da construção deve alcançar a espantosa cifra de 53 mil dólares.
>
> Floyd Cornford – repórter

Murphy respirou fundo. *Bem, Matusalém disse: "Procure, procure, e encontre"*, pensou.

Murphy passou quase as quatro horas seguintes nos Arquivos Públicos do condado, a maior parte do tempo tentando abrir caminho em meio aos intermináveis labirintos e obstáculos da burocracia governamental. Chegou a precisar invocar a Lei da Liberdade de Informação até conseguir acesso a algumas plantas.

Ao se dar conta de que os nomes das ruas nos mapas antigos não coincidiam com os atuais, Murphy solicitou ajuda a um dos atendentes.

– Senhor Murphy, que eu saiba, o Lakewood Park ficava entre a atual Lakeview Street e a Norwood Drive, ao norte, a Parkway Avenue, a leste, e a Parkside Drive, ao sul.

– Tem ideia do que existe hoje no local? – perguntou Murphy.

– Bem, o mapa indica que há uma subestação de energia elétrica e, ao que parece, dez armazéns no local onde ficava o lago. Situam-se ao norte de Parkside Drive. Há também quatro grandes armazéns ao sul de Parkside. Estes já fora do lago.

Murphy sorriu.

– Examinando estes velhos mapas, parece que a casa de diversões que o senhor East e o senhor Kalance construiriam se localizaria embaixo de um dos novos armazéns. Certo?

O atendente examinou os mapas de 1929.

– Parece que sim. Olhe aqui, a oeste da casa de diversões. Parece que cavaram um poço no chão. Se foi aberto, é por aí que os operários entravam e saíam ao escavar o terreno. Devia ser a entrada para a casa de diversões, a partir do cassino.

– Sabe se concluíram o projeto?

– Isso foi 65 anos atrás. Eu ainda nem tinha nascido – respondeu o atendente, folheando alguns papéis amarelecidos.

– Aqui há uma observação de um dos fiscais, um certo senhor Fritz Schuler. Ele diz que a maior parte do projeto já estava concluída. Faltava só uma última fiscalização, adiada por insuficiência de fundos para a conclusão do projeto.

Murphy sorriu para si mesmo.

– Parece que é tudo o que temos. Espero que lhe tenha sido útil, senhor Murphy.

– Sim, o senhor me ajudou muito. Obrigado por seu tempo e paciência.

DOIS

MURPHY NÃO ENCONTROU nada parecido com uma entrada de poço ao redor dos quatro armazéns ao sul de Parkside Drive. Cerrou os dentes e lutou para conter a crescente frustração. A paciência não era uma das qualidades de Murphy.

Talvez tenham construído os armazéns em cima do poço, pensou.

Pegou o mapa esquemático da área que copiara dos Arquivos Públicos e notou um pequeno bosque a oeste do armazém. Olhou ao redor, tentando imaginar onde a pista de dança e o cassino se situariam em 1929 e voltou o olhar ao pequeno bosque.

Aposto que fica lá, pensou.

O chão sob as árvores estava coberto de folhas caídas em muitos outonos. Durante meia hora vasculhou a área, e nada encontrou. Passou a mão pelos cabelos e com a outra pegou o cartão de Matusalém.

"Procure, procure, procure, como um rato."

Se Matusalém esteve aqui, deve ter deixado algum sinal.

Murphy percorreu o local de um lado para o outro na tentativa de perceber onde teria existido um poço.

É provável que estivesse em alguma clareira. Seria preciso um caminho por onde conduzir o equipamento.

Notou uma grande área livre no bosque, larga o suficiente para permitir a passagem de equipamentos, e ao chegar ao centro da clareira percebeu no chão uma camada de folhas de aspecto irregular. Revolvendo as folhas, encontrou vigas de madeira de cerca de 20 centímetros de largura. Continuou a afastar as folhas e acabou deparando-se com dobradiças de uma porta até que, por fim, surgiu uma espécie de fechadura e algo como um cadeado relativamente novo.

Matusalém.

Murphy ficou satisfeito por ter trazido a mochila abastecida. Pegou a machadinha e cortou a madeira ao redor da fechadura e da lingueta. Levou dez minutos para escavar o suficiente para encontrar a lingueta e deixá-la solta. Ao abrir a porta, encontrou uma escada de aproximadamente 3 metros de largura que desaparecia em direção ao subsolo.

East e Kalance deviam ter chegado perto de terminar a casa de diversões. Tem certeza de que quer mesmo ir lá embaixo?, pensou consigo mesmo.

Murphy guardou a machadinha, pegou uma lanterna grande e começou a descer para o escuro subsolo. Ao lançar o feixe de luz ao longo do corrimão, notou que em vários lugares o musgo apresentava marcas. Era como se alguém tivesse se apoiado para se equilibrar. Em seguida, iluminou a escada, onde muitas pegadas marcavam a poeira e a sujeira acumuladas. Murphy estimou que estava a mais ou menos dois andares no subsolo.

O que está arquitetando agora, Matusalém?, pensou. Apertou os olhos, perscrutando a escuridão. *Aposto que este lugar tem mais de uma entrada.*

Lançou o feixe de luz para o fundo e viu uma arcada de uns 15 metros de largura, acima da qual, numa velha placa, lia-se, em letras desbotadas:

Bem-vindo à Casa de Diversões de Lakeside
Entre e terá momentos inesquecíveis

Assim que Murphy passou por baixo da arcada, uma luz fraca se acendeu. Ele lançou novamente o feixe de luz para a arcada e localizou um par de sensores. Percebeu que havia atravessado um raio de luz que provavelmente ativara a energia da casa de diversões. Em seguida, ouviu o ruído de algum maquinismo em funcionamento.

O velho deve ter dinheiro de sobra para restaurar uma velha casa de diversões enterrada no subsolo.

Seguiu adiante e ouviu um som surpreendente. Lançou para cima a luz da lanterna e viu um grande palhaço mecânico balançando a cabeça de um lado para o outro e rindo.

Não achei muita graça, Matusalém.

Passou por uma porta, abaixo de uma placa onde se lia:

Divirta-se no barril de risos

O único modo de seguir adiante era atravessar por uma série de três grandes barris alinhados em fila, formando uma espécie de túnel. Cada barril media cerca de 2,50m de diâmetro e 5 metros de comprimento. O primeiro rolava para a esquerda, o segundo, para a direita, e o terceiro, para a esquerda. Motores ruidosos e correntes propulsoras acionavam os barris continuamente.

Murphy lembrou-se de uma outra casa de diversões que conhecera quando tinha cerca de 10 anos. Era em Denver, Colorado, e também tinha barris rolantes. Seu pai lhe mostrara que o único modo de atravessar era andando na direção contrária da rolagem do barril; de outro modo, a pessoa acabaria rolando lá dentro.

Com uma luz fraca iluminando o interior da casa de diversões, Murphy colocou a lanterna de volta na mochila. Segurou a mochila com a mão esquerda e, para equilibrar o peso, pegou com a direita o estojo à prova de choque que continha *Laser*. Respirou fundo e entrou no primeiro barril, andando na direção oposta à da rolagem.

Assim que chegou ao barril do centro, um tipo asiático em traje de ninja negro entrou no terceiro barril. Parecia um jovem Bruce Lee movendo-se na direção de Murphy com a agilidade de um gato. Não parecia muito amigável.

Muito bem, isto está ficando interessante, pensou Murphy.

Um rápido olhar para trás revelou outra figura asiática, em traje marrom-escuro. Entrara no primeiro barril, atrás de Murphy, e rapidamente avançava.

Perfeito! Diversão dupla. Preciso disso.

Murphy também avistou uma forma obscura à espreita, na entrada do primeiro barril. *Por acaso seria...?* Um instante depois a gargalhada familiar de Matusalém confirmou suas suspeitas.

– Vai ser divertido ver isso, Murphy!

Murphy não deixaria que Matusalém o distraísse. Os dois asiáticos pareciam profissionais. Rápidos, confiantes, mortais. E prontos para lhe causarem sérios danos.

O homem de trás já estava quase em cima dele. *Divida e conquiste,* pensou Murphy. Virou-se e começou a correr na mesma direção da rolagem do barril, subindo rapidamente pela lateral. Quando começou a sentir que perdia a batalha contra a gravidade, pulou para trás com o máximo possível de ímpeto. Os 90 quilos de Murphy caíram sobre o homem de marrom, fazendo-o bater a cabeça com força na madeira dura.

Um a menos, pensou Murphy. A queda fez a mochila e o estojo lhe caírem das mãos, passando a revirar no chão, onde jazia inconsciente o asiático. Murphy mal conseguira pôr-se de pé quando o estojo de *Laser* bateu-lhe no diafragma, fazendo-o perder o fôlego e cair de novo, ofegante, lutando em vão para reerguer-se.

O homem de preto saltou por cima de seu parceiro inconsciente e acertou um chute no ombro de Murphy, que rolou com o golpe. Tentando recuperar o fôlego, Murphy mal se pusera em pé quando o homem de preto, num voo, atingiu-lhe no peito e o lançou de novo ao chão.

– Bravo! Bravo! – gritou Matusalém em meio ao riso.

Murphy sabia que poderia manter-se lutando se ao menos conseguisse recuperar o fôlego e ficar de pé, mas o estojo à prova de choque rolava sobre seu corpo, dificultando seus movimentos.

O homem de preto aproximou-se para o terceiro ataque, tendo por alvo a cabeça de Murphy, que instintivamente agarrou o estojo e o usou como escudo. O adversário perdeu o equilíbrio e caiu de costas perto dele. O professor deu, então, uma cotovelada violenta na lateral da cabeça do asiático e conseguiu levantar-se. Só restara o rolar dos dois corpos, da mochila e do estojo à prova de choque.

Murphy pegou *Laser* e a mochila, pulou para fora do barril e olhou para os dois corpos que rolavam continuamente como bonecas de pano numa máquina de lavar roupas. Matusalém havia desaparecido.

TRÊS

– CREIO QUE devemos fazer um brinde ao senhor Bartholomew. Ele, novamente, escolheu um excelente local para nosso encontro. A Cidade do Cabo é sempre bela nesta época do ano.

– Perfeitamente! – exclamou Sir William Merton, o mais velho integrante dos Sete. – Não há como discordar do senhor, general Li. É muito mais quente do que a China nesta época do ano, não acha?

O corpulento sacerdote inglês ergueu a taça de vinho, espichando-se na espreguiçadeira, como um leão do mar de colarinho branco. Era fisicamente repulsivo, mas um tipo brilhante.

Todos ergueram as taças. O general Li fez um leve aceno; um terno finamente talhado escondia seu físico vigoroso. Ainda que dotado de modos delicados e gentis, havia algo de implacável e cruel em seus olhos.

Ganesh Shesha limpou a garganta. A luz do sol escondera seu costumeiro olhar frio atrás das pálpebras contraídas. Os cabelos grisalhos contrastavam profundamente com a pele escura e o nariz incisivo. Muita corrupção e manipulação astuta permitiram que ele ascendesse a uma posição de destaque no Parlamento da Índia.

– Sim, muito bonita! Embora a Índia não fique muito longe daqui, esta é a primeira vez que venho à África do Sul. – Shesha olhou para além do porto e apontou com o dedo. – Aquela ilha lá longe. Tem gente morando lá?

Jakoba Werner sorriu. Ela tinha os cabelos louros presos num coque; aliás, ninguém ali presente se lembrava de tê-la visto de cabelos soltos. Tinha um meio riso ao falar; o tom de voz seco e o sotaque alemão pontuavam-lhe as palavras.

– Essa é a Robben Island, onde existe uma prisão de segurança máxima, hoje desativada e transformada em atração turística. É semelhante à ilha de Alcatraz, na baía de São Francisco, só que muito maior. Nelson Mandela passou vários anos encarcerado nela.

– Pena que o tenham deixado sair da prisão – lamentou Bartholomew. – Enjoei dessa retórica sobre apartheid e o sofrimento por causa da segregação racial. Juro que não consigo entender por que lhe deram o Prêmio Nobel da Paz.

Viorica Enesco acenou com a cabeça em concordância, tirando os cabelos ruivos da frente dos olhos.

– Chega disso – afirmou com forte sotaque romeno. – Não tenho a mínima vontade de visitar a prisão de Robben Island, nem nenhuma outra. Já vi prisões em número suficiente.

– Que tal subirmos até Table Mountain, atrás de nossa propriedade – propôs o señor Mendez. – Ouvi dizer que de lá de cima há uma bela vista da Cidade do Cabo. Depois, talvez, poderíamos ir até Lion's Head, um lugar famoso.

– Não estamos de férias – protestou Bartholomew. O sotaque britânico tinha um tom de frieza. Ele estava cansado daquela conversa e ansioso para começar a reunião. – Estamos aqui para falar de negócios. A tentativa de explodir a ponte George Washington não levou ao que esperávamos, mas serviu para que os líderes das Nações Unidas saíssem dos Estados Unidos. Eles começaram os planos de transferência para a Babilônia. A União Europeia está funcionando bem, a Europa está em ascensão e continuamos em curso.

– Bem, devo acrescentar que o plano da ponte George Washington deu um grande susto nos americanos. Foi um grande avanço para nós.

– É verdade, Jakoba. Isso e o fato de Talon eliminar Stephanie Kovacs. A repórter era inquisitiva demais. Estava a ponto de descobrir nossos pagamentos para os líderes das Nações Unidas e, além disso, passar muita informação a Murphy.

Sir William Merton avançou rapidamente para a ponta da cadeira. Seu rosto começou a mudar, os olhos faiscavam de ódio.

– Temos duas bombas com que nos preocupar – disse ele. – A primeira é o doutor Michael Murphy. Ele sabe muita coisa e descobriu muitos objetos que ajudam a provar que a Bíblia tinha razão. Mas o que mais me preocupa é a conversa que ele teve com o doutor Harley B. Anderson. Não se sabe quais informações obteve antes de Talon o matar. Não se sabe o que ele descobriu a respeito do nascimento do Menino a partir das anotações de Anderson.

– O Menino! – exclamou Viorica. – Você sabe que ele não é mais um menino! É um homem, e já está quase na hora de os Amigos da Nova Ordem Mundial o apresentarem e reunirem os povos da Terra sob sua liderança.

– E a segunda bomba?

– Sim, Ganesh, é nosso velho inimigo Matusalém. Seu ódio pelos Sete só se compara à sua enorme riqueza. Não conseguimos nos aproximar dele. Ele tem muitos guarda-costas. E de algum modo consegue informações a nosso respeito – Ficou observando a expressão de rosto dos seis companheiros antes de prosseguir. – Há uma falha de segurança em nossa organização. Os senhores, certamente, se lembram de que Talon roubou a cauda da Serpente de Bronze da Fundação Pergaminhos da Liberdade e a levou para nosso escritório na França. Depois a transportaríamos para o castelo, mas alguém a roubou do cofre do escritório e a mandou de volta para a Fundação Pergaminhos da Liberdade. Instruí Talon para que a pegasse de novo. Quem quer que tenha feito isso, está acabado. Assim que o descobrirmos, simplesmente morrerá.

– Talvez seja uma mulher. Quem acha que pode ser?

– Não sei, señor Mendez. Mas pode ter certeza de que descobriremos. É só questão de tempo. Temos, todos, de estar alertas para qualquer coisa suspeita. Enquanto isso, temos que focalizar o futuro. Seria bom eliminar o doutor Murphy, mas por enquanto precisamos nos concentrar em fortalecer De La Rosa.

– O que sugere? – perguntou Mendez.

– Convidemos Shane Barrington para uma visita. Recorramos a ele para promover De La Rosa por meio da Barrington News Network. Através de suas estações de televisão, jornais e revistas, conseguiremos uma excelente cobertura.

– Será que ele vai cooperar? Afinal de contas, mandamos Talon matar a amante com quem ele vivia... Stephanie Kovacs!

– É verdade, señor Mendez. Mas lembre-se de que também matamos o filho dele. Ele traiu gente do próprio sangue para obter dinheiro suficiente para evitar que a Barrington News Network fosse à falência. Não é um homem de moral. É tão ganancioso quanto Midas. Quer que tudo o que toca se transforme em ouro. E se não se transformar, quer ao menos ter poder e controle sobre a coisa. O orgulho, a arrogância e a avidez por dinheiro o manterão sob controle.

– Espero que sim – disse Merton. – Se ele se voltasse contra nós, seria um inimigo poderoso.

– Ele não ousaria. Tem muito a perder. – Bartholomew tomou um demorado gole de vinho. – E por falar em perder, Talon perdeu alguns objetos da Arca de Noé. Precisamos tentar recuperá-los no mar Negro. Podem conter os segredos da Pedra Filosofal, e precisamos saber mais a respeito do Potássio 40. Não sei o que os senhores pensam, mas acho a possibilidade de prolongar a vida muito fascinante.

Os olhos de Sir William Merton brilharam novamente.

– Sim, todos queremos viver para ver De La Rosa e nosso Mestre chegarem ao poder.

QUATRO

MURPHY IGNOROU A dor na barriga e olhou ao redor. A fraca iluminação revelou uma placa indicando uma porta, na qual se lia:

Está se divertindo?
Que tal um jogo de roleta?

A sala seguinte continha uma grande roda – rente ao chão e coberta de madeira polida –, semelhante a um carrossel sem animais nem postes. Murphy recordava vagamente da infância que as pessoas se sentavam na roda e ela girava cada vez mais rápido, até que a força centrífuga as lançasse contra uma parede baixa e curva. O único modo de permanecer na roda era ficando bem no meio. Murphy avistou no centro da roda algo que parecia um cartão de Matusalém.

A próxima pista, pensou.

Assim que avançou, ouviu um grunhido. Um homem enorme, de vermelho, surgiu da escuridão. Ao menos Murphy *pensou* que fosse um homem. Vestia um traje colante de luta e devia pesar quase 150 quilos. Tinha uns 2 metros de altura e parecia levantar peso desde os 5 anos de idade.

Murphy recuou alguns passos. Fora treinado em boxe e artes marciais, mas nunca enfrentara nenhum adversário daquele tamanho. Precisava permanecer fora do longo alcance daquele gigante.

Arremessou o estojo à prova de choque contra o lutador, que o rebateu sem se perturbar, mas foi o suficiente para dar a Murphy o precioso tempo para abrir a mochila. *Água, bússola, kit de primeiros-socorros...*

Enquanto procurava uma arma dentro da mochila, o homem atacou. Os dedos do professor tocaram o cabo da faca no momento em que o lutador se arremessou contra ele como um caminhão, derrubando-o e lançando a mochila sobre a roleta.

Duas mãos enormes tentaram agarrar Murphy, que rolou e chutou as pernas musculosas do lutador, duras como tronco de árvore, mas de algum modo Murphy conseguiu movê-las, e o homem caiu pesadamente.

Quanto maiores..., pensou Murphy, saltando sobre as costas do homem e segurando seu rosto contra a roda em movimento. O irado gigante rosnou, agitou-se, e de repente Murphy se viu lançado ao ar.

Aterrissou a alguns metros de distância. Antes de Murphy se recompor, o gigante o agarrou, ergueu-o acima da cabeça e lançou-o contra a parede. Num entorpecimento de dor, Murphy, no chão, viu-o se aproximar, mas escapou por entre as pernas do adversário e se levantou. Procurou a mochila e a avistou no centro da roleta. *O único lugar de onde não se é lançado para fora. Perfeito!* Precisava pegar suas armas ou estava perdido.

Murphy correu e subiu na roda, meio agachado, cambaleando. Alcançou a mochila, agarrou-a, mas não conseguiu manter o equilíbrio, sendo lançado para fora, contra a parede curva.

O adversário atacou. Murphy, sem condição de se defender, esperou um golpe esmagador, mas, em vez disso, algo chocou-se contra a parede e explodiu, borrifando um líquido nos dois. O lutador olhou para trás; nesse momento, uma garrafa d'água amassada parou aos pés de Murphy. Em seguida, o kit de primeiros-socorros deslizou pelo chão. A mochila aberta caíra de lado e o conteúdo passara a voar em todas as direções em grande velocidade. O lutador voltou-se de novo para Murphy e avançou para matar.

Um aflitivo ruído de metal contra osso ecoou pelo ambiente, e o lutador gritou, caindo ao chão. A machadinha de Murphy atingira a parte de trás de sua perna.

Era a chance do professor, que agarrou o oponente pelo pescoço e apertou-o. O homem, por sua vez, conseguiu agarrar um braço do adversário. Murphy sabia que não era páreo para a força daquele homem. Levou então o pé sobre a machadinha e a empurrou mais, espirrando sangue por toda parte. O gigante urrou e soltou o braço de Murphy, que apertou ainda mais o golpe no pescoço, até o homem deixar de resistir e cair ao chão.

Que sorte!, pensou Murphy. *A machadinha poderia ter facilmente atingido...*

Murphy chegou ao assoalho fixo no momento em que a faca passou voando acima de sua cabeça. Mais uma garrafa d'água rolou em sua direção. Olhou ao redor e reconheceu os pertences espalhados pelo salão. Suspirou e recolheu tudo. Perdera duas garrafas d'água e a bússola estava esmagada, mas o restante parecia em boas condições.

Agora, precisava pegar a mochila.

Vazia, a mochila girava no centro da roleta. Murphy tentou novamente alcançá-la, mas a roda girava rapidamente e mais uma vez ele foi lançado para fora.

Deve haver um jeito de pegá-la.

Murphy passou os dedos pelos cabelos e olhou ao redor.

Laser.

Pegou o estojo e retirou o arco e uma flecha. Em seguida, amarrou a corda à flecha e mirou. Era um alvo fácil. A flecha passou entre a mochila e uma alça e alojou-se na parede oposta. Murphy, então, passou a puxar pela ponta solta da corda e arrastou a mochila para fora da roda.

Algo se mexeu e saiu debaixo da mochila. *A próxima pista!* Murphy a tinha esquecido.

Um canto do cartão passara pela poça de sangue que escorrera do tendão seccionado do gigante, mas Murphy o recuperou e nele pôde ler:

NA CIDADE
O REI YAMANI
UM GRANDE MISTÉRIO
FOI DESVENDADO.
I Reis, 8:9

Murphy franziu o cenho. *Quem seria o rei Yamani*? Virou o cartão e leu no outro lado:

ENFRENTE SEUS MEDOS
ATÉ O FIM.

Aquilo não fazia sentido. Murphy enfiou o cartão no bolso e acomodou seus pertences dentro da mochila. Tudo, menos...

Huum! Abaixou-se e com relutância retirou a machadinha da volumosa perna do gigante. Limpou o sangue no traje vermelho do lutador e a guardou na mochila. O sangue escorria da ferida aberta, revirando o estômago de Murphy.

E ainda dizem que luta livre é fingimento.

CINCO

MURPHY ENTROU NO corredor fracamente iluminado que, depois de quebrar duas vezes, chegava a uma outra porta. Na placa lia-se:

Espelho, espelho na parede
Quem é o mais justo de todos?
Aqueles que conseguem escapar do salão.
Bem-vindo ao Salão dos Espelhos

Murphy suspirou. *O que virá agora?*

Entrou e foi saudado por si mesmo. Dezenas de Murphys refletiam-se diante dele, a maioria de aspecto normal, mas vários que, em outras circunstâncias, o fariam rir. Um deles, curvo, tornava-o gordo. Outro, muito magro – deste ele gostou bastante. Havia também um que o refletia de cabeça pequena e pés grandes; outro, ao contrário, de pés pequenos e cabeça grande.

Murphy abriu a mochila, vasculhou-a, tirou uma barra energética e fechou-a novamente. Passou o estojo à prova de choque para a mão esquerda e começou a andar pela sala, tocando cada espelho, até encontrar o corredor que conduzia ao labirinto de espelhos. À medida que avançava, tirava um pedacinho da barra energética e o jogava ao chão.

João e Maria não são mais espertos do que eu, pensou.

Sempre alerta para o próximo ataque, Murphy prosseguia. A cada canto ia ficando mais apreensivo, até que ouviu a gargalhada de Matusalém ecoando no labirinto.

– Bravo, Murphy! O jogo está mais interessante do que eu esperava.

Murphy calou-se. Não queria aumentar a satisfação de Matusalém.

Será que está me vendo? Talvez haja câmeras de vídeo escondidas aqui.

Murphy olhou para a linha onde os espelhos encontravam o teto e viu uma pequena luz vermelha a uns 6 metros de distância, que piscava. Aproximou-se com cautela.

De repente, sentiu que caía num buraco no chão. Enquanto se dava conta do que acontecia, o estojo que levava o arco e as flechas prendeu-se na abertura do alçapão, machucando-lhe o braço e o ombro esquerdos. Ficou pendurado, agarrado à alça do estojo. Os dedos começavam a escorregar...

Com a queda súbita, a barra energética caiu-lhe da mão, produzindo um ruído de choque na água assim que atingiu o fundo, na escuridão abaixo. A adrenalina se espalhou pelo corpo de Murphy, que lutava para continuar segurando com a mão direita o estojo para conseguir subir. O estojo escorregou um pouco.

Uau, calma, calma.

Precisava mover-se com cuidado, devagar. Empregou toda a força para subir, sempre na expectativa de que algum movimento do estojo o lançasse ao precipício. Conseguiu finalmente arrastar-se para longe da beirada, exausto, com ombro latejando. Permaneceu deitado por um instante, recuperando a força, fruindo a pequena satisfação de ter novamente escapado da cilada de Matusalém. Esfregou o braço e o ombro doloridos.

Quase.

Murphy levou mais dez minutos para conseguir sair do Salão dos Espelhos. Já não era sem tempo, de seu ponto de vista. No corredor de saída do labirinto, notou uma outra placa com uma flecha vermelha, que apontava para um corredor largo à direita. Já estava se cansando desse jogo, mas não restava alternativa senão prosseguir.

Ao fim do corredor, Murphy viu-se numa grande sala. Em um dos lados havia trilhos e um carro colorido de montanha-russa com dois assentos. O carro possuía um para-choque ao redor, e os trilhos desapareciam sob duas largas portas do tipo vaivém. Acima, na placa, se lia:

Túnel do Medo

Perto do carro, um botão vermelho anunciava: APERTE PARA INICIAR.

Só pode ser brincadeira.

Murphy jogou o estojo e a mochila no assento de trás e procurou na frente pela indicação seguinte, que deveria estar em algum lugar. Olhou por toda parte e tateou com as duas mãos sob os assentos. *Nada.*

Continuou a procurar na fileira de trás, mas caiu sentado quando o carro arrancou. O para-choque bateu na porta de vaivém, que se abriu e voltou a se fechar, deixando-o no escuro.

Ouvia o ruído das rodas no trilho e os solavancos o sacudiam nas curvas. Acomodou a mochila no piso para ter mais espaço no assento. De quando em quando, uns fios tocavam-lhe o rosto, soprava uma lufada de ar e acendia-se um *flash* quando algum monstro do tipo Halloween surgia soltando um grito. Cães uivavam em meio a uma música sinistra.

Túnel do Medo, hein! Nem tanto.

Algo, porém, o preocupava. Deem a isso o nome de instinto, intuição ou malícia, o fato é que um arrepio percorreu-lhe a espinha. Um estalo o fez saltar do assento do carro da montanha-russa o mais rápido que sua estrutura de 1,90m lhe permitia. Saltou para trás, agarrando o assento com as duas mãos. Tão logo os pés tocaram o para-choque ao redor do carro, agachou-se e prendeu a respiração.

Foi por um triz. Uma lufada de vento desalinhou-lhe os cabelos quando dois blocos de cimento de aproximadamente 35 quilos caíram, esmagando o assento onde ele estivera um instante antes.

Um milésimo de segundo a mais, e eu teria morrido, pensou. *Como é que ainda faço coisas desse tipo?*

Murphy mantinha-se firmemente com os pés apoiados no para-choque da parte de trás do carro. Matusalém não era de brincadeira quando em pleno jogo.

Depois de mais umas dez curvas, Murphy avistou adiante uma luminosidade vazando pelas frestas das portas de vaivém.

A saída.

A caminho das portas duplas, sentiu que havia algo errado. *Fácil demais*, pensou.

Saltou do carro um momento antes de passar pela porta, rolando sobre o trilho para suavizar a queda.

Ergueu o olhar quando um estrondo lhe encheu os ouvidos. Levantou-se, caminhou em direção à porta e cuidadosamente a abriu.

Uns 3 metros à frente das portas o trilho terminava subitamente contra uma parede. O carro da montanha-russa era um amontoado retorcido. Não seria possível resgatar a mochila dos destroços. Esse fora um impacto ao qual o estojo à prova de choque não resistiu.

Adeus, Laser! Eu devia ter feito seguro para esse maldito arco.

De repente, Murphy viu o cartão, mais um daqueles de 7 por 12, preso com fita adesiva na parede acima do carro destruído. Tirou-o da parede e tentou ler sob a luz fraca aquela caligrafia familiar.

Bem, você deve estar vivo
se estiver lendo este cartão.
Já que chegou a este ponto,
merece ser recompensado.

Murphy virou o cartão:

Trinta graus a nordeste
do altar...
aperte a cabeça do rei.

SEIS

Jerusalém, 30 d.C.

O MERCADO ESTAVA lotado de vendedores de frutas e hortaliças. Tecelões de manto vermelho gritavam exibindo sua mercadoria, na esperança de atrair a atenção dos transeuntes. Pastores conduziam carneiros para serem sacrificados, tosados, pendurados ao lado de outras carnes. Um odor acre de transpiração pairava pesadamente no ar poeirento.

Nervoso, Caifás olhou ao redor para ver se alguém o observava. Queria passar despercebido, já que não vestia seu traje normal de sacerdote. Soltou um suspiro e foi para a sombra de um dos arcos que levavam para o templo. Ergueu a mão e sinalizou para que os homens se aproximassem.

Esbã cutucou Zerá.

– Pare com isso! – disse Zerá, num tom de voz irritado.

– Ele está fazendo sinal para irmos – apontou Esbã.

Caifás observou os dois homens morenos se aproximarem. Começava a ter dúvidas. Será que alguém acreditaria neles? Eram pobres, sem influência alguma. Bem, melhor falhar na tentativa do que não tentar.

– Em que podemos servi-lo, senhor? – perguntou Esbã, com um ar sarcástico.

– Quero que sigam o mestre. Aquele a quem chamam Jesus. Quero que ouçam com atenção tudo o que ele diz e me relatem a cada noite.

Esbã e Zerá acenaram com a cabeça, concordando, e trocaram olhares conspiratórios.

– Agora vão. Não devo ser visto falando com vocês. – Deu as costas e afastou-se pelo meio da multidão.

– Quanto o alto sacerdote lhe deu? – perguntou Zerá, voltando o olhar para Esbã.

Esbã abriu a pequena bolsa de couro.

– Quatro moedas de prata. Duas para você e duas para mim.

Zerá, avidamente, pegou as moedas, colocou uma entre os dentes e a mordeu, para testá-la. Era prata mesmo. Sorriu. Via-se entre seus dentes resíduos da última refeição, e seu hálito cheirava a alho.

O mestre e seus seguidores caminhavam na direção do portão leste. Zerá e Esbã os seguiram, aproximando-se cada vez mais.

– Quem é o homem alto que está falando com o mestre? – murmurou Zerá.

– Ouvi alguém chamá-lo de Pedro. Mais alguns passos e ouviremos tudo.

– Mestre, veja aquelas construções enormes! As pedras são volumosas. Como foram transportadas para lá? Isso deve ter levado muitos anos.

– Sim, são construções magníficas, Pedro. Mas vou falar-lhe a verdade. Um dia serão completamente derrubadas. A destruição será tão grande que não restará pedra sobre pedra.

Zerá olhou para Esbã e balançou a cabeça, incrédulo diante do que tinham acabado de ouvir. Abriu a boca para falar, mas Esbã fezlhe sinal para que se calasse. Estavam ao alcance da voz.

Os dois se aproximaram mais e se ajuntaram a outras pessoas que iam e vinham da cidade. Suas roupas sujas e rasgadas permitiam que não fossem notados por ninguém.

A subida para o Monte das Oliveiras levou cerca de 30 minutos. Esbã e Zerá observaram o mestre e seus quatro discípulos sentados num monte de pedras de onde se via Jerusalém e o pátio do templo. Esconderam-se atrás de uma oliveira, a uma distância que lhes permitia ouvir.

– Quem é aquele que está falando com o mestre agora? – sussurrou Zerá.

– Um dos seguidores o chamou de André.

– Mestre, o senhor disse que o templo um dia seria destruído.

– O templo vai cair. Os rios irão ferver. O Dia do Julgamento virá, e isso será um sinal de minha volta.

– Pode dizer quando será o fim do mundo? – perguntou Pedro.

– Outros virão em meu nome, alegando ser o Messias. Desviarão muitos do caminho. Guerras explodirão, perto e longe, mas não entrem em pânico. Esses sinais devem vir, mas o fim não se dará de imediato. Reinos declararão guerra uns aos outros, e terremotos engolirão nações inteiras. A fome será terrível. Mas isso será apenas o começo dos horrores.

Esbã e Zerá se olharam, incrédulos.

– É terrível, Mestre! – exclamou um dos seguidores.

– Alguém sobreviverá a essa devastação? – perguntou o quarto integrante do grupo.

– Quem são esses dois? – sussurrou Zerá. – Eles se parecem um com o outro.

– São irmãos. Tiago e João. Eu os vi à beira do mar da Galileia. Devem ser pescadores.

– Sim, as pessoas sobreviverão. Mas quando essas coisas começarem a acontecer, sejam cautelosos. Vocês serão entregues aos tribu-

nais e açoitados nas sinagogas. Serão acusados diante de governantes e reis de serem meus seguidores. Essa será a oportunidade de falar-lhes a meu respeito. E a Boa-nova deve antes ser pregada em todas as nações; depois virá o fim.

– Parece que será um tempo de tribulações terríveis.

– Sim, Pedro. Nesse tempo, se alguém disser a você "Eis aqui o Cristo!" ou "Lá está o Cristo!", não acredite. Falsos cristos e profetas surgirão e farão grandes sinais e milagres, a fim de enganar a maioria das pessoas. Até mesmo alguns fiéis serão tentados a seguir esses falsos mestres, que buscam ganhos financeiros, glória e poder.

"Cuidado com os falsos profetas disfarçados de mansos cordeiros, mas que, na verdade, são lobos que devoram. É possível detectá-los pelo modo como agem, assim como se pode identificar uma árvore por seus frutos. Não se colhem uvas de espinheiras, nem figos de cardos. A boa árvore dá bons frutos, e a má árvore, maus frutos.

"Nem todas as pessoas que parecem religiosas são realmente dedicadas a Deus. Podem se referir a mim como 'Senhor', mas nem por isso entrarão no Reino dos Céus. A questão decisiva é se de fato obedecem a meu Pai que está no céu. No dia do julgamento, muitos vão clamar 'Senhor, senhor, profetizamos em seu nome, expulsamos demônios em seu nome, fizemos milagres em seu nome'. Mas eu responderei: 'Não o conheço. Vá embora. As coisas que você fez não estavam autorizadas'. Esteja prevenido, Pedro. Falei a você antes do tempo para que se prepare."

Esbã inclinou-se e sussurrou no ouvido de Zerá:

– Com certeza, o sumo sacerdote vai querer saber de tudo isso. Chega quase a parecer que haverá uma espécie de insurreição contra os líderes religiosos.

Zerá concordou com um movimento de cabeça.

SETE

MURPHY ESTAVA SENTADO à escrivaninha quando Shari entrou com um monte de papéis. Ao vê-lo, ela sorriu com um brilho no olhar.

– O que foi agora?

Murphy lançou-lhe um olhar de interrogação.

– O que quer dizer?

– Costumo chegar ao escritório antes de você. Deve estar ocupado com algum projeto quente.

– Precisava apenas pensar um pouco.

Ela soltou os papéis sobre a mesa.

– Uma coisa a menos para você pensar. Aqui estão todos os resumos de livros e as provas. Fiquei até as 2 horas da manhã lendo e dando notas.

– Obrigado, Shari. Foi uma grande ajuda. Acima e além do dever.

– Sei o quanto você detesta ler e dar notas... Quase tanto quanto eu. E já que terminei o serviço pesado, será que eu poderia sair um pouco mais cedo esta tarde?

– Para dormir?

– Não, para fazer compras.

– Isso parece bem relaxante. – Murphy conteve um bocejo.

– Por falar em repouso – Shari o observava atentamente –, você está parecendo um pouco cansado.

Ele acenou, concordando.

– Ah, compreendo. Deve ter saído para se divertir com seu amigo Matusalém. O jogo dele é um pouco pesado.

Shari notou o ferimento no antebraço de Murphy e o leve inchaço ao redor do olho esquerdo.

– Esses ferimentos devem estar doendo – falou com tom maternal e protetor. – Bem, não faça suspense. O que aconteceu?

Murphy contou-lhe sobre a ida aos Arquivos Públicos de Charlotte e a descoberta de um poço que levava à casa de diversões. Omitiu alguns detalhes sangrentos, sabendo que ela não gostaria de saber quão perto ele estivera da morte. Em seguida, mostrou-lhe as estranhas mensagens nos cartões de Matusalém.

– Esquisito. Quem é o rei Yamani? De que cidade ele está falando? E o que isso tem a ver com I Reis 8:9?

– Não tenho ideia. Matusalém nunca facilita as coisas.

– E a referência bíblica?

– A passagem em Reis refere-se à Arca da Aliança.

– Não está pensando que ele encontrou a Arca, está? – Os olhos de Shari arregalaram-se de entusiasmo. – Seria uma das maiores descobertas arqueológicas de todos os tempos!

– Não vamos nos antecipar. Ouça o que diz o versículo: *Nada havia na arca a não ser duas tábuas de pedra que Moisés lá pusera em Horeb, quando o Senhor fizera uma aliança com os filhos de Israel ao deixarem as terras do Egito.*

– Como ficamos diante disso?

– É preciso recorrer a várias passagens para pegar a pista. No livro do Êxodo, Deus instrui Moisés a colocar o Testemunho, isto é, os Dez Mandamentos, dentro da Arca da Aliança. Depois orienta

Moisés e Aarão para que recolham um ômer de maná, o coloquem num pote e o depositem na Arca, junto aos Dez Mandamentos.

– Maná é um tipo de alimento, não?

– Sim; com maná Deus alimentou os Filhos de Israel quando vagavam pelo deserto. Era um tipo de semente de coentro, supostamente com gosto de wafer feito com mel. Devia ser colocado na Arca como lembrança de que Deus os provera de todo alimento necessário.

– Ainda não entendi.

– Tenha paciência. Em outra passagem, no Livro dos Números, Deus instrui Moisés a colocar o Cajado de Aarão na Arca, junto com os Dez Mandamentos e o pote de maná. Mas, é bom lembrar, os Filhos de Israel começaram a se rebelar contra a liderança de Moisés e Aarão. Os líderes das 12 tribos se reuniram para um confronto. Todos trouxeram os cajados, ou bastões de liderança, com os nomes gravados, e os puseram no tabernáculo de encontro a fim de determinar quem seria o líder. No dia seguinte, quando foram ver os cajados, todos continuavam do mesmo jeito, menos o de Aarão. Durante a noite, tinha lançado brotos, florescido e produzido amêndoas maduras.

– Suponho que era a resposta.

– Sim, Aarão e Moisés mantiveram a liderança. O Cajado de Aarão seria mantido na Arca como sinal milagroso contra os rebeldes.

– Muito bem, estou atenta. Há três coisas na Arca.

– Certo. Há mais um detalhe. O Livro dos Hebreus diz que o pote com maná era de ouro puro.

– Quer dizer...?

– Os Dez Mandamentos foram entregues por volta de 1445 a.C. O Templo de Salomão foi concluído em 959 a.C. Concluído o templo, levaram a Arca da Aliança para ser guardada lá. I Reis 8:9 diz que, na época, a Arca continha apenas os Dez Mandamentos.

Em algum momento ao longo de aproximadamente 480 anos o Cajado de Aarão e o Pote de Ouro com maná foram retirados da Arca da Aliança. O que aconteceu com eles continua sendo um mistério bíblico.

– Acha que Matusalém descobriu onde estão?

– Acho que há uma grande possibilidade. A pergunta seguinte é "Quem é o rei Yamani"? O que significa? *Trinta graus a nordeste do altar... Aperte a cabeça do rei.*

– Gostaria que eu ajudasse? – Um sorriso inteligente abriu-se no rosto de Shari.

Ele hesitou por um momento.

– Claro. Tem a resposta?

– Não, mas sei de alguém que talvez tenha.

– E quem seria?

– Vou dar uma pista. Espantosamente bela. Cabelos ruivos. Olhos verdes luminosos. – Shari parecia deliciar-se com o rubor no rosto de Murphy.

– Ísis McDonald.

– Você me disse que ela é uma das grandes conhecedoras de culturas e línguas antigas. O título rei Yamani soa para mim claramente como algo antigo. – Shari continuava sorrindo. Sabia que o tinha convencido e queria saborear o momento.

oito

MURPHY TAMBORILAVA OS dedos na escrivaninha enquanto o telefone tocava. Percebeu que queria ouvir aquela voz familiar e lembrou-se da primeira vez que vira Ísis. Foi no hospital, quando Laura estava à beira da morte. Ísis entrara no quarto com um casaco preto e parecia um pouco encabulada. Trouxera uma parte da Serpente de Bronze que Moisés erguera no deserto. Moisés usara a serpente para salvar vidas de seu povo, e Ísis pensara que a peça, de algum modo, ajudaria a curar Laura.

Depois da morte de Laura, ele não se permitira pensar em outra mulher. Então Ísis reapareceu. No início, ele pensou que ela poderia ser uma donzela de gelo. Parecia preocupada grande parte do tempo, interessada só no trabalho. Depois da morte do pai, levara uma vida de reclusão. Talvez num esforço para não lidar com a perda, escondeu-se no escritório da Fundação Pergaminhos da Liberdade, em Washington, D.C.

Suas habilidades de filóloga eram espantosas. Lia e escrevia em caldaico, teramaico, uma dúzia de variações do árabe e dez outras línguas do Oriente Próximo e do Oriente Médio. Fora extremamente útil em encontrar pistas que levaram Murphy a descobrir várias peças bíblicas.

Os sentimentos de Murphy por ela começaram a crescer durante a expedição ao Ararat. Os dois passaram muito tempo juntos conversando e planejando a viagem. Também passaram muitos momentos memoráveis em conversas ao redor de fogueiras de acampamento, na montanha. A mente de Murphy deslizou para a recordação de quando a salvara dos bandidos. A partir de então, nutria por ela um sentimento de proteção.

Lembrou que quase morrera durante a luta com Talon, sobre a arca... E que Ísis cuidara dele até sua recuperação na caverna secreta de Azgadian. Os sentimentos por ela cresceram ainda mais quando procuravam a Escrita na Parede, na Babilônia. Agora empolgava-se com a perspectiva de falar com ela novamente.

– Fundação Pergaminhos da Liberdade. A quem devo transferir a ligação?

– Ísis McDonald, por favor.

Murphy tamborilou mais um pouco os dedos enquanto ouvia a música de espera. Deu-se conta de que sorria e de que gostaria de estar lá pessoalmente para tocá-la... No momento, porém, tinha de se contentar em apenas ouvir sua voz.

– Aqui é Ísis McDonald.

– Ísis.

– Michael! – ela parecia verdadeiramente feliz em ouvi-lo. – É tão bom ouvir sua voz!

– Ísis, sinto muito sua falta. Vou pegar o avião para Washington daqui a duas semanas. Vai estar livre?

– Hum, deixe-me ver... Acho que talvez possa dar um jeito nisso. – Ela riu, e ele de repente desejou antecipar a viagem.

– Fico feliz que possa me encaixar em sua agenda tão cheia.

– Michael, como tem passado? Trabalhando demais, como de costume?

– Provavelmente não mais do que você.

– Tem conseguido não arranjar encrencas?

– Bem... – disse, depois de uma pausa.

– Diga, o que houve?

– Tenho duas mensagens de Matusalém.

– Aha, então por isso telefonou – disse em tom de brincadeira. – Muito bem, o que foi desta vez?

– Rei Yamani.

– Quem?

– Rei Yamani – repetiu Murphy, frustrado. – Já viu esse nome em algum lugar em seus estudos?

– Não. Mas soa claramente como um nome do Oriente Médio. Gostaria que eu pesquisasse?

– Seria ótimo. Qualquer coisa que descubra a respeito dele pode ser útil.

– Que misterioso! Está planejando alguma nova expedição?

– Não desta vez. Só estou tentando descobrir quem ele é.

Ísis fez uma breve pausa.

– É uma campainha de escola o que ouço ao fundo?

– Receio que sim. Entro em serviço em uns cinco minutos.

– Tentarei encontrar alguma coisa, Michael. Nesse meio tempo, descanse um pouco.

– Vou tentar. Mal posso esperar para ver você.

– Eu também.

– E então? – disse Shari, andando sem muita sutileza ao redor da mesa de Murphy.

– Então o quê?

– Como ela está? – Havia um sorriso malicioso no rosto de Shari.

– Está tentando bancar cupido?

– Isso nunca me passou pela cabeça – protestou, fingindo inocência. – Aliás, professor, Bob Wagoner ligou para meu celular enquanto você falava com a senhora McDonald. Disse que tentou ligar, mas a linha estava ocupada. Pediu que ligue para o escritório dele. Parecia um pouco agitado.

– Obrigado, Shari. Soube alguma coisa do FBI a respeito da impressão digital que mandei para lá algum tempo atrás?

– A que você tirou da placa em Reed Gold Mine?

– Essa mesmo. Acho que pode ser de Matusalém. Se for, terá sido seu primeiro erro. Pode nos ajudar a descobrir quem ele é.

– Ainda não responderam. Vou telefonar para lá. Já tiveram tempo suficiente.

– Isso é o que você acha – disse, balançando a cabeça. – Nunca subestime a burocracia governamental.

Murphy juntou alguns papéis e guardou-os em sua pasta. Já ia saindo quando o telefone tocou. Voltou e atendeu a chamada:

– Michael Murphy.

– Michael.

– Olá, Bob. Estava para lhe telefonar depois da aula. Shari disse que você ligou.

– Podemos almoçar juntos?

– Claro. Alguma coisa acontecendo?

– Talvez aconteça, Michael. Preciso de sua opinião.

– A aula termina ao meio-dia. Podemos marcar 12h45?

– Ótimo, Michael. Pode ser no Adam's Apple às 12h45? Sei que você gosta da comida lá.

– O melhor sanduíche de frango da cidade. Até lá.

NOVE

MURPHY ACELEROU O passo ao se aproximar da sala de conferências, o Memorial Lecture Hall. Detestava atrasar-se para o que quer que fosse. Não gostava de quando os outros se atrasavam para reuniões com ele, e era fanático por pontualidade. Descobrira essa idiossincrasia em uma experiência no colégio. Havia uma visita marcada à fábrica Hershey's. Ele adorava chocolate e estava animado com a visita. Chegou à escola com cinco minutos de atraso e então viu que a turma entrara no ônibus e partira sem ele. Ficou arrasado.

Consultou o relógio. *Três minutos.*

A sala de conferências estava quase cheia quando ele entrou. A maioria dos alunos conversava em pequenos grupos. Alguns usavam celulares e uns poucos, diligentes, reviam as anotações da semana anterior.

A caminho da frente da sala, Murphy cumprimentou alguns com um aceno de cabeça. Colocou a pasta sobre a mesa, pegou o computador portátil e conectou-o ao cabo do projetor para PowerPoint. Carregado o programa, clicou na palestra daquela manhã.

– Muito bem, pessoal. Sentem-se.

Estava para começar quando Clayton Anderson entrou, deixando os livros caírem ruidosamente enquanto procurava um assento. Todos se viraram para olhar e riram. O palhaço da classe entrara, no modo costumeiro. Levou as mãos abertas ao redor da boca e retrucou "O que foi?", fingindo-se chocado. A resposta foi novamente o riso geral dos colegas.

– Fico feliz com o fato de que o senhor Anderson nos honre com sua presença... Podemos começar agora. Hoje falaremos de deuses pagãos. Como vimos em aulas anteriores, a adoração a vários deuses era uma característica central das culturas antigas. Era uma tentativa de explicar as forças da natureza a que todos se submetiam, e de lidar com elas. Na Babilônia, Enlil era o deus do tempo e das tempestades. Ea, o da sabedoria. Shamash, o do sol e da justiça. Gaia representava a Mãe Terra e Kishar era o Pai da Terra. Acima deles estava Marduk, o deus geral dos babilônios.

Murphy clicou no projetor de PowerPoint.

– Hoje vamos estudar mais alguns deuses pagãos.

Nebo	**Deus da educação, literatura, escrita e artes**
Baal	**Deus das forças criadoras da natureza**
Asherak	**Deusa favorita das mulheres**
Rá	**Deus Sol**
Bes	**Deus de aparência grotesca que protegia os partos**

– Cada deus tinha sacerdotes e sacerdotisas que orientavam os seguidores quanto à forma de adoração. Esses deuses tinham também templos dedicados a eles, onde o povo oferecia sacrifícios. Um desses sacrifícios era a oferenda de frutas e grãos; ou de animais, como vacas, carneiros e pombos. – Fez uma pausa dramática. – Às vezes, os sacrifícios eram humanos. O deus dos moabitas era denominado Chemosh, a quem os pais ofereciam seus filhos no altar. A mesma coisa faziam os canaanitas para o deus Molech, imolando-os.

Murphy ouviu murmúrios na classe, e muitas mulheres faziam caretas. Um coro de comentários, como "Grotesco!", dominou a sala.

Murphy sorriu.

– Se seus pais acreditassem nesses deuses, talvez alguns de vocês não estivessem aqui, apreciando minha aula.

Isso causou uma boa gargalhada da parte de alguns. Murphy estava para clicar no slide seguinte quando a porta da sala de conferências se abriu de novo. Ergueu o olhar, e as palavras entalaram em sua garganta.

Ela era alta, de belas formas, bronzeada, aspecto atlético. Usava um boné de beisebol, e os longos cabelos louros pendiam num rabo preso na nuca.

Todos os alunos viraram para ver quem tinha entrado. Murphy viu que sussurravam uns para os outros. Quem quer que fosse aquela loura, era do tipo que tanto homens quanto mulheres notavam.

Parecia mais velha do que os alunos ali presentes. Seu aspecto era de uma modelo profissional.

Murphy esforçou-se para retomar a aula.

– O próximo slide mostrará como os vários deuses eram representados pelo povo.

Nisrosh	**Deus assírio com corpo humano e cabeça de águia**
Hórus	**Figura humana com cabeça de falcão**
Hathor	**Deusa com corpo de vaca e cabeça de mulher**
Set	**Corpo de homem com cabeça de animal**
Amon Rá	**Divindade suprema dos egípcios, com corpo de homem e cabeça de falcão**
Dagon	**Deus filisteu com cabeça e mãos de homem e corpo de peixe**

– Muitos dos deuses neste slide foram representados em objetos antigos, como jarros e pratos. Alguns foram impressos em moedas. Outros podem ser vistos em pinturas ou relevos em paredes de edifícios. E, sim, isso cairá na prova.

Murphy viu alguém levantar um braço

– Professor Murphy, esse deus Dagon seria um tipo masculino ou uma sereia?

– É uma pergunta pertinente, Clayton. As representações que encontramos dele o mostram como peixe da cintura para baixo. A parte de cima do corpo é a de um homem. É representado com barba, usando um tipo de chapéu alto e arredondado, ou coroa.

– Que tipo de isca se usa para fisgá-lo?

Murphy sorriu.

– Bem, Clayton, eu usaria alunos piadistas da Preston University.

Todos riram e fizeram "Uuuh".

– Ele pegou você, cara – disse um dos alunos.

Murphy sinalizou para que se aquietassem.

– Talvez alguns se lembrem da história de Sansão, da Bíblia. Ele causou muitos problemas aos filisteus, que tramaram sua captura. Sua namorada, Dalila, o traiu, e seus capturadores o cegaram. Depois, o levaram a uma parte do templo onde os sacerdotes faziam sacrifícios a Dagon. Estavam comemorando a captura de Sansão.

Muitos dos que conheciam a história acenaram com a cabeça.

– A certa altura, os filisteus foram buscar Sansão para zombar dele. Enquanto esperava para ser levado diante do povo, ele perguntou a um dos guardas onde estava. Ouviu que estava dentro do templo, entre dois pilares. Com sua força colossal, Sansão então empurrou os dois pilares, literalmente botando o templo abaixo. O edifício ruiu, matando no mínimo 3 mil pessoas, inclusive o próprio Sansão, e destruindo a casa de Dagon.

Murphy continuou a palestra até a campainha tocar. Imediatamente os alunos se levantaram e começaram a sair. Enquanto juntava suas coisas, varreu a sala com o olhar.

A impressionante loura havia saído.

Murphy ainda pensava nela quando entrou em seu escritório. A atenção desviou-se quando Shari falou.

– Adivinhe quem telefonou quando você estava em aula?

– Provavelmente, o presidente dos Estados Unidos. Eu disse a ele que estaria em aula nesse horário. Deve ter esquecido.

– Está se saindo um bom comediante hoje... Mas não se esqueça do seu ganha-pão. Foi Levi Abrams. Disse que voltou a Raleigh e que gostaria de vê-lo. Respondi que eu telefonaria para combinar uma hora compatível para os dois.

– Levi! Que bom! Depois que ele se feriu com um tiro, levei-o ao hospital; então, desapareceu. Isso foi meses atrás. Ele disse mais alguma coisa?

– Não. Parecia ligar de um telefone público. Muito barulho ao fundo. Deixou-me um número para retornar. Disse que era uma secretária eletrônica e que pegaria a mensagem depois.

Murphy consultou a agenda para procurar uma boa hora para o encontro com Levi.

– Aliás, professor, recebi também uma ligação de seu amigo do FBI. Disseram que não encontraram correspondência para as impressões digitais tiradas da placa Reed Gold Mine. Matusalém continua sendo um mistério. Quando se encontrar com o senhor Abrams, por que não pergunta se ele poderia ajudar nessa questão da impressão digital? Talvez ele tenha contatos internacionais não disponíveis para o FBI.

– Boa ideia, Shari. Vale a pena tentar.

DEZ

MURPHY ESTACIONOU NUM local fora da lanchonete o velho e rodado Dogde. Ao aproximar-se da porta, sorriu para si mesmo. *Aposto que não reformaram nada desde que abriram, há uns trinta anos.*

A lanchonete estava parcialmente cheia. A decoração deixava muito a desejar, mas a comida era ótima. Parou por um breve instante e olhou ao redor. Rosanne, a garçonete de cabelos grisalhos, movia-se com a rapidez que seu corpanzil permitia. Limpava uma mesa, e quando ergueu o olhar, o viu em pé.

– Boa-tarde, professor. Há uma cabine desocupada ao fundo. Vou atendê-lo num instante.

– Obrigado, Rosanne.

Murphy foi até o fundo, deslizou sobre o plástico verde do banco e sentou-se. Não precisava consultar o cardápio. Ia fazer seu pedido de costume: sanduíche de frango e uma xícara de café.

Poucos minutos depois entrou Bob Wagoner, vestindo calça marrom-claro folgada e camisa polo que disfarçava um pouco a pequena barriga. Cabelos começando a rarear, rosto bronzeado, mais parecia um profissional de golfe do que pastor da Preston Community Church.

Murphy fez sinal e Bob acenou com a cabeça, caminhando para a cabine. Não parecia tão jovial como de costume. Apertaram-se as mãos e ele se sentou.

– Desculpe o atraso, Michael. O telefone tocou quando eu estava saindo da igreja.

– Sem problema. Não esperei muito. – Embora implicasse com atrasos, Murphy estava preocupado demais para cobrar-lhe isso.

– Bem, eu... – esticou a palavra ao ver Rosanne aproximar-se da mesa.

– Boa-tarde, reverendo. Querem pedir o de costume?

Os dois responderam com um movimento afirmativo.

– É para já – disse ela, virando-se e gritando para a cozinha: – Cheeseburger e fritas com chili beans e um sanduíche de frango!

Murphy riu. Não havia ninguém como Rosanne.

Bob, porém, não estava com disposição para rir. Foi direto ao ponto.

– Michael, fico feliz que tenha vindo. Preciso de um conselho a respeito de uma coisa.

– Fico feliz em ajudá-lo, se puder.

– Nos últimos meses tenho tido uma preocupação crescente com algumas pessoas da congregação. Acho que alguém está pondo essas pessoas a perder.

– Como assim? – perguntou Murphy, franzindo o cenho.

– Já ouviu falar do pregador itinerante que chegou à cidade? Ele se chama reverendo J.B. Sonstad.

– Li no jornal algo a respeito.

– Algumas pessoas da igreja foram às reuniões dele. Quando conversei com elas, me contaram coisas perturbadoras que acontecem por lá.

– Coisas perturbadoras? De que tipo?

– Disseram que, de repente, no meio do público, ele para e diz: "O que, Senhor? Sim, estou ouvindo. Está dizendo que alguém chamado George tem um problema renal e precisa ser curado?" Então ele olha ao redor e diz: "Alguém aqui chamado George tem problema renal?" George se levanta e vai à frente para ser curado. Isso tudo me incomoda. Não acho que Deus atue desse modo. Tem alguma ideia?

Murphy ficou por um momento em silêncio antes de responder.

– Bem, Bob, Deus atua de maneiras misteriosas.

– Quer dizer que acredita nisso?

– Nem um pouco. Isso me parece encenação. A Bíblia diz que nos últimos tempos haveria muitos falsos profetas. Parece que esse é um deles.

– É exatamente o que penso, Michael. Isso me leva a outra pergunta. Você iria comigo a uma dessas reuniões? Gostaria de verificar pessoalmente o que está acontecendo.

– Claro, Bob. Verifiquemos isso no próprio local. Além do mais, sempre fui curioso a respeito desses pretensos curadores.

– Mais uma coisa. Ouvi dizer que alguns daqueles jovens estariam fazendo experiências de ocultismo. Coisas como tábua Ouija e mesa girante.

– Esse é o começo, Bob. Já vi esse tipo de coisa.

Murphy conhecera a mesa girante nos tempos de faculdade. Vários alunos se reuniam em torno de três lados de uma pequena mesa quadrada. Do lado vazio colocavam uma cadeira para o espírito que responderia às perguntas. Em seguida, colocavam as mãos, suavemente, sobre a mesa e observavam a cadeira vazia. Faziam perguntas do tipo sim ou não. Uma ponta da mesa se erguia do chão e em seguida caía com um pequeno ruído. Um toque no chão para o sim, dois para o não.

– O que acontecia? – perguntou Bob, interrompendo a recordação.

– Era estranho. Todas as respostas eram corretas. Lembro que, certa vez, quando uma outra pessoa entrou no quarto, fizeram uma coisa diferente. Pediram a quem tinha acabado de chegar que pegasse a carteira e o cartão da seguridade social. Em seguida, pediram ao espírito que batesse o terceiro número do cartão. Nenhum dos alunos ao redor da mesa sabia qual era o número. A mesa se ergueu do chão e caiu três vezes. Era o número correto.

– O que você fazia?

– Eu só ficava olhando e pensando que eram todos loucos. Achava que era uma espécie de truque. Agora, mais velho e com mais experiência sobre deuses da Antiguidade e adoração pagã, penso que algumas coisas são falsas e outras podem ser reais.

– Bem, não posso ignorar isso, Michael. Começaram a me fazer perguntas, e cada vez mais pessoas estão frequentando as reuniões. Gostaria de acabar com isso logo no começo, se possível. Cura pela fé, mesa girante... É tudo muito perturbador.

Rosanne chegou com o café e pegou o rabo da conversa.

– Mesa o quê? Nesta mesa o negócio é gorjeta. Vinte por cento no mínimo.

Até mesmo Bob sorriu um pouco. Não havia ninguém como Rosanne.

ONZE

EUGENE SIMPSON COLOCOU dentro do porta-malas o último item da bagagem. Bateu a porta do Mercedes preto e usou a manga do casaco para remover as impressões digitais. Queria que tudo parecesse perfeito. O chefe era muito exigente em relação a detalhes e detestava andar num carro que tivesse qualquer vestígio de sujeira.

Simpson tinha um excelente emprego como motorista de Shane Barrington, um dos homens mais ricos e poderosos do mundo. Pagava excepcionalmente bem, e Simpson não queria ser demitido. Correu para porta e abriu-a quando Barrington desceu da cobertura.

O chefe tinha um porte atlético, volumoso e imponente, para dizer o mínimo. Isso, mais as maçãs de rosto salientes, os lábios finos e o olhar duro e cinzento provocavam em Simpson arrepios na espinha. Sabia que o patrão não gostava de conversa trivial e que sua tolerância era zero para qualquer fraqueza.

– Aonde quer ir, senhor Barrington?

– Para o aeroporto, Eugene.

Meia hora depois Simpson estacionou o Mercedes perto de um jato Gulfstream IV da Barrington Communications. Descarregou a bagagem e colocou-a a bordo.

– Volto na quinta-feira, Eugene. Não sei a que horas. Ligue para o aeroporto para perguntar.

– Sim, senhor. Estarei aqui.

Simpson soltou um longo suspiro e observou o Gulfstream deslizar pela pista e decolar.

O voo para Zurique deu a Barrington tempo para pensar. Talvez até demais. A mente flutuou de volta a Stephanie. Não imaginara que sentiria tanta falta dela. Recostou novamente a cabeça no assento de couro, fechou os olhos e tentou dormir. O sono, porém, não veio.

O que fez então foi rememorar o dia. Sua assistente Melissa chegara correndo ao escritório.

– Senhor Barrington, viu a última chamada do plantão de notícias?

– Do que está falando, Melissa?

– Veja só, vou ligar o aparelho.

– Aqui é Mark Hadley para a BNN. Estou na frente do edifício de Stephanie Kovacs, ex-repórter investigativa da Barrington Communications e Network News. A informação é breve desta vez, mas relatos anteriores revelam que sua garganta foi cortada logo cedo nesta manhã, por um agressor desconhecido.

Barrington rangeu os dentes. Sabia que fora Talon quem a matara e que a ordem partira dos Sete. Seu estômago se contraiu de ódio e desejo de vingança. *Mas como realizaria seu intento?*

Foi sacudido de volta à realidade quando o avião enfrentou uma turbulência. Os Sete eram tão poderosos que Barrington não acreditava que conseguiria em algum momento vingar a morte de Stephanie. Mas queria desesperadamente ver todos eles de garganta cortada, morrendo do mesmo modo que Stephanie.

* * *

A estrada sinuosa nos Alpes estava molhada de chuva. O céu cinzento refletia o estado de espírito de Barrington.

Por que sempre mandam esse motorista esquisito, pálido e mudo me buscar? Bem, pelo menos não tenho de ficar ouvindo conversa inútil.

À medida que se aproximava do castelo, mais apreensivo ele ficava.

Vamos, Barrington,componha-se. Nunca deixe o oponente saber que você está com medo. Lembre-se do que disse o general Patton: A coragem é o medo que espera mais um pouco.

A certa altura a limusine fez mais uma curva, e surgiu o castelo, e assim que Barrington o avistou, não deixou de pensar que parecia uma gárgula diabólica, um câncer crescendo na encosta da montanha.

Quanto mais se aproximava, mais se tornavam visíveis as maciças paredes de granito com pequenas torres pontudas. Uma luz de velas dançava atrás de várias das janelas antigas chumbadas.

Um lugar perfeito para rodar um filme de terror.

O motorista abriu a enorme porta em ferro trabalhado, e Barrington atravessou o grande hall de entrada. A luz trêmula de umas 12 tochas iluminava o hall que levava a uma grande porta de aço.

Com a aproximação de Barrington, a porta fez um ruído sibilante e abriu-se para um elevador. Ele entrou, a porta fechou-se, e o elevador começou automaticamente a descer para as profundas entranhas do castelo.

Próxima parada, inferno, pensou ele.

A porta se abriu e Barrington saiu para o sombrio espaço medieval destinado à reunião dos Sete. Quando seus olhos se acostumaram à luz fraca, ele pôde ver as familiares cadeiras em que sempre se sentara, com gárgulas entalhadas nos braços. Uma luz se acendeu sobre ele.

Lá está a cadeira quente.

Seu olhar desviou-se para a mesa que ficava uns 6 metros em frente à cadeira. A mesa estava coberta por um pano vermelho-sangue que chegava até o chão e, atrás dela, viam-se sete cadeiras entalhadas, de espaldar alto, e as silhuetas dos sete integrantes à sua espera.

– É bom que tenha sido pontual, senhor Barrington. Da última vez, chegou atrasado – comentou John Bartholomew. — Fez uma boa viagem?

Barrington quis vomitar. Ninguém ali estava interessado em seu bem-estar. Estavam apenas usando-o.

– Claro – respondeu Barrington com um sorriso forçado. – É sempre um prazer encontrá-los novamente.

É preciso dois lados para haver jogo, pensou.

– Que bom que pense assim. Hoje queremos discutir com o senhor um projeto muito importante. Gostaríamos que suas organizações midiáticas promovessem um indivíduo empreendedor chamado Constantine De La Rosa.

– Quem? Nunca ouvi falar dele.

– É um homem muito religioso que vai unificar as diversas religiões do mundo.

Será o fim do mundo, pensou Barrington.

– Debaixo de sua cadeira está o primeiro dos muitos anúncios que virão. Queremos que o publique em suas revistas, fale a respeito disso no rádio e produza especiais de televisão sobre o assunto. Gostaríamos que o apresentasse ao mundo todo e pensamos que o melhor modo de fazê-lo será por meio de suas empresas de comunicação.

Barrington esticou o braço para debaixo da cadeira e pegou um envelope de papel-manilha que continha o texto a ser divulgado.

RELEASE DA BARRINGTON NEWS NETWORK

Cúpula da Unidade Mundial

O Dr. Constantine De La Rosa, fundador do Instituto da Harmonia Religiosa, com sede em Roma, Itália, anunciou a realização da Cúpula da Unidade Mundial, marcada para a primeira semana de setembro, em Roma. Essa cúpula destina-se a todos os interessados na paz mundial e na harmonia religiosa. Espera-se que líderes políticos e religiosos do mundo todo compareçam a esse encontro histórico.

O Dr. De La Rosa apontou os diversos objetivos que a Cúpula da Unidade Mundial pretende alcançar:

- A celebração da unidade religiosa em meio à diversidade – com o entendimento de que todas as religiões buscam chegar a Deus e dar assistência ao próximo.
- A criação de uma cultura de paz e segurança para todos os povos do planeta.
- A expressão do amor divino por todos os seres humanos.
- O fim da violência motivada pela religião.
- O esforço para sanear o meio ambiente planetário.
- O respeito e o estímulo à diversidade cultural – bem como a apreciação da riqueza proporcionada pelos valores e crenças de todas as nações.

- O desestímulo ao absolutismo e o incentivo à tolerância religiosa para todas as seitas, cultos e formas de adoração.
- O desestímulo a grupos que enfatizam a discriminação quanto à preferência sexual, raça e idade.
- A realização de seminários e treinamentos para a solução de conflitos a fim de colaborar para a extinção da intolerância religiosa.
- A criação de grupos de discussão relacionados a questões de reprodução humana e superpopulação da Terra.
- O treinamento de métodos para trazer à tona os aspectos positivos do potencial humano – celebração da capacidade criadora do homem.
- O planejamento de métodos para a redução da pobreza e da fome, bem como para o atendimento mundial das necessidades relacionadas à saúde.

O Dr. De La Rosa anunciou também que o Instituto da Harmonia Religiosa criará Centros de Harmonia em todos os continentes. Além disso, estão previstos Programas de Harmonia para Jovens, destinados a menores de 18 anos. Junto com os Centros, a Universidade da Unidade entrará em operação dentro de um ano. Essa escola foi concebida para atrair alunos do mundo todo que queiram dedicar suas vidas à unidade mundial.

O Dr. De La Rosa também sugere que todas as nações adotem um novo feriado nacional, o Dia da

> Unidade Mundial. Um segundo marco a se considerar seria o Ano Mundial de Ação de Graças. Para mais informações, por favor entrem em contato com o Instituto da Harmonia Religiosa nos seguintes endereços: Alameda da Unidade, 18, Roma, ou visite nosso site em www.religiousharmony.com.

Barrington leu o texto e olhou para os Sete.

– Ora, os senhores não acreditam nisso tudo, acreditam?

Mesmo a 6 metros de distância, Barrington percebeu o brilho raivoso nos olhos de Sir William Merton. Sua voz soou baixa, gutural e definitivamente hostil.

– Senhor Barrington, não estamos perguntando sua opinião. A Cúpula da Unidade vai se realizar. E o senhor fará exatamente o que dissermos. Entendeu?

Barrington entendeu, mas não gostou. Não gostava de que ninguém lhe dissesse o que ele poderia, ou não, fazer.

– E se eu não fizer?

Jakoba Werner começou a rir, um riso verdadeiramente terrível.

– Permita-me fazer-lhe uma pergunta simples, senhor Barrington. O senhor quer continuar vivo?

Pois era assim. Fazer ou morrer. Eis a escolha que se apresentava a Barrington.

A discrição é a melhor parte da bravura, pensou ele. *Preciso sair daqui vivo.*

– Como queira.

– Decisão muito, muito sábia – observou Ganesh Shesha.

– Mais alguma coisa? – A essa altura Barrington já estava mais do que ansioso para ir embora.

– Isso é tudo, senhor Barrington. Contamos com uma maciça campanha promocional no próximo mês.

Barrington levantou-se da cadeira, entrou no elevador e saiu sem dizer uma palavra. Ouviu-se apenas o leve ruído da porta do elevador.

O señor Mendez virou-se para o grupo.

– Não gostei da atitude dele. Acho que é um homem perigoso. Têm certeza de que podemos confiar nele?

– Ele fará o que pedimos ou será eliminado, como os outros – respondeu Bartholomew. – Além disso, já se acostumou com nosso dinheiro e não desejará renunciar a ele.

– Concordo com o señor Mendez – disse Victoria Enesco. – Ele quase disse não, hoje, para nós.

– Precisamos dele por enquanto para promover De La Rosa – ponderou Bartholomew. – O público tem em bom conceito sua rede, e qualquer notícia veiculada por ela será levada a sério. Portanto, vamos usá-lo enquanto nos for útil.

Os outros integrantes concordaram com relutância. Insolente ou não, Barrington era um recurso valioso. E se ele se tornasse desobediente demais? Bem, havia maneiras de lidar com isso se e quando fosse o caso.

DOZE

MURPHY ENTROU NA Out West Steak House às 6 horas da tarde. Olhava ao redor quando a garçonete surgiu.

– Em que posso servi-lo, senhor? Quer uma mesa?

– Sim, para dois. Estou esperando um amigo.

– Seu nome?

– Murphy.

Enquanto ela anotava o nome na lista de espera, Murphy viu Abrams acenar do outro lado do restaurante.

– Desculpe, meu amigo já chegou.

A garçonete sorriu, assentiu com a cabeça e riscou da lista o nome de Murphy.

Assim que Murphy chegou à mesa, o israelense de quase 2 metros de altura cumprimentou-o com um grande sorriso e um caloroso abraço.

– Que bom ver você, Michael – disse, enquanto os dois se sentavam.

– Parece bem melhor do que da última vez que o vi. – Murphy deu um tapinha na têmpora. – Praticamente, não restou nenhuma cicatriz da bala.

– Não, tive muita sorte. Contaram-me depois que você salvou minha vida.

– Sabe o que isso significa? De acordo com a tradição asiática, você agora se torna meu servo para o resto da vida.

Os dois riram.

– Michael, me ajude. Não lembro do que aconteceu no armazém depois que levei o tiro. Só lembro que acordei no hospital em Et Taiyiba.

A mente de Murphy rapidamente voltou ao passado.

– Estávamos no armazém procurando Talon e seus homens. Eles começaram a atirar em nós com revólveres. De repente, um dos capangas de Talon atacou do edifício do outro lado da rua usando um lançador de granadas, incendiando o armazém. Em seguida, você levou o tiro, e as luzes se apagaram.

– A última coisa de que me lembro é o fogo.

– Eu estava num outro corredor, atrás de umas caixas, acuado pelo tiroteio. Uri tinha se arrastado até você e estava tomando seu pulso quando uma segunda granada caiu atrás dele. O corpo de Uri protegeu você da explosão, mas ele morreu instantaneamente.

Murphy fez uma pausa ao ver uma expressão de culpa e tristeza na rosto de Levi. Era o primeiro vislumbre autêntico relativo aos acontecimentos daquele dia.

– Ele era um bom amigo.

Murphy concordou com um movimento de cabeça.

– Não pude fazer nada por Uri. Você estava ensanguentado, mas respirava. A essa altura o prédio estava tomado pelas chamas. Talon e seus homens já tinham ido embora, supondo que estávamos mortos.

Levi ouvia atentamente, olhos fixos em Murphy.

– Arrastei você até o local de onde estavam atirando e encontrei um túnel de fuga. Puxei-o para dentro dele, prendi nossos cintos um no outro para formar uma espécie de arreamento rudimentar e desse modo pude arrastá-lo pelo túnel.

– Não deve ter sido fácil.

– Você não é nada leve – concordou Murphy. – Em seguida, houve uma enorme explosão.

– Explosão?

– Devem ter dinamitado o prédio para destruir qualquer prova ou desencorajar perseguidores. Uma parte do túnel ruiu e ficamos presos nele por algum tempo. Por sorte, consegui cavar uma saída para nós.

– Você se feriu?

– Nada grave. A claustrofobia foi a pior parte. A escuridão, a poeira... Não conseguia enxergar nem respirar... Não sabia se a outra ponta do túnel havia desabado, prendendo-nos no meio. Só pensava em tirá-lo dali. – Isso não era bem verdade. Murphy também se dera conta nesse momento do quanto queria voltar a ver Ísis. Levi olhou-o com ar de expectativa e ele prosseguiu: – Várias horas depois conseguimos sair. Seu sangramento havia diminuído, embora você não parecesse estar muito bem. – Murphy riu. – Acho que meu aspecto também não era grande coisa.

– Aonde dava o túnel?

– Saímos dentro de um prédio na mesma rua. Pela janela, olhei para o armazém. Eu estava preto de fuligem, todo chamuscado. Os bombeiros de Et Taiyiba ainda estavam na rua e jogavam água nos pontos mais críticos. Não vi nenhum outro membro de seu partido. Uri estava morto e Judah, Gabrielle e Isaac tinham ido embora. Pedi aos bombeiros que chamassem uma ambulância e segui com você para o hospital.

– Não me lembro de nada disso.

– No hospital, fizeram alguns curativos em mim. A polícia chegou e começou a me interrogar, o que não durou muito. Alguns agentes da Mossad me levaram para um outro prédio e me interrogaram por muito tempo antes de me deixarem ir embora. No dia seguinte, voltei ao hospital para ver como você estava, mas você já não estava lá, e não havia nenhum registro de seu atendimento. Eu me senti como num filme de espionagem.

– Não era muito diferente disso. Levaram-me para um hospital especial que poucas pessoas em Israel conheciam. Quando me recuperei, fui mandado para um esconderijo na América do Sul, onde fiquei fora de circulação por uns sessenta dias até que tudo se aquietasse. Só então voltei.

– E quanto a Judah, Gabrielle e Isaac? O que aconteceu com eles?

Levi sorriu

– Se eu lhe contasse, teria de matá-lo.

– Muita gratidão de sua parte! – respondeu Murphy com um esgar de sorriso. Percebendo que entrava em questões que Levi não podia revelar, deu o assunto por encerrado.

Lá pelo fim do jantar a conversa tomou novo rumo.

– Levi, há outro caso em que você me poderia ser útil.

Abrams sorriu.

– Já que sou seu escravo para o resto da vida, como recusar?

– Tenho uma pista sobre Matusalém. Encontrei uma impressão digital que pode ser dele. Será que poderia verificar isso para mim?

– E seus amigos do FBI?

– Não descobriram nada.

– O que o faz pensar que eu possa descobrir?

– Bem, Levi, você tem amigos em postos importantes. Pensei que talvez valesse a pena tentar.

– Claro, mande para mim. Temos acesso a muitas impressões digitais. Mas não garanto nada.

– Compreendo... Mas algum dia ele tem de cometer um erro.

TREZE

O FEIXE DE luz da lanterna percorreu o grande hall de entrada da Fundação Pergaminhos da Liberdade. A luz dançou sobre a mesa da recepção... moveu-se para os elevadores... deslizou pelo chão até as portas de entrada.

Eram 2h30 da manhã quando Greg Graham examinou as portas da frente. Não sabia dizer quantas vezes ao longo dos anos verificara aquelas portas durante seus turnos.

Milhares de vezes, pensou o vigilante. *Sempre à noite.*

A certa altura ouviu algo.

Ficou atento às vozes sussurradas a distância. Desligou a lanterna, levou a mão à automática e silenciosamente começou a andar na direção das vozes.

Por que alguém estaria na Sala de Objetos Antigos? Ao aproximar-se, seu coração disparou. Embora trabalhasse como guarda havia anos, nunca tivera oportunidade de usar a arma. Viu o feixe de luz de uma lanterna sobre uma das caixas de vidro no centro da sala e as silhuetas escuras de dois homens em pé diante da caixa.

Greg respirou fundo e acendeu a lanterna.

– Parados aí! Qualquer movimento, eu atiro!

– O que é isso, Greg? Cuidado com o que vai fazer!

Os homens viraram-se e olharam para ele, que pôde então ver seus distintivos de guarda no peito. Eram Tom Meier e John Drake.

– E tire essa luz de cima da gente – disse John.

– O que estão fazendo aqui embaixo? Deviam estar inspecionando os andares de cima.

– Terminamos mais cedo e descemos para ver como você está se saindo – disse Tom.

– O que estão olhando?

John lançou o feixe de luz novamente sobre a caixa.

– Venha aqui e veja você mesmo.

Greg iluminou a caixa de vidro.

– Estou vendo que é de bronze, mas o que é?

– É a cauda de uma serpente de bronze – respondeu John. – Dizem que é parte da serpente que Moisés levantou no deserto. Coisa bem antiga.

– Como sabe disso? – perguntou Greg.

– Ouvi por acaso a conversa de um dos curadores.

– O que houve com o restante da serpente?

– Um dos curadores disse que a parte do meio estava no museu da American University, no Cairo, Egito. A parte da cabeça, ele disse, estava perdida em algum lugar na Pirâmide dos Ventos... Sei lá onde é isso.

– Bem, fiquem aí olhando o rabo da serpente, se isso lhes dá tesão – disse Tom. – Vou sair para fumar.

Tom trabalhava há menos de um ano para a Fundação Pergaminhos da Liberdade e estava prestes a mudar de emprego. Fazer ronda entre velhos jarros de argila, múmias, pedaços de papel se desfazendo, pilares de pedra quebrados não correspondia à sua ideia de prazer – principalmente à noite, quando poderia estar em casa, na cama, ou se divertindo em algum lugar.

Acendeu o cigarro e tragou profundamente. Uma meia-lua brilhava na noite clara. No estacionamento só havia quatro carros. Reconheceu seu velho e rodado Volkswagen, o Toyota de John e a picape Ford de Greg. Mas foi o SUV preto que lhe chamou a atenção. De quem seria?

Hum. Melhor verificar.

Acendeu a lanterna e iluminou o veículo. Parecia vazio. Verificou as portas. Estavam trancadas. Pelas janelas de trás viu algo que parecia duas gaiolas de metal.

Estranho.

Pegou um bloco e uma caneta e anotou o número da placa.

Vou verificar, por via das dúvidas. Greg certamente vai querer saber a respeito.

Começou a voltar, seguindo pelo estacionamento, e atirou o cigarro no asfalto, pisando o toco com a sola do pé direito. Ouviu um leve ruído e olhou ao redor. Ninguém. Talvez fosse apenas sua imaginação.

Tinha dado cinco passos na direção das portas da frente quando ouviu um estranho som de pancada perto do ouvido direito.

Foi o último som que ouviu na vida.

Greg e John começavam a se perguntar o que acontecera a Tom quando ouviram passos que se aproximavam. Uma luz de lanterna se acendeu sobre seus olhos.

– Foi uma longa pausa para fumar – disse John. – O que estava fazendo? Fumou o maço inteiro?

– Ei... tire essa luz de nossos olhos – reagiu Greg.

– Claro – foi a resposta.

Greg hesitou. *Não era a voz de Tom.* Instintivamente, levou a mão à arma, mas já era tarde demais. Uma faca cortou-lhe a garganta de uma orelha à outra.

John tentou pegar a arma mas, ao puxá-la do coldre, o homem deu-lhe um chute lateral que lhe esmagou os dedos. Soltou um grito e a arma caiu ao chão.

John cambaleou para o lado e, em seguida, avançou com um chute que acertou o peito do estranho e o derrubou de costas. Tentando valer-se de sua vantagem, com a mão esquerda puxou o cassetete do cinto e armou o golpe.

O homem desviou-se facilmente, acertando um murro na lateral do pescoço de John, que caiu de joelhos, zonzo, e logo sentiu a mão do estranho pegar-lhe a cabeça. Um puxão rápido, um estalo... Em seguida, silêncio.

Murphy pegou o celular.

– Aqui é Murphy.

– Michael, que bom que o encontrei. Onde está? – Era Ísis, sua voz tremia.

– Estou no carro, a caminho da escola. O que houve?

– Aconteceu uma coisa terrível na Fundação. Entraram lá na noite passada e três dos vigias foram assassinados.

– O quê?

– Um foi morto no estacionamento. Foi terrível. Garganta e pescoço retalhados. Parecia que um animal tinha feito aquilo, disse o legista. Ele encontrou até penas ao redor do corpo.

– Talon!

– O quê?

– Parece obra de Talon. Ele usa seus falcões de estimação para fazer o trabalho sujo. Foi por isso que recebeu seu nome.

– Os dois vigias que estavam dentro também foram mortos. Um deles morreu com a garganta cortada, o outro, com o pescoço quebrado.

– Algo desapareceu?

– Sim. A cauda da Serpente de Bronze, de Moisés. Aquela que encontramos na ânfora de argila e tinha uma inscrição de Dakkuri.

Dakkuri, pensou Murphy. *O sumo sacerdote da corte de Nabucodonosor.*

– Por que ele teria levado isso? – perguntou Ísis.

– Não sei. Talvez queira devolvê-la à seita que descobrimos nos esgotos da cidade de Tar-Qasir. Não ficaram muito felizes quando pegamos a parte do meio da serpente... Ísis, você se feriu de algum modo?

– Não. Só estou assustada por saber que Talon esteve de novo tão perto de mim.

Murphy sentiu uma dor no coração ao pensar que Talon poderia ter matado Ísis, como fez com Laura. Isso seria insuportável para ele.

– Ísis, quero que me prometa uma coisa. Não saia sozinha. Carregue sempre o celular com você, em todas as circunstâncias. E se não tiver uma arma, arrume uma, e a leve aonde for.

– Ah, Michael! Acha mesmo que Talon pode vir atrás de mim?

– Espero que não. Mas não quero que se arrisque, ouviu?

Ela prometeu ser cautelosa, mas isso pouco serviu para atenuar a inquietação que Murphy sentia.

CATORZE

Num campo perto de cidade de Ebenezer, 1083 a.C.

O RUÍDO DE espadas e lanças batendo contra armaduras de metal crescia de modo ensurdecedor e tornava-se ainda mais intenso com as batidas de pés levantando poeira do chão. A esses ruídos logo se acrescentaram gritos e cânticos de milhares de soldados. O grito de guerra de homens prontos para entrar em combate ecoava por todo o vale.

O general Abiezer cerrou as mandíbulas e contemplou os homens. As vidas daqueles soldados estavam em suas mãos. Sabia que toda Israel contava com sua liderança... E sua vitória.

Os soldados remexiam-se expectantes, olhos colados no cavalo cinzento e no cavaleiro no alto da colina, erguendo o estandarte de guerra bem acima da cabeça. As emoções ferviam e a adrenalina começava a correr. O medo comprimia-lhes o coração, e todos se perguntavam se estariam vivos na manhã seguinte. A batalha começaria a qualquer momento. Os soldados apenas aguardavam o sinal para o início.

Não era a primeira vez que os israelitas precisavam enfrentar seus inimigos, os filisteus. Estiveram às voltas com muitos conflitos ao longo dos últimos trezentos anos. Milhares de camponeses haviam morrido nessas batalhas. Os confrontos com os filisteus remontavam à época de seus ancestrais Abraão e Isaac.

Baslute ajoelhou-se para amarrar as sandálias de guerra.

– Está com medo? – perguntou, erguendo o olhar para o irmão.

Neziá franziu a testa, mas em seguida suavizou a expressão facial.

– Claro. É natural ter medo. Mas a coragem vem quando não se foge do medo e ele é enfrentado diretamente. Não se deve pensar na dor da morte. É preciso se concentrar na ideia de proteger nossa família e nossa nação.

– Mas nunca lutei numa guerra, ao contrário de você.

– Então mentalize tudo o que lhe ensinei. Pense na melhor maneira de brandir a espada e proteger-se com o escudo. Tome coragem e vizualize a morte do inimigo... Não a nossa.

– Eu sei, mas...

– Chega dessa conversa! Fique bem a meu lado e lutaremos juntos.

Neziá ajudou Baslute a se levantar e o abraçou.

Não demorou para que o ruído trovejante dos guerreiros israelitas chegasse aos ouvidos dos filisteus, que estavam acampados perto da fortaleza da cidade de Aphek por quase uma semana, preparando-se para o combate. O profundo ódio pelo povo de Israel era alimentado pelo desejo de vingança. Havia a expectativa de se apoderarem de fortunas e capturarem escravos, principalmente as belas mulheres da tribo de Benjamin, mas isso seria apenas o espólio da guerra.

O comandante Jotham do exército filisteu baixou o braço, e o som das trombetas espalhou-se pelas fileiras, seguido do grito de guerra dos guerreiros filisteus. Eles avançaram, batendo nos escudos com espadas e lanças, assim como os israelitas.

Ao som das trombetas filisteias, o cavaleiro do cavalo cinzento baixou o estandarte de combate. Um enorme grito então se ergueu dos israelitas, que se moveram na direção dos inimigos.

Os arqueiros dos dois lados prepararam as armas. Instantes depois, flechas riscavam os ares, e ouviram-se gritos tanto de israelitas quanto de filisteus atingidos. A maioria dos guerreiros, porém, conseguiu proteger-se com os escudos erguidos

Os guerreiros bradaram a plenos pulmões avançando como loucos, espadas e lanças erguidas. Era matar ou morrer... E ninguém queria morrer.

À medida que os guerreiros dos dois lados se misturavam, iam se ouvindo por toda parte gritos de agonia. Homens feridos tentavam desesperadamente estancar o sangue de membros ou torsos. A poeira aumentava, dificultando a visão e a respiração. Os soldados tropeçavam em corpos caídos e escorregavam no sangue. Era quase impossível distinguir um soldado do outro em meio à carnificina.

O brutal ímpeto do primeiro enfrentamento durou quase uma hora. A certa altura soou o toque de retirada, e os dois lados recuaram em direções opostas do vale a fim de descansar, reagrupar-se e reavaliar as estratégias de combate. Foi também um momento para contar perdas e levar os feridos para o acampamento.

O general Abiezer estava em sua tenda com os conselheiros quando um mensageiro chegou com notícias do campo de batalha.

– General, os filisteus mataram cerca de 4 mil guerreiros israelitas. Há mais ou menos 2 mil feridos. Estima-se que matamos apenas trezentos soldados inimigos.

Abiezer ficou mudo. Todos os conselheiros abaixaram a cabeça, em desespero. Fez-se um longo silêncio. O capitão Gadiel foi o primeiro a falar.

– Por que o Senhor permitiu que fôssemos hoje derrotados diante dos cães filisteus? Levemos a Arca da Aliança do Senhor para o

campo de batalha. Ela nos protegerá e trará a vitória. – Gadiel pensou que ao ver a Arca de Deus os soldados ganhariam mais coragem e ânimo.

Os conselheiros presentes acenaram com a cabeça, concordando.

Gadiel prosseguiu.

– A Arca da Aliança está sob os cuidados de Hofni e Fineas, filhos do sacerdote Eli, que estão em Shiloh. Não demoraria muito para trazê-la até aqui. – Ele quase sufocou com as próprias palavras. Ouvira muitas coisas a respeito das vidas sórdidas de Hofni e Fineas.

O comandante Hadoram então falou:

– A Arca é a casa do Senhor das Hostes. Ele mora no alto entre dois querubins. Se a Arca chegar até nós, talvez nos proteja das mãos dos inimigos.

O general Abiezer lançou um olhar de interrogação a todos os conselheiros. Ainda não estava convencido.

– Oh, Senhor, preciso de ajuda nessa decisão. Precisamos vencer a batalha amanhã – ele rogou.

Um a um os oficiais expressaram sua concordância com Hadoram, até que Abiezer acatou a sugestão. Um novo influxo de coragem e esperança inundou seus corações.

Abiezer então falou:

– Capitão Gadiel, reúna um grupo de soldados para acompanhá-lo a Shiloh. Traga a Arca da Aliança, junto com Hofni e Fineas. Quero que passem pelos guerreiros e os abençoem quando saírem para o combate. Confio que o Senhor nos dará uma grande vitória.

Gadiel fez uma saudação e saiu da tenda. Logo juntou cinquenta soldados de elite.

– Cumpriremos uma missão urgente – comunicou. – Viajaremos dia e noite adentro para chegar a Shiloh. Temos ordens para trazer a Arca da Aliança e os filhos de Levi, o sumo sacerdote.

Os homens pareciam surpresos, mas Gadiel apressou-os.

– Temos cerca de 18 horas para isso. Precisamos voltar a tempo para a batalha de amanhã. Nossos irmãos soldados dependem de nós. Não podemos sofrer de novo uma perda tão grande quanto a de hoje.

As palavras foram bem-acolhidas pelos homens, que se mostraram dispostos a fazer o que fosse necessário.

Gadiel encheu-se de orgulho. Com a Arca entre eles, como poderiam fracassar?

QUINZE

MURPHY PASSARA A adorar o curso de arqueologia bíblica. Os alunos mostravam-se atentos e ansiosos para aprender. Com a fama, a classe crescia a cada ano. Todos pareciam apreciar as palestras, menos o diretor da Faculdade de Ciências e Letras, Archer Fallworth. Talvez fosse por ciúme, pois, por outro lado, suas classes pareciam diminuir de tamanho. Ou talvez fosse simplesmente por ele não gostar de cristãos. Costumava dizer que a Bíblia era para os "cabeças-ocas". E referia-se a qualquer atleta que declarasse sua fé como "fanático de Jesus". Murphy o achava simplesmente chato. Alguém que tenha publicado um trabalho intitulado "Materiais para Botões de Plantações da Geórgia do Século XVIII" precisava encontrar coisa melhor para fazer.

Murphy entrou na sala de conferências e brincou com vários alunos antes de começar a apresentação com o PowerPoint. Ao piscar as luzes, todos entenderam que deveriam se sentar e fazer silêncio.

– Bom-dia. Na última aula, falamos de vários deuses pagãos.

Mal começara a falar quando a porta do fundo se abriu e entrou a bela e misteriosa loura da aula anterior. Desta vez ela estava de cabelos soltos e óculos de sol no alto da testa. Não trazia bolsa nem computador portátil. Encontrou um assento, ergueu o olhar e sorriu. Murphy notou que alguns jovens da fileira do fundo cutucaram-se e apontaram para a loura. Foi o máximo que conseguiu fazer para manter o foco de atenção.

– A crença... hã... nesses deuses influenciava fortemente as ações cotidianas do povo, como se verifica pelas oferendas de colheitas, animais e seres humanos, e também na arte. Muitas civilizações antigas representavam seus deuses em forma física, criando estátuas, pinturas, relevos murais, cerâmica e moedas. Isso também se aplica à sua crença em anjos. Com frequência, colocavam figuras de anjos em seus objetos. A Arca da Aliança é um exemplo clássico disso. Na parte de cima dela havia dois anjos de asas abertas, protetoramente, acima da câmara que continha os Dez Mandamentos.

Ouviu-se uma voz.

– É bom lembrar que alguns países usam anjos em programas de televisão para aumentar a audiência.

A classe riu, e Murphy notou que a loura sorria.

– Esse é um bom exemplo de crença na vida após a morte, Clayton. Há basicamente dois tipos de anjos: bons e maus. Os dois aparecem em programas de televisão. Entre os bons, encontramos os seguintes nomes bíblicos.

Murphy clicou no slide.

ANJOS BONS

- **Anjo Anunciador – seu nome é Gabriel**
- **Arcanjo – principal anjo de Deus, denominado Miguel**
- **Seres Celestiais – título genérico**
- **Querubim – principalmente guardiões do Trono de Deus**
- **Hoste Celeste – título genérico para os anjos bons**
- **Serafim – anjos que vivem no céu em adoração a Deus**
- **Tronos, Dominações, Principados – categorias hierárquicas**

– Os dois anjos na parte de cima da Arca da Aliança são querubins. Em numerosas passagens da Bíblia veem-se anjos em forma humana se comunicando com homens e mulheres. Isso também serviu de base para muitos programas de televisão e filmes.

Murphy clicou em outro slide.

BONS ANJOS

- **Punem os inimigos de Deus.**
- **Executam a vontade de Deus entre os homens.**
- **Não se casam.**
- **Foram revelados em forma corporal.**
- **Têm grande sabedoria e força.**
- **Orientam os assuntos de interesse das nações.**
- **São numerosos.**
- **Protegem os seguidores de Deus.**

– Notem que a penúltima linha diz haver um grande número de anjos. Esse conceito advém de diversas passagens. Uma delas encontra-se na Revelação e diz: *Olhei e ouvi a voz de muitos anjos, milhares e milhares de anjos, e dez mil vezes dez mil. Rodeavam o trono, as criaturas vivas e os mais velhos*. Já a última linha diz que os anjos protegem os seguidores de Deus. Isso vem do livro dos Salmos: "O anjo do Senhor está sempre ao redor daqueles que O temem, e Ele os protege."

Enquanto prosseguia, Murphy dava-se conta de que a impressionante loura da última fileira parecia de olhos cravados nele. Por um lado, isso era estimulante; por outro, um pouco incômodo. Sentiu-se como numa daquelas experiências fora do corpo, ao estilo de Shirley MacLaine; ao mesmo tempo em que lecionava, pensava na beleza da mulher no fundo da sala.

Murphy continuou falando de anjos bons e de como se relacionavam a muitos objetos bíblicos. A certa altura, baixou os olhos para avançar para o slide seguinte e, ao erguê-los de novo, viu a loura deixando a sala. Sentiu-se decepcionado.

Quem era ela?

Olhou rapidamente para o relógio e viu que a campainha logo tocaria.

– Vocês precisarão muito da ajuda dos anjos na semana que vem – disse, com um sorriso. – Na terça-feira, farão uma prova sobre toda a matéria apresentada nas últimas três semanas.

Ouviu-se um resmungo percorrendo a sala, seguido do toque da campainha.

– Depois da prova – ergueu um pouco a voz – passaremos a estudar a influência dos anjos do mal em várias culturas.

Enquanto os alunos saíam da sala, Murphy deu por si pensando na misteriosa loura.

DEZESSEIS

Já era o meio da tarde quando Murphy decidiu tomar um suco de morango com limão no Centro Estudantil. A mesa à qual sentou-se situava-se a uma boa distância da multidão de alunos. Às vezes, era bom apenas ficar só e relaxar.

Bebericava o suco quando ouviu atrás dele uma voz familiar, anasalada e desagradável.

– Que bobagem anda ensinando agora aos alunos, Murphy?

Murphy virou-se para encarar o rosto pálido de Archer Fallworth, o diretor da Faculdade de Ciências e Letras. Archer era tão alto quanto Murphy, mas bem mais magro. Parecia uma múmia ambulante. *Ele podia tomar um pouco de sol,* pensou Murphy. *Mas vampiros não gostam de sair à luz do dia.*

– Bobagem? Palavra comprida para você, Archer. Sabe soletrá-la?

– Soube que anda falando de anjos em suas aulas – disse Fallworth, sem atentar ao comentário de Murphy. – Logo estará ensinando que Satanás está vivo.

– Boa ideia, Archer. Obrigado. Vou falar disso na próxima aula. – Murphy não estava tentando atiçá-lo; ao contrário, queria derrubá-lo do cavalo. Mas não conseguiu. Fallworth era um bom cavaleiro.

– Estou cansado de vê-lo sempre promovendo algum ponto de vista cristão em suas aulas.

– Por quê, Archer? Só quer liberdade de expressão para si e para quem pensa como você? Só suas opiniões de ateu é que devem ser aceitas, não as dos que acreditam num Criador? Já ouviu falar do Ligue-Oração para ateus? Você tecla um número e ninguém atende. Eu ia ser ateu, Archer, mas desisti. Eles não têm nenhum feriado.

– Não sou ateu!

– É exatamente o quê, Archer?

– Sou... Hum... Sou mais do tipo agnóstico.

– Então prefere crer que a vida se submete à ignorância e à incerteza a aceitar a existência de um poder superior? Isso me parece muito pobre...

O rosto geralmente cinzento de Fallworth começou a ficar vermelho.

– Murphy, esse tipo de ensinamento tem de acabar.

– Entendo, Archer. Você pode dar um curso de Mitologia Grega ou palestras sobre as maravilhas de ser feiticeira Wicca de magia branca, ou classes sobre vida saudável, onde ensina ioga e meditação transcendental, mas o mundo vem abaixo se alguém mencionar Deus ou a Bíblia. Esqueceu que Harvard, Yale, Cambridge e Princeton e muitas outras universidades começaram como instituições teológicas?

– Hoje já não são!

– Isso não é motivo de orgulho, Archer. Veja só o que produziram. Gente como você. Gente que fala de abertura, aceitação, interação de ideias... Mas tenta sufocar isso sempre que discorda da visão do outro.

– Farei tudo o que puder para acabar com esse curso imbecil de arqueologia bíblica. Ouviu?

– Está gritando... Todos aqui estão ouvindo. Mas foi você quem se autodefiniu como agnóstico. Sabe por que agnósticos e ateus não encontram Deus? Pelo mesmo motivo pelo qual o ladrão não encontra a polícia. Não querem. Você age melhor que Satanás. Ao menos ele acredita em Deus.

Fallworth bufou e afastou-se.

Murphy soltou um longo suspiro. *Estou ficando cansado dessa perseguição.*

Não gostava de confronto, mas o encarava de frente se fosse o caso. Usaria humor afiado para derrubar o oponente e em seguida fortalecer seu argumento com uma linha de raciocínio mais sólida. Permaneceu sentado olhando para as magnólias a distância, digerindo o que acabara de acontecer.

Muito bem, Archer. Você sabe mesmo estragar um ótimo suco de morango com limão.

– O que significa *aquilo* tudo?

Os pensamentos de Murphy foram interrompidos por uma voz suave e feminina.

Virou-se e ficou um tanto surpreso ao ver os olhos, de um azul profundo, da mulher misteriosa que frequentava suas aulas. Seu sorriso caloroso o pegou um pouco desprevenido.

– Perdão. Deixe me apresentar. Sou Summer Van Doren.

Ela estendeu a mão. Murphy levantou-se e a cumprimentou.

– Sou Michael Murphy. – Era inacreditável a firmeza do aperto de mão dela. Devia fazer ginástica. – Por favor, sente-se. Posso ajudá-la em alguma coisa?

– Não, obrigada. Tenho uma aula que começa daqui a pouco.

– Matriculou-se há pouco na Preston?

Summer riu.

– Obrigada pelo elogio. Não, sou a nova treinadora do voleibol feminino. Comecei há duas semanas.

– Eu a vi na sala de conferências.

– Sim, eu estava tentando me situar em relação ao campus e alguns cursos. O nome "arqueologia bíblica" chamou minha atenção. Quis entrar e ver como é.

Mistério esclarecido, pensou Murphy. Sentiu-se elogiado por ela ter aparecido duas vezes.

– Desculpe, mas não pude deixar de ouvir uma parte da conversa entre você e o outro professor. Quem é ele?

– É Archer Fallworth, diretor da Faculdade de Ciências e Letras. Ele supervisiona minha área de estudo.

– Não parece muito satisfeito com seu curso.

Murphy inclinou a cabeça um pouco para trás e riu.

– Para dizer o mínimo. Digamos que ele não gosta de nada que tenha a ver com cristianismo. É bastante explícito em relação a isso.

– É bom saber. Também sou cristã.

Murphy ficou ainda mais animado.

– É mesmo? Já descobriu alguma igreja próxima que queira frequentar?

– Acho que sim. Fui à Preston Community Church umas duas vezes.

– É a que frequento – disse Murphy, surpreso.

– Eu sei. Vi você lá. O pastor Wagoner parece falar muito bem.

– Sim, é verdade. E também é um bom amigo.

Summer consultou o relógio.

– Desculpe, mas preciso ir. Não quero chegar atrasada à aula. Foi um prazer conhecê-lo, professor Murphy. – Ela se levantou.

– Me chame de Michael.

– Está bem. Foi um prazer conhecê-lo, Michael.

Murphy a observou afastar-se e, em seguida, bebeu de um só gole o resto do suco. Todo o gelo havia derretido.

DEZESSETE

O TRÂNSITO TORNAVA-SE mais intenso à medida que Murphy e Wagoner se aproximavam da grande tenda. Homens de colete cor de laranja orientavam os carros para um campo transformado em estacionamento temporário. Também havia gente que ia a pé à Cruzada da Fé em Deus, de J.B. Sonstad. Os dois estacionaram e juntaram-se às centenas de outras pessoas que se dirigiam para a entrada.

Pelo caminho, haviam sido colocadas placas bem visíveis.

VENHAM TODOS OS QUE QUEIRAM
FORTALECER SUA FÉ.

DEUS QUER QUE VOCÊ FIQUE BEM,
O DIABO QUER QUE VOCÊ ADOEÇA.

DEUS SÓ TEM BONS PLANOS PARA A SUA VIDA.

DEUS QUER ACABAR COM A POBREZA,
ELE LHE TRARÁ PROSPERIDADE.

TRANSFORME SEUS INIMIGOS EM AMIGOS.

TENHA SAÚDE EMOCIONAL E BEM-ESTAR.

COM DEUS NADA SERÁ IMPOSSÍVEL — APENAS ACREDITE!

Murphy virou-se para Wagoner enquanto andavam.

– Bem, Bob. Dá para entender por que algumas pessoas de sua igreja estão vindo a essas reuniões. As promessas são grandiosas.

– Eu sei, Michael. Tudo está focado no *eu*. É "o que Deus pode fazer por mim?". "Como Deus pode me ajudar?" O apelo é muito forte, principalmente para quem está doente, precisa de mais dinheiro ou quer ser amado por todo mundo.

– Parece melhor do que ganhar na loteria.

– Seria cômico se não fosse trágico. Muita gente neste mundo vive em condições desesperadoras. Há guerras, fome, doenças incapacitantes, inquietação política. Em alguns países, tribos matam outras tribos. Seria por que os crentes não têm fé suficiente? Não creio que a mensagem de Sonstad seja completamente legítima.

– Conhece aquele ditado: "O erro anda sempre montado sobre a verdade"? A verdade, Bob, é que Deus se importa com as pessoas, mas nem sempre deixou escapatória ou as livrou de complicações. Lembre dos cristãos comidos pelos leões nas arenas romanas.

Ao se aproximarem da tenda, viram vários caminhões grandes e novos, pintados com as palavras: J.B. SONSTAD – CRUZADA DA FÉ EM DEUS. Um deles tinha até o próprio gerador de energia. Um outro possuía antenas e transmissores no teto.

– Veja, Bob, eles têm um caminhão para gravar e transmitir programas de televisão. Deve ter custado uma nota!

– É, eles transmitem as campanhas em uma das redes de TV. Parece que atingem grande audiência. E hoje vamos fazer parte da multidão.

A tenda, grande o suficiente para conter pelo menos 5 mil pessoas, estava completamente lotada. Um órgão tocava música estimulante enquanto as pessoas procuravam seus lugares. Grandes telões haviam sido instalados em diversos locais para aqueles que estivessem distantes do palco. Murphy notou uma área especial que parecia reservada para cadeirantes e pessoas com muletas e bengalas.

Um animado cantor incentivava o público a cantar junto, o que durou no mínimo meia hora. Na maior parte do tempo, as pessoas ficavam de pé, balançando de um lado para o outro, de braços erguidos. Cantavam versos que se repetiam inúmeras vezes, produzindo um efeito quase hipnótico.

A certa altura, pediram que as pessoas sentassem, e a música mudou. Acenderam-se luzes no palco e máquinas de fumaça foram acionadas. J.B. Sonstad fez uma entrada grandiosa. Todos se levantaram, gritando e batendo palmas.

– Lembra-me a entrada de um daqueles lutadores de luta livre da World Wrestling Federation – disse Murphy. – E é tudo tão falso quanto.

Wagoner concordou com um aceno de cabeça.

Sonstad vestia um terno branco, em contraste com a tez morena, cabelos de um preto azeviche e olhos bem azuis. Ele ergueu as mãos e todos silenciaram. Tinha um microfone pendurado acima da orelha, quase invisível ao avançar pelo rosto.

Nos primeiros 30 minutos, sua mensagem pareceu bastante comum. Mais ou menos semelhante a qualquer outro pastor em programa de rádio ou igreja local. Era repleta de citações da Bíblia. Falou de Deus, de Jesus, de uma vida de devoção. O público se envolvia, rindo com as imagens que ele evocava, batendo palmas, louvando a Deus quando ele tocava em algum ponto importante, respondendo com ocasionais "Amém!" e "Louvado seja!".

A certa altura, houve uma transição. Entrou a música do órgão, o volume aumentou, mas ele continuou a falar, tocando em outros pontos de impacto. A plateia começava a se exaltar emocionalmente. Sonstad ergueu a voz e gritou:

– Estão cansados da doença? Querem ser curados?

O público aclamou e bateu palmas.

– Querem que os cobradores os deixem em paz? Querem ter mais dinheiro para gastar?

De novo a multidão respondeu com gritos.

– Deus quer protegê-los dos problemas. Ele mandou seus anjos para protegerem vocês. Todos já ouviram falar do arcanjo Miguel e do anjo anunciador Gabriel, mas há outros anjos especiais para ajudar em suas necessidades. Há anjos de proteção e de orientação... E também de sucesso e energia. Vocês podem precisar de anjos da felicidade e da sorte para lhes levar alegria e satisfação. Ou talvez se sintam muito solitários hoje. Deus tem anjos do amor, do romance, dos bons relacionamentos, para encorajar vocês e atender aos desejos de seu coração. Ou talvez queiram sabedoria e conhecimento para obter melhor condição financeira. Deus tem anjos que os ajudarão a se tornarem prósperos.

A plateia já estava de novo em pé, gritando, batendo palmas, dançando.

Murphy precisou erguer a voz para que Wagoner o ouvisse.

– É lamentável que ele distorça a verdade sobre os anjos.

Quando Murphy olhou ao redor, viu homens em plena atividade atrás de câmeras de televisão. Também notou que outros trabalhadores de Sonstad reuniam as pessoas deficientes para que subissem ao palco.

Logo Sonstad começou a falar do Deus dos Milagres. Contou uma história atrás de outra para a multidão, preparando-a para a sessão de cura que começaria em seguida.

– Deus fará grandes milagres esta noite aqui em Raleigh, assim como fez na semana passada em Greensboro. Sim, veio à sessão um homem com um terrível problema de cárie nos dentes. Uma doença o tinha afetado. Ele veio à sessão e foi curado. Seus dentes se transformaram. Só para confirmar, ele foi ao dentista no dia seguinte. O dentista ficou espantado ao ver que na boca do homem todas as cáries haviam sido substituídas por ouro. Disse que nunca vira um ouro tão puro quanto aquele em toda sua vida. Perguntou ao homem quem havia colocado o ouro nos dentes, e o homem respondeu que tinha sido curado, que Deus é quem colocara ouro no lugar das cáries. Sabem por que o dentista nunca tinha visto ouro como aquele? Porque o ouro tinha vindo de uma cidade celeste, onde as ruas são pavimentadas com ouro.

A multidão gritava incontrolavelmente. Murphy inclinou-se na direção de Wagoner.

– Por que Deus simplesmente não restaurou o esmalte dos dentes?

– O Livro da Revelação diz que o ouro da cidade celeste era puro como vidro – acrescentou Wagoner. – Aposto que o dentista nunca tinha visto isso. Como ele teria reconhecido o ouro?

Não tardou para que algumas pessoas em meio à multidão se mostrassem realmente alteradas, deixando os assentos e correndo pelo corredor. Logo passaram a correr em direção ao fundo, e para fora, ao redor da tenda.

Por curiosidade, Murphy decidiu levantar-se e segui-los para ver aonde iam. Wagoner lançou-lhe um olhar de interrogação ao vê-lo no corredor. Murphy sinalizou que estava bem e que voltaria.

Fora da tenda, Murphy viu as pessoas desaparecerem ao redor. Os que continuavam dentro ouviam os gritos de exaltação dos que corriam em círculo e voltavam para dentro.

Murphy estava para entrar de volta, mas hesitou. Viu um grande número de mesas que haviam sido montadas enquanto todos estavam na tenda. Panos brancos cobriam algo sobre as mesas.

Foi até uma delas e ergueu o pano. Havia uma caixa registradora, uma máquina para cartões de crédito, camisetas e vários livros.

Parece que estão planejando um golpe.

Ao retornar para a tenda, dois homens corpulentos o detiveram.

– Não faça mais isso!

Murphy fora pego desprevenido

– O quê? – retrucou.

– Você sabe o quê. Não siga mais as pessoas, e mantenha as mãos longe das mesas.

Murphy voltou para perto de Wagoner, que observava atentamente como Sonstad conservava a multidão em estado de arrebatamento. Wagoner viu com alívio que Murphy retornava.

A certa altura, Sonstad aquietou as pessoas e caminhou ao redor do palco, olhando para o alto e balançando a cabeça para cima e para baixo. Parecia estar ouvindo a conversa de uma pessoa fora do alcance da vista.

– Sim, Senhor. Estou ouvindo – Sonstad começou a falar para o alto. – Quer curar alguém hoje. Obrigado, Senhor. Isso é maravilhoso. Está dizendo que o homem que o Senhor quer curar se chama Clyde... E que ele tem problemas nos rins. Estou ouvindo, Senhor.

As pessoas na plateia estavam fascinadas, vendo-o aparentemente falar com Deus.

– Quer curar esse homem chamado Clyde esta noite apenas se ele demonstrar fé no Senhor.

Sonstad virou-se para a plateia e a encarou.

– Alguém aqui na plateia se chama Clyde e tem problemas renais?

Um homem se levantou acenando os braços. Lágrimas começaram a escorrer de seus olhos.

– Eu sou Clyde, e sou doente dos rins.

– Por favor, venha ao palco – convidou Sonstad.

Clyde foi para a frente. Sonstad o encontrou quando ele subia os degraus e perguntou se ele queria ser curado. Clyde disse que sim, que queria se livrar da doença que o atormentava há anos. Sonstad tocou-o na testa e ele caiu para trás. Dois dos homens de

Sonstad o pegaram no ar e o deitaram no chão. Depois de alguns momentos, os homens o ajudaram a se levantar. Sonstad, então, o proclamou curado, e houve muito entusiasmo e regozijo na plateia.

Murphy inclinou-se para Wagoner e sussurrou:

– Gostaria que um médico confirmasse essa cura.

Wagoner balançou a cabeça.

– Esse homem é Clyde Carlson. Começou a frequentar nossa igreja recentemente. Falarei com ele depois.

Sonstad pregou por alguns minutos sobre cura e angariou contribuições. Seus trabalhadores coletaram o dinheiro em grandes recipientes.

Depois da coleta, Sonstad continuou a conversa com Deus e curou mais pessoas. Longas filas de gente querendo cura formaram-se na direção do palco. Também elas foram tocadas e caíram no chão. Esse processo continuou por mais uma hora, acompanhado de música tocada no órgão.

A reunião finalmente terminou e as pessoas começaram a se dispersar. Murphy e Wagoner permaneciam no lugar.

– O que achou disso tudo, Michael?

– Foi um espetáculo e tanto. Mas acho que aqui há mais coisa do que se pode enxergar. Algo que não está muito certo. Vamos pegar o carro e ver se conseguimos seguir Sonstad.

– O que espera encontrar?

– Não tenho certeza. Mas o instinto me diz que esse programa não é honesto. Acho que o que ele faz pode dar má reputação aos ministros. Lembre-se de que a Bíblia diz que nos últimos dias haverá falsos mestres e profetas, que desviarão muitos do caminho.

Murphy e Wagoner esperaram cerca de 15 minutos para que Sonstad e vários de seus funcionários deixassem a tenda e entrassem numa limusine preta com janelas indevassáveis.

Murphy deixou-os adiantarem-se um pouco e começou a seguir a limusine. Não tinha ido longe quando, de repente, um grande SUV entrou bem na sua frente. O professor precisou pisar bruscamente no freio para evitar uma colisão.

Um momento depois um outro SUV parou atrás e o imobilizou. As portas dos dois SUVs se abriram e meia dúzia de homens corpulentos saíram e cercaram o carro de Murphy.

– O que houve, Michael?

– Tenho a impressão de que não querem que sigamos Sonstad, Bob.

– Acha que corremos perigo?

– Eles não têm uma cara muito boa, mas acho que só vão nos impedir de segui-lo. Não podem correr o risco de que má publicidade chegue aos jornais. Pelo que temos até agora, seria apenas nossa palavra contra a deles. Como poderíamos provar alguma coisa?

Os homens corpulentos cercaram o veículo de Murphy e o empurraram repetidamente para baixo pelo capô e pelo porta-malas. O carro ficou balançando, sacudindo Murphy e seu nervoso passageiro.

– Michael... – disse Bob.

– Não se preocupe. Estão apenas tentando nos intimidar.

O balanço parou. Um dos homens apontou para a janela de Murphy e mexeu a cabeça de modo ameaçador. Murphy apenas o olhou. Alguns segundos depois desse duelo de olhares os homens voltaram para seus veículos e se afastaram.

– Isso confirma minha impressão. Acho que precisamos voltar. Está disposto a isso, Bob?

– Pode ter certeza. Precisamos descobrir o que está acontecendo. Parece que tudo isso está planejado para vender produtos e coletar dinheiro. Apesar de toda a conversa a respeito de Deus, concordo que se trata de uma impostura.

– Ótimo. Tenho uma ideia – disse Murphy. – Acho que sei como expor J.B. Sonstad.

DEZOITO

O CELULAR DE Murphy tocou quando ele entrava no estacionamento dos professores da Preston University. Viu no visor o nome de quem ligava e sorriu.

– Bom-dia, Levi. A que devo o prazer de sua chamada?

– Michael, tenho boas notícias e outras ainda melhores.

Murphy riu. Saiu do carro e começou a caminhar.

– Isso é melhor do que más notícias e outras ainda piores. Diga, quais são as boas?

– A boa é ... Se puder sair por volta de meio-dia, eu o convido para almoçar.

– Estou livre. Onde podemos nos encontrar?

– Que tal o Shaw Towers Dining Room? Estou trabalhando em questões de segurança para os donos do restaurante e parte do acordo é que eu tenha almoços de graça para mim e meu convidado.

– A-ha, agora estou entendendo a generosa proposta.

– Você sabe que nasci em Israel – disse Abrams.

Os dois riram.

– Muito bem. E qual é a melhor notícia?

– Acho que descobri quem é o misterioso Matusalém.

Murphy parou de andar e seu queixo caiu. Ficou imóvel, perplexo, por vários segundos.

– Alô, Michael? Está ouvindo?

– Mas isso... é ótimo! – exclamou Murphy, conseguindo finalmente falar. – Quem é ele?

– No almoço, Michael. No almoço.

– Está brincando! Você solta essa bomba e agora vai fazer suspense até o almoço?

– A ideia é essa, Michael.

Foi difícil para Murphy se concentrar nas aulas. A identidade de Matusalém era um mistério que ele tentava resolver há anos. E agora Levi tinha a resposta.

Embora nunca tivesse visto claramente Matusalém, Murphy sabia alguns detalhes a seu respeito. Sabia que era um homem corpulento, de cabelos grisalhos, com mais de 60 anos, e que andava mancando. Tyler Scott, detento da Penitenciária de Cannon City, lhe passara essa informação. Murphy também sabia que ele conservava o hábito de estalar a língua e gargalhar ruidosamente, gesto sádico com que Murphy fora chacoteado em várias ocasiões.

Além disso, sabia que Matusalém tinha um grande conhecimento da Bíblia e de objetos bíblicos. Somente um homem rico planejaria os elaborados jogos e testes de habilidade a que Murphy fora submetido.

Levi esperava fora do restaurante quando Murphy chegou. Apertaram-se as mãos, entraram e sentaram-se a uma mesa.

– Bem... – disse Murphy.

– "Bem" o quê? – respondeu Levi, com um grande sorriso.

– Quem é ele?

– Primeiro vamos pedir o almoço.

– Você realmente sabe como torturar alguém, não, Levi? Ensinaram isso a você na Mossad?

– Sim, e muito mais. Explosões, tiro, controle mental...

– Tudo bem, tudo bem. Eu desisto.

– Assim tão fácil? Agora que eu estava me divertindo.

Murphy bufou de exasperação, mas pediram o almoço e finalmente Abrams falou a sério.

– A impressão digital que você me mandou era a de um dedo indicador direito. Verifiquei em todos os nossos arquivos criminais e não encontrei nada. Depois verifiquei nos arquivos civis e encontrei uma correspondência.

– Ele é israelense?

– Na verdade é americano com dupla cidadania... A outra é de Taiwan.

– Estranho!

– Vai ficar ainda mais estranho. De acordo com nossos registros, ele, a mulher e os três filhos estavam num avião de Israel que explodiu em 1980.

– Eu me lembro vagamente disso.

– Pesquisando mais, descobri que ele e a família iam de Nova York para Tel Aviv. Estavam de férias. O avião também levava alguns líderes atuantes de Israel. Acreditamos que um grupo terrorista queria que eles morressem e colocou uma bomba a bordo. Matusalém e a família eram apenas passageiros inocentes no lugar errado, na hora errada.

– Como ele sobreviveu?

– A bomba foi detonada quando o avião já estava quase pousando no aeroporto de Tel Aviv. Acreditamos que os terroristas esperavam que o piloto fosse perder o controle e colidir com o edifício do terminal, matando milhares de pessoas. Mas não foi o que aconteceu.

– Isso lembra os ataques às Torres Gêmeas em Nova York.

– É semelhante... Só que ninguém tentou tomar o controle do avião. O terrorista era um homem-bomba suicida. A bomba explodiu perto da asa direita, abriu a lateral do avião e pegou a turbina em funcionamento. O avião inteiro virou para a direita, mas o piloto conseguiu estabilizá-lo e aterrissar.

– Excelente piloto.

– É, mas mesmo assim ele ultrapassou a pista, atravessou uma estrada e entrou num campo. Teria dado certo não fosse uma torre de transmissão de aço. A asa esquerda bateu na torre e o avião girou, indo contra outra torre. Dessa vez o avião perdeu a parte de trás. O assento de Matusalém estava perto da parte traseira. Ele mais umas dez pessoas foram lançados, ainda no assento, para fora do avião. Ele foi um dos únicos três sobreviventes.

– O que houve com os outros passageiros?

– O avião se incendiou, e todos os que estavam na frente, inclusive a família de Matusalém, morreram carbonizados. Os da parte traseira, que se separou, foram eletrocutados quando as linhas de transmissão elétrica caíram sobre o avião.

– Trágico.

– Foi um acidente terrível. Os registros indicam que Matusalém passou quase três meses em recuperação num hospital de Tel Aviv.

Murphy pensou em Laura, e na dor que sentiu ao perdê-la. Teve uma estranha empatia por Matusalém, que perdera a mulher e os três filhos. Mas ainda queria respostas.

– Mas, afinal, quem é ele?

Levi se inclinou para Murphy e falou baixinho.

– Já ouviu falar na companhia de navegação Zasso, no banco Zasso de comércio internacional ou na Zasso empreendimentos?

– Quem não ouviu? Essas empresas Zasso valem bilhões.

– A impressão digital que você me deu corresponde à de Markus M. Zasso. Ele é proprietário e presidente de todas as empresas Zasso. Sobreviveu ao acidente de avião. E note bem, a inicial "M" corresponde à de Matusalém.

– Tem certeza disso tudo? Onde ele foi buscar um nome como Matusalém? Zasso é um nome italiano.

– Pensei mesmo que você perguntaria isso. Descobri que Matusalém herdou a companhia de navegação e todas as outras empresas do pai, Mario Zasso. Durante os anos 1930 e 1940, Mario Zasso enriqueceu com navegação e comércio internacional. Seus navios foram usados no Pacífico pelos Estados Unidos durante a Segunda Guerra Mundial.

– E quanto ao nome Matusalém?

– Não tenho certeza, mas acho que pode ter vindo do avô Marcello Zasso, que se tornou cidadão naturalizado durante os anos 1920. Passou por algum tipo de conversão espiritual, entrou para um seminário teológico e depois foi como missionário para a China. O filho Mario nasceu em Taiwan. Penso que o avô deve ter tido grande influência sobre o filho e o neto. Talvez essa seja a origem do interesse de Matusalém pela Bíblia e por objetos bíblicos.

– Faz sentido. E a riqueza lhe deu a oportunidade de estudar arqueologia. Acho que ele se entediava e não tinha nada para fazer a não ser criar armadilhas para mim.

– Talvez seja mais do que isso, Michael. Deve haver algum método em sua loucura. Markus Zasso não faz nada a esmo. É um homem de negócios obstinado que tem algo a realizar.

– Descobriu mais alguma coisa sobre ele?

– Bem, obviamente, ele tem casas e negócios pelo mundo. É dono até mesmo de uma rede de hotéis requintados em lugares exóticos. Mas sabia que ele tem também uma casa a uns 350 quilômetros de Raleigh?

– Aqui na Carolina do Norte?

– Não. Em Myrtle Beach.

– Tem o endereço?

– É uma propriedade um tanto afastada, perto de Arrowhead Road, de North Kings Highway, e ao sul de Briarcliffe Acres e de Dunes. Fica entre o Arcadian Shores Golf Club, o Dunes Golf e o Beach Club. – Levi sorriu. – Quer que eu faça um mapa para você?

– Acho que não será necessário.

– Suponho que você vai lhe fazer uma visita.

– A ideia me ocorreu. Mas aposto que é muito bem-protegida.

– No mínimo. Ele é mais protegido do que Howard Hughes foi. Está sempre acompanhado de guarda-costas muito bem-pagos. Ninguém se aproxima dele a menos de 15 metros. Ele faz com que a pessoa que lhe leva a refeição a prove antes de ele comer... Para ver se não está envenenada.

– Nesse caso, deve ser impossível entrar em sua propriedade.

– Sim. Mas ainda há uma possibilidade. Ele costuma ir todos os dias à praia, sentar-se numa espreguiçadeira e ficar olhando o mar.

– Como descobriu isso, Levi?

– Temos nossos recursos.

– Teria também um modo de conseguir uma fotografia dele?

– Para dizer a verdade, sim. Quanto acha que isso valeria para você? – perguntou com um sorriso.

Murphy contou o dinheiro em sua magra carteira.

– Que tal 1 dólar e meio?

– É o que eu tinha em mente.

Abrams pegou uma fotografia de Matusalém na praia, sentado numa espreguiçadeira, rodeado de seis corpulentos guarda-costas. Estavam todos de trajes de banho, camisas havaianas e com um volume característico sob as axilas.

– Esses volumes sob as camisas significam o que estou pensando?

Levi respondeu com um gesto afirmativo.

– A maioria deles carrega automáticas. São muito bem-pagos pelo que fazem e levam o trabalho a sério. Mesmo que você não reconheça Matusalém a partir da foto, o pequeno exército de guarda-costas provavelmente lhe dará a dica.

– Ele tem muitas casas pelo mundo, mas sabe se ele poderia estar lá agora?

– Nossas fontes indicam que ele esteve lá nos últimos vinte dias. Não temos como saber quanto tempo permanecerá. Tem um jato particular e muitos assistentes que viajavam com ele e o ajudam a tocar tranquilamente os negócios.

– Em todo caso, é provável que eu não consiga mesmo me aproximar dele. Ele me reconheceria.

– Já viu você em pessoa? De perto, quero dizer.

Murphy refletiu um pouco.

– Não exatamente. Mas deve ter fotos minhas.

– Deve. Mesmo assim, aposto que você conseguiria se aproximar dele.

– Por que diz isso?

– Por causa do elemento surpresa. Ele pensa que está em segurança e que ninguém sabe quem ele é. Você pode explorar esse falso senso de segurança. Na Mossad usamos o elemento surpresa para atordoar o inimigo. Lembra-se do ataque a Entebbe, em Uganda, quando sequestraram um avião israelense e fizeram os passageiros de reféns? Ninguém esperava que invadíssemos um país estrangeiro para resgatar os prisioneiros. Eles foram pegos absolutamente desprevenidos. Acho que você poderia fazer o mesmo com Matusalém.

– Boa ideia, Levi. Não há nada que eu queira mais do que partir agora para confrontá-lo. Mas antes tenho de fazer algumas coisas. Você tinha razão. Tinha mesmo notícias boas e outras melhores ainda. Talvez eu possa dar um fim aos perigosos confrontos com Matusalém.

O almoço chegou e Levi começou a comer.

– Quem disse que não existe almoço de graça? – disse ele entre duas garfadas.

Murphy não sabia se ele estava se referindo ao almoço mesmo ou à preciosa informação transmitida.

DEZENOVE

MURPHY ENTROU NO estacionamento 24 horas do aeroporto. Ao sair do carro, soltou um suspiro. Não gostava da ideia de passar com Ísis apenas uma parte do dia. Sua agenda só permitia um voo para Washington com retorno para Raleigh naquela mesma noite.

Ansiava por estar mais tempo com ela. Desde o tempo que passaram juntos procurando a Arca de Noé, no Ararat, e em busca da Escrita na Parede, na Babilônia, ele vivia pensando nela constantemente. Era maravilhoso começar a gostar de outra pessoa. Ele ainda usava a aliança de casamento, uma lembrança de Laura. Mas talvez já fosse tempo de...

Quando já estava instalado no assento e o avião decolava, Murphy lentamente tirou a aliança do dedo e leu a inscrição na parte interna. NOSSO AMOR É PARA SEMPRE. Fechou os olhos e viu o rosto de Laura.

O avião sofreu uma leve turbulência e Murphy abriu os olhos. A aeronave sacudiu por alguns momentos e em seguida estabilizou-se.

Isso é o que venho fazendo... Sacudindo em turbulência emocional há algum tempo. Acho que Laura gostaria que eu me estabilizasse.

Acariciou a aliança entre os dedos e a guardou no bolso. O dedo tinha a marca do anel em tom mais claro de pele.

Parece que estou oficialmente num período de transição.

Recostou a cabeça no assento e fechou os olhos.

O voo direto de Raleigh para Washington foi rápido. Só para Murphy pareceu longo.

No jantar mal podia desviar os olhos de Ísis. Seus belos cabelos longos, ruivos, caíam em cascata sobre os ombros do vestido preto que acentuava com perfeição seu corpo pequeno e elástico. Seus olhos verdes reluziam. Ao ouvir seu suave sotaque escocês, Murphy não pôde deixar de sorrir.

– O que foi?

Murphy olhou-a fixamente nos olhos.

– Você está linda esta noite.

Ela sorriu timidamente e pela primeira vez pareceu notar o dedo de Murphy sem a aliança.

– Que bom que você veio, Michael. Sei que poderíamos falar pelo telefone, mas assim é muito melhor.

– Concordo – ele respondeu. – Além disso, usarei qualquer desculpa que eu encontrar para vê-la.

Ele notou um leve rubor no rosto de Ísis, que rapidamente mudou de assunto.

– Você me perguntou sobre um certo rei Yamani. Consultei o volume 2 dos *Registros da Assíria*. Foram reunidos e traduzidos por Lukenbill. No parágrafo 62 há uma menção a um rei Yamani.

Murphy sorriu. Essa era uma das coisas de que gostava em relação a Ísis. Ela era como um buldogue quando se tratava de descobrir algum detalhe num manuscrito antigo.

– No sétimo ano do reino do rei Sargon ele exigiu que pagassem tributos à Assíria. Nesse mesmo ano, um homem chamado

Yamani tomou o poder na cidade de Ashdod. Yamani significa "o grego". Ele se proclamou rei e tentou começar uma rebelião contra Sargon e seus tributos. Aproximou-se então de Pir'u, rei de Musru, para pedir ajuda.

– Seu nome não me é familiar.

– Yamani era faraó, rei do Egito. Também pediu ajuda à nação de Judá. Ezequias era o rei na época. Parece que Isaías, o profeta, insistiu que ele não se envolvesse, e ele não se aliou a Yamani.

– Tudo isso faz sentido.

– O quê, Michael?

– Há uma única menção ao rei Sargon na Bíblia. Li a respeito disso um dia desses quando pesquisava. Está no livro de Isaías. Consta que um dos comandantes supremos de Sargon foi enviado para atacar Ashdod e tomou a cidade.

– Certo. O nome desse comandante é "turtan". Não é nome próprio, mas um título relativo a um alto posto militar e administrativo, o primeiro na hierarquia depois do rei.

Ísis pegou da bolsa um pedaço de papel, desdobrou-o e começou a ler.

– Ouça o que dizem os *Registros da Assíria.* O rebelde rei Yamani fugiu para a Etiópia a fim de procurar um refúgio seguro, mas encontrou problemas. "O rei da Etiópia, que vive numa região distante, inacessível... cujos pais nunca – desde tempos remotos até o presente – enviaram mensageiros para se informar da saúde dos reais ancestrais, tinha ele conhecimento, mesmo em lugar tão distante, do poder de Ashu, Nebo e Marduk. O glamour atemorizante de meu reinado o cegou, e o terror o dominou." Parece que o rei etíope não quis encrenca com Sardon. O texto continua: "Ele mandou que o prendessem com grilhões, algemas, ferros, e o levaram em longa viagem para a Assíria."

O rosto de Murphy se iluminou com um vislumbre.

– O que foi, Michael?

– Matusalém. A mensagem dele dizia: "Na cidade do rei Yamani um grande mistério foi resolvido, I Reis 8:9." Agora tudo faz sentido. A referência a I Reis diz respeito ao cajado de Aarão que soltou brotos e pote de ouro com maná. Tinham desaparecido da Arca. A cidade do rei Yamani é Ashdod, para onde os filisteus, primeiro, levaram a Arca, depois de a terem tomado, a cidade que era sede do Templo de Dagon. Acho que Matusalém quer dizer que o Cajado de Aarão e o Pote de Ouro com maná foram tirados da Arca em Ashdod... E que talvez possamos encontrá-los ainda lá.

Murphy ergueu o tronco, olhos brilhando de empolgação. Parecia um menino numa confeitaria tentando escolher qual doce comer primeiro.

– A segunda mensagem de Matusalém dizia: "Trinta graus a nordeste do altar... Aperte a cabeça do rei." Deve tratar-se de alguma passagem secreta ou esconderijo. – Murphy olhou para Ísis. – O que você sabe sobre Ashdod?

– Ashdod é a quinta maior cidade de Israel, fundada em 1956 e situada entre Tel Aviv e Gaza, na costa. Vem se tornando um porto marítimo muito importante para Israel. Mais de 15 mil toneladas de carga passam por ali a cada ano. A população é de cerca de 250 mil habitantes.

– Estou me lembrando de uma coisa. Em 2004, dois homens-bomba mataram dez pessoas e feriram 16 no porto de Ashdod.

– Eu me lembro disso, Michael.

– Pelo que lembro, dois palestinos de 18 anos se esconderam num contêiner transportado por caminhão. Os investigadores encontraram dentro dele restos de comida e cinco granadas que não explodiram. Eles eram do Campo de Refugiados de Jabalya, na Faixa de Gaza. Detonaram as bombas, matando dez pessoas e ferindo 16. O Hamas e o Fatah reivindicaram o ataque...

Murphy já não estava tão empolgado. Algo que Ísis dissera o incomodava.

– Espere um pouco. Se a cidade foi fundada em 1956, esse não pode ser o lugar...

– A localização original de Ashdod fica a uns 5,6 quilômetros para o interior. A cidade foi conquistada pelos macedônios, sob Alexandre, o Grande. Na época era conhecida como Azotos.

– Você é brilhante! Não acredito que tenha toda essa informação de cor.

Ísis corou novamente.

– Em 163 a.C. Judas Macabeu entrou na cidade e destruiu o Templo de Dagon. Em 148 a.C. Jônatas e Simão queimaram o que restara do templo. Foram feitas várias escavações no local. Encontraram pelo menos 22 camadas contínuas de assentamentos da cidade. Talvez Matusalém tenha descoberto algo novo ali.

Ísis notou o sorriso de Murphy.

– Que sorriso é esse?

– Estava pensando que as descobertas arqueológicas continuam apontando para a verdade e a realidade da Bíblia. Quanto mais descobrimos, mais forte se torna nossa fé.

Ísis pareceu recuar um pouco.

– O que foi?

– Você está sempre falando sobre a verdade da Bíblia. E fica muito empolgado com essas descobertas. Não sei como me relacionar com isso tudo. Eu até acredito que há um Deus. Tudo o que vemos não poderia ter simplesmente surgido sem um Criador. Mas você parece falar de Deus como se o conhecesse pessoalmente.

Murphy hesitou um instante. Com um peso no coração lembrou-se de que Ísis ainda não tinha dado um salto de fé.

– Você pode conhecê-lo do mesmo modo que eu, Ísis. Tudo o que precisa fazer é crer que Deus revelou-se através de Jesus Cristo.

Jesus tomou para si o peso dos pecados do mundo. Com sua morte na cruz, pagou por tudo o que fizemos de errado. Mas depois Jesus ressurgiu dos mortos para que nós também pudéssemos ter vida eterna. As pessoas só precisam receber essa informação... Acreditar nela com fé e pedir a Deus que entre em suas vidas e as transforme. Isso é o que significa "ser salvo".

– Não sei, Michael. Toda essa história de fé parece funcionar para você, mas não para mim. Jesus me parece boa pessoa, um grande professor e um maravilhoso exemplo. Mas acreditar que ele é Deus é um grande salto de fé. Não sei se estou realmente preparada para esse tipo de compromisso.

Murphy viu-se orando em silêncio, pedindo a Deus para encontrar as palavras certas.

– Cada pessoa deve chegar por si só a essa decisão. Ninguém pode dar esse passo por você. Bem que eu gostaria, Ísis. Deixe-me citar um versículo da Bíblia. Está no primeiro capítulo do Evangelho de João e diz: "A todos os que O receberam, a todos os que acreditaram em Seu nome, Ele deu o direito de tornarem-se filhos de Deus." É tudo o que é preciso fazer. Acreditar e receber. Você é uma leitora ávida, Ísis. Tudo isso é apresentado de modo maravilhosamente claro no Evangelho de João, na Bíblia. Estou certo de que você apreciaria pesquisar por conta própria.

Murphy percebeu a incerteza de Ísis. Não querendo pressioná-la, mudou de assunto.

– Quero agradecer todo o trabalho e esforço que fez para encontrar informações sobre o rei Yamani. Pedirei a Levi que consiga para nós uma permissão para ir ao sítio de Ashdod e fazer alguma exploração. Se encontrarmos o cajado de Aarão e o Pote de Ouro com maná, será uma descoberta extraordinária. Mas em mãos erradas esses objetos podem ser usados para idolatria ou explorados como se possuíssem poderes mágicos.

Murphy olhou para Ísis e sorriu.

– Que tal pedirmos a sobremesa?

Murphy falou sobre a possibilidade de encontrar o Cajado de Aarão e o Pote de Ouro com maná enquanto Ísis o levava de carro para o aeroporto. Conversaram também sobre Talon, mas ela disse que fora cuidadosa e que até o momento não surgira nenhum sinal dele. Afora isso, ela pouco falou durante o caminho.

Quando chegaram, Murphy se surpreendeu com a quantidade de gente descarregando bagagem e se preparando para viajar naquele horário tardio. Ele desceu do carro, Ísis também. Ela deu a volta até o lado do passageiro para se despedir.

– Está tão quieta. Há alguma coisa errada?

Ela o olhou por um momento, antes de responder.

– Não queria que você fosse embora. Eu me sinto muito só quando você não está por perto.

Murphy estendeu os braços e a puxou para si, mergulhando em seus olhos verdes. Ele se inclinou e a beijou. Ela correspondeu com igual paixão. O tempo parecia ter parado enquanto eles se abraçavam.

De repente, ouviu-se a buzina de um carro e uma voz de homem:

– Ei, cara! Por que não vai para um motel?

Murphy ergueu o olhar e viu um motorista de táxi debruçado para fora da janela. Olhou para Ísis, e ela ria. Ele a abraçou novamente e a beijou. Não queria soltá-la. Foram se separando devagar, e Ísis entrou no carro. Do meio-fio, ele a viu se afastar com o carro.

Deu meia-volta, atravessou a porta giratória e foi para o portão de embarque em estado de torpor. Sacudiu a cabeça.

O que está acontecendo com você, Murphy?

VINTE

Cidade de Shiloh, 1083 a.C.

Uma batida forte na porta despertou Hofni de um sono profundo. Quem seria a essa hora?, *pensou. Acabara de empurrar as cobertas e ia levantar da cama quando a porta da frente foi derrubada.*

Antes que seus pés tocassem o chão, soldados com tochas entravam no quarto.

– Sou o capitão Gadiel. Vista-se rápido. Deve vir conosco imediatamente.

– Claro que não! – protestou Hofni, indignado. – Quem você pensa que é? Sou filho do sumo sacerdote. Não tem o direito de invadir minha casa. Saiam neste instante!

A voz de Gadiel soou com mais força.

– Vista-se agora! Precisamos levar você, seu irmão Fineas e a Arca da Aliança até o vale entre Ebenezer e Aphek. Perdemos muitas vidas. Se perdermos mais, a derrota será certa. Precisamos da Arca para garantir a vitória na batalha contra os filisteus.

– Pode pegar a Arca, mas não vou a nenhum campo de batalha! Não quero morrer – reagiu Hofni.

– Você e seu irmão são sacerdotes. Não querem servir a seu povo? Devem abençoar as tropas. Metade de meus homens estão na

casa de seu irmão agora. Estão lá para fazê-lo se preparar para partir conosco. Vão os dois, ou...

- Ou o quê?

- Ou vamos revelar ao povo quem vocês realmente são. Sei que os dois são corruptos. Sei que pegam a melhor carne oferecida em sacrifício a Deus para o consumo de suas famílias. Mostram-se tão religiosos e devotos, mas são uma fraude! Fico com nojo só de olhar para vocês. Você e seu irmão dizem conhecer o Senhor, mas suas ações desmentem isso.

Hofni hesitou. Não queria que suas atividades ilícitas viessem à tona, mas mesmo isso parecia preferível a ir para o campo de batalha. O capitão, porém, não tinha terminado.

- Sei também que os dois se deitam com as mulheres que se juntam à porta do tabernáculo do encontro. Imagine se sua mulher souber de suas atividades quando voltar da visita aos parentes. Não diz a lei que aqueles que cometem adultério devem ser apedrejados?

Hofni ficou mudo. Não tinha ideia de como Gadiel conseguira tanta informação sobre ele e seu irmão Fineas. Não disse uma palavra enquanto se vestia e saía com o capitão.

Quando a Arca da Aliança chegou ao acampamento de manhã cedo, as pessoas a aclamaram tão alto que o chão tremeu. Muitos dançaram ao seu redor enquanto seguiam para a frente de combate.

O barulho que se erguia do acampamento dos israelitas surpreendeu os filisteus.

- O que significa essa gritaria no acampamento dos israelitas? - perguntou o comandante Jotham, que enviou espiões para lá a fim de verificar o que acontecia. Em duas horas chegava a resposta.

- Deus está no acampamento dos israelitas. Infortúnio para nós! Nunca nos acontecera nada semelhante. Foram buscar a Arca da Aliança para receberem ajuda na batalha contra nós. Essa é a casa

do Deus Jeová deles, o mesmo que derrotou os egípcios com aquelas pragas todas no deserto.

O comandante Jotham tentou aplacar o medo dos soldados.

– Sejam fortes, filisteus, e comportem-se como soldados, para que não se tornem servos dos israelitas. Precisam agir como homens e lutar pelo povo e suas famílias!

Mal pronunciara essas palavras quando um mensageiro se aproximou.

– Comandante! Os israelitas estão avançando!

Jotham teria de retomar a batalha, quisesse ou não, e sabia disso. Ordenou que se juntassem todos e encorajou os guerreiros a lutar de coração e alma.

– Não temam o Deus dos israelitas. Não é o grande deus Dagon muito mais poderoso? Ele nos livrará desses guerreiros fracos e covardes. Nós os derrotamos ontem e os derrotaremos de novo hoje!

Era impressionante ver os israelitas marchando para o combate. A Arca da Aliança vinha à frente de suas fileiras. Bandeiras e estandartes tremulavam ao redor da Arca, e as figuras de Hofni e Fineas causavam impacto em seus trajes sacerdotais.

Jotham e os auxiliares estavam longe demais para ver o terror nos olhos de Hofni e Fineas. Estes sempre levaram uma vida de luxo e lascívia. Nunca haviam colocado os pés num campo de batalha. Teriam fugido e se escondido numa caverna se Gadiel e os soldados de elite não os mantivessem perto da Arca. Os homens do exército israelita não suspeitavam, no entanto, da intensidade do medo e da corrupção dos sacerdotes. Confiavam cegamente neles, e os seguiam.

– Escolham cem dos guerreiros mais valentes e tomem a Arca. Depois matem os dois sacerdotes. Se capturarmos a preciosa relíquia religiosa deles, desmoralizaremos o exército todo – ordenou Jotham.

Cem dos mais valentes guerreiros filisteus se esgueiraram pela ribanceira de um rio que corria pelo vale e conseguiram se infiltrar até quase o centro do campo de batalha sem serem notados pelos israelitas. Camuflaram-se com arbustos e ficaram à espera.

Assim que os israelitas chegaram ao meio do vale, Jotham deu sinal para o toque das trombetas. Concentrado no combate iminente, o exército israelita não notou os guerreiros camuflados. Quando as flechas filisteias começaram a voar, os israelitas cobriram-se com escudos e os cem guerreiros ocultos atacaram de surpresa a Arca e os soldados ao redor.

A surpresa foi fatal para os israelitas próximos à Arca. Em poucos minutos os filisteus a capturaram. Os que estavam perto viram, para seu horror, os filisteus decapitarem Hofni e Fineas. Um dos guerreiros filisteus pegou as duas cabeças, ergueu-as bem alto e soltou um grito de vitória, provocando arrepios nas espinhas dos soldados israelitas.

A captura da Arca mudou o curso da batalha. Foi uma retirada lenta, no início... Mas não tardou a se transformar num verdadeiro êxodo dos guerreiros israelitas, que largaram as armas e correram para se salvar em meio ao absoluto terror.

Os filisteus detectaram o medo e tiraram proveito disso. Perseguiram os israelitas, gritando e berrando a plenos pulmões. Logo alcançaram as fileiras do fundo, matando os soldados em fuga. Para os filisteus, o combate se transformara num atraente jogo de perseguição e morte. Quando a carnificina finalmente terminou, 30 mil soldados da infantaria jaziam mortos.

Jotham e seus auxiliares começaram a dançar e gritar rodeando o troféu. A Arca agora era deles. O general ergueu os braços e vociferou:

– O Deus israelita não tem poder contra o grande deus Dagon!

Um grito de euforia ergueu-se entre os filisteus. Para eles, era um dia de glória.

VINTE E UM

SHARI NÃO OUVIU a porta do laboratório abrir e fechar em seguida. O mais recente CD de sua nova banda favorita tocava alto em um aparelho portátil. Além disso, estava absolutamente ocupada com um papiro que Murphy encontrara numa escondida loja de variedades numa decadente parte do Cairo algum tempo atrás.

Tinha acabado de tirar do umidificador algumas páginas e começava a desenrolá-las cuidadosamente. O papel normalmente branco e poroso tornara-se marrom e continuava um pouco quebradiço. Shari mordia o lábio inferior enquanto desenrolava e separava as páginas. Essa era uma das coisas de que gostava em seu trabalho. Tinha uma mente curiosa e mal podia esperar para descobrir os mistérios ocultos naquelas páginas antigas.

Paul Wallach a observou sem fazer ruído, rosto sem expressão... Mas por dentro suas emoções ferviam.

Havia meses que a vira pela última vez, e nesse meio tempo se dera conta de que fora um tolo. Sentia falta do sorriso e do espírito brincalhão de Shari. O atrativo de uma oferta de emprego de Shane Barrington lhe obscurecera as ideias e Paul acabou soterrado por pensamentos de riqueza, fama e poder.

Wallach chegara a crer que Barrington realmente gostava dele. Via neste a figura paterna e um mentor... Principalmente depois que o próprio pai se fora. No começo, Barrington parecia verdadeiramente interessado nele. As visitas a seu leito de hospital depois da explosão da bomba na igreja da comunidade de Preston... O pagamento de seus estudos na universidade... Em mais de uma ocasião, Barrington dera mostras de que Paul era como seu próprio filho, que ele, evidentemente, perdera num acidente.

Paul observou Shari debruçada sobre o manuscrito, desenrolando-o com cuidado. As marias-chiquinhas nas laterais da cabeça quase tocavam o papiro. Os cabelos bem pretos contrastavam com o branco do jaleco.

Ele se lembrou do tempo no hospital. Shari detectara alguma coisa em relação a Barrington. Ela disse a Paul que ele queria mais do que apenas uma relação pai-filho. Sua intuição lhe dissera que Barrington era falso e hipócrita, embora Paul não o percebesse, ou não quisesse ver. Claro que ela tinha razão.

Paul agora se envergonhava da própria ganância. Barrington não se importava com seu desejo de se tornar redator para a rede de notícias. Só queria alguém de dentro para escrever sobre Murphy e o que ele ensinava. Nunca ocorrera a Paul que ele estava sendo usado como espião... até o presente. Teve raiva, sentiu-se diminuído e usado.

Por um momento, a mente de Wallach voltou-se para aquele dia fatídico no escritório de Barrington. Este parecia que olhara através dele, não para ele.

– Eu estava curioso quanto às minhas responsabilidades. Não tivemos muita oportunidade de conversar a respeito disso depois que o senhor me incumbiu de relatar as aulas de arqueologia do professor Murphy. Tem gostado do que escrevi? O que o futuro reserva para mim na rede de notícias Barrington?

Paul lembrou-se de que Barrington apenas ficou sentado em silêncio por um tempo bem longo. Era uma situação quase insuportável.

– *Bem, Paul, tenho a fama de falar às claras. Está preparado para uma conversa de homem para homem?*

Paul sentiu a mesma coisa que sentira quando Barrington lhe dissera essas palavras pela primeira vez. Sentiu-se assustado e impotente diante daquele homem tão poderoso, que controlava milhões de dólares e a vida de milhares de pessoas.

– *Vamos ter uma dessas conversas hoje. Seu texto é péssimo. Só precisava que você me passasse informações sobre Murphy. Mas agora já não tenho mais interesse nele e você não tem mais utilidade alguma para mim. Aliás, saiba que sua bolsa de estudos foi cortada.*

Paul viu todo o seu mundo vir abaixo num instante.

– *Mas, Barrington, o senhor disse que me considerava um filho.*

A resposta de Barrington o destruiu.

– *Ora, cresça, Paul. Se quer mesmo saber a verdade, você não tem jeito nem para bater prego; jamais sobreviveria neste tipo de negócio. Vou falar bem devagar para que entenda: está demitido!*

A atenção de Paul voltou para o laboratório no momento em que Shari começou a cantar junto com a música. Ele sorriu ao ouvir sua voz. Sentira falta de ouvi-la.

Shari finalmente notou a presença de Paul e virou-se. Uma expressão de surpresa estampou-se em seu rosto. Paul Wallach era a última pessoa que ela esperava ver. Na última vez em que estiveram juntos, o encontro acabara em lágrimas. Shari podia ouvir as últimas palavras dirigidas a Paul.

– *Deixe-me tentar explicar. Você e eu pensamos diferente em relação a Deus, valores eternos, como levar a vida e o que é importante. A diferença é da água para o óleo. Os dois não se misturam. Por mais que eu queira, simplesmente não funciona. Se tivéssemos de conti-*

nuar nossa relação, você não seria feliz comigo e eu não seria feliz com você. Acho melhor pararmos. É evidente que estamos seguindo caminhos diversos. Não posso descartar tudo aquilo em que acredito, por mais que eu goste de você. Tentar fazer isso só vai terminar em desastre. Gostaria que não terminasse desse jeito, mas a longo prazo será melhor para nós.

– Olá, Shari. Estava por perto e pensei em fazer uma visita para dizer alô.

A língua de Shari travou.

– Olá, Paul – ela por fim conseguiu dizer.

– Sei que está ocupada... Mas poderia fazer uma pequena pausa?

– Hum... Acho que sim.

– Ótimo! Podemos dar uma volta?

Shari acenou que sim e tirou o jaleco do laboratório.

O que será que ele quer?, perguntou-se.

Caminharam um pouco em silêncio, Shari tentando imaginar o que se passava e Paul se esforçando para reunir coragem. Por fim, ele falou.

– Você tinha razão.

– Quanto a quê?

– Em relação a Barrington. Ele não se importava comigo, só me usava. Ele é perito em manipular pessoas.

Shari balançou a cabeça, concordando.

– Não trabalho mais para ele.

– Não? Desde quando?

– Faz dois meses.

– O que está fazendo agora?

– Nada. Eu me matriculei de novo em Preston e vou recomeçar no próximo semestre. Estou procurando um emprego de meio período até voltar a estudar.

– Por que voltou para cá?

– Acho que por duas razões. A primeira é que preciso descobrir quem sou e o que realmente gostaria de fazer. A segunda... – Ele fez uma pausa. – A segunda é que eu gostaria de saber se é possível voltarmos a sair juntos.

– Bem, eu...

– Não precisa responder agora. Sei que fui um imbecil. Você estava certa, e eu, errado. Espero que possa me perdoar por tê-la magoado. Desculpe-me.

Shari não esperava nada disso.

– Posso perdoá-lo, Paul. Mas isso não significa que voltaremos à situação de antes. Minha fé em Deus não mudou e vemos a vida de modo diferente.

– Eu sei. O que quero dizer é que você deve ter razão. A vida não é só ganhar dinheiro e comprar coisas. Fui sacudido com força para acordar. Estou tentando processar tudo e acho que minha mente nunca esteve tão aberta quanto agora.

– Espero que seja verdade, Paul. Seria maravilhoso. Mas se está tentando adotar uma crença em Deus só para me reconquistar, isso não vai durar muito. A decisão de ir ao Senhor tem de ser só sua... independentemente de voltarmos a ficar juntos ou não.

– Tem razão, Shari. Não estou tentando pressioná-la. Só espero que considere o que proponho. Passei por uma situação difícil nos últimos dois meses. Eu me senti muito só e precisei refletir muito.

– Andou pensando em Deus?

– Sim. Mas, para ser sincero, acho que estou um pouco zangado com Ele.

– Por quê?

– Por permitir que tudo isso acontecesse comigo.

– Talvez Ele não tenha deixado isso acontecer com você, Paul. Talvez Ele tenha tentado pará-lo, e você não ouviu. Talvez você mesmo tenha provocado essa situação.

– Como assim?

– Deus lhe disse que fosse trabalhar com Barrington?

– Não. Não escuto vozes do céu.

– Às vezes, Deus usa as vozes de outras pessoas.

– Como assim?

– Talvez Deus estivesse me usando para avisá-lo do perigo adiante. Talvez eu tivesse me tornado a voz Dele para você.

– Nunca tinha pensado nesses termos.

– Sei que ficou zangado quando perdeu seu pai, Paul. Não achou que fosse justo ele morrer. Desta vez você perdeu outra figura paterna, representada por Shane Barrington. Além disso, ele usou você, não ligou nem um pouco para seus sentimentos. É o que basta para deixar qualquer um zangado.

– Você entendeu tudo.

– Entendo por que ficou deprimido. Senti algumas dessas coisas quando perdi meus pais. Levou algum tempo para eu perceber que a raiva e a depressão vêm juntas. Claro, você pode ficar com raiva e não estar deprimido... Mas não pode ficar deprimido sem algum tipo de mágoa e raiva. Eu não conseguia sair da depressão até enfrentar minha raiva. Tive de admiti-la... Acolhê-la... E decidir abandoná-la.

– Não parece fácil.

– Não, não é. Foi uma das coisas mais difíceis que tive de fazer. Será que você ainda não lidou com a sua?

– É bem possível.

– Isso é natural. Eu também ficaria magoada e com raiva. Mas a raiva iria mudar a situação?

– Não, mas eu gostaria de dar um soco na cara dele!

– E se você não tiver essa oportunidade?

– Não sei.

– Talvez tenha de enfrentar a raiva e deixá-la ir embora.

– Como faria isso?

– Fazendo as pazes com as coisas que não pode mudar. Aprendendo a não entrar no mesmo tipo de situação no futuro. Perdoando.

– Perdoando? Não creio que possa um dia perdoá-lo.

– Não me pediu perdão agora há pouco por ter me magoado?

– Sim, mas...

– Sem essa de "mas". E se eu lhe respondesse do jeito que está respondendo a Barrington? Gostaria disso?

– Claro que não.

– Qual é a diferença, Paul? Não dá para ter ódio no coração e esperar ser curado emocionalmente. Essa foi uma das coisas mais difíceis que aprendi. Tenho de me lembrar disso o tempo todo. Os pensamentos de dor costumam nos assombrar. Estamos sempre precisando mandá-los de volta a Deus. Ele é o único que pode nos dar força para isso, e a paz interior vem do perdão.

– Difícil, Shari. Terei de refletir sobre o que disse. Obrigado por não me odiar.

– Não tenho ódio de você, Paul.

– Espero que queira conversar novamente, Shari. Espero que possamos superar nossas diferenças. Você se dispõe a isso?

– Vamos ver, Paul. Isso é tudo o que posso dizer agora.

Olhando fixamente para o chão e mergulhada em pensamentos, Shari entrou no laboratório. Não viu Murphy sentado atrás de um microscópio num canto da sala.

– E então?

Ela ergueu os olhos, assustada.

– Como assim "e então"?

– Vi você com Paul Wallach à beira do lago. Ele está trabalhando em alguma história para a rede de notícias de Barrington?

– Não. Foi demitido. Barrington não tinha um emprego adequado para ele.

– Isso não me surpreende. Ele é o tipo de pessoa que usa alguém e depois joga fora. O que Paul está fazendo agora? Está pensando em voltar para a escola?

– Ele se inscreveu para o próximo semestre.

– E?

– E o quê?

– Vai voltar a sair com ele?

Shari sentiu um turbilhão de emoções girar dentro dela.

– Agora quem está dando uma de cupido?

– Só estou perguntando.

– Não tenho certeza. Não sei se ele mudou. Acho que terei de observar por um tempo.

– É prudente ir devagar. Se ele tiver mudado, você vai notar.

VINTE E DOIS

FASIAL SHADID VIROU a esquina e seguiu em direção ao centro do Cairo e da praça Tahrir. Fora professor de Escritos Antigos e Cultura Antiga na American University durante vinte anos e, antes disso, estudara na universidade. Vira a escola crescer e chegar a mais de 5 mil alunos, principalmente depois do acréscimo do campus "grego" e do Jameel Management Center.

Fasial era um homem pequeno, de pele curtida. Tinha, no entanto, um modo tão seguro de agir que quase parecia imponente. As grandes falhas entre seus dentes eram visíveis quando ele sorria, e os olhos castanho-escuros transbordavam de entusiasmo. Gostava de passear pelo campus, conversando com os alunos e olhando para os edifícios majestosos que compunham um palácio da década de 1860. Também gostava de ir a eventos no Ewart Memorial Hall, um dos auditórios mais ativos do Cairo do ponto de vista cultural. Mas sua maior alegria era integrar a comissão que projetou e ajudou a construir os edifícios que abrigavam as Coleções Especiais e a Biblioteca de Livros Raros.

Sua curiosidade aguçou-se quando ele recebeu um telefonema do assistente Nassar Abdu dizendo-lhe que viesse depressa.

Nassar estava sentado à escrivaninha examinando algo com uma potente lupa quando Fasial chegou. Depois de cumprimentarem-se, ajustou a lente com seus braços magros, compridos, e dedos oleosos. Os olhos encovados tinham olheiras, e um profundo sulco de concentração marcava permanentemente sua testa.

– Fasial, veja isso. – Ele apontava para a peça metálica de cerca de 30 centímetros colocada sobre a mesa diante dele.

– O que exatamente você quer que eu veja? – perguntou, debruçando-se sobre a lupa.

– Repare na barriga da cobra. Na parte lisa, um pouco abaixo das escamas entalhadas.

Fasial distinguiu fracos vestígios do que parecia uma primitiva escrita babilônica.

– Sim, estou vendo. Conseguiu decifrar o que está escrito?

– Só uma parte. O restante foi raspado ou está em outras partes da cobra.

Fasial examinou mais de perto a escrita.

– Parece indicar que os babilônios acreditavam haver na cobra algum tipo de poder de cura. Está vendo a palavra "Nehushtan"?

– Sim, estou.

– Recentemente andei pesquisando na Bíblia, no Antigo Testamento. A palavra "Nehushtan" é mencionada em II Reis 18, em uma descrição da ascensão de Ezequias ao trono. O texto diz: "Ele removeu os altos, quebrou as pedras sagradas e derrubou os pilares de Asherah. Cortou em pedaços a serpente de bronze que Moisés tivera, pois até então os israelitas haviam queimado incenso para ela. Chamava-se Nehushtan."

– Isso parece indicar que este é um dos pedaços.

– Sim, e pesquisei mais sobre a palavra "Nehushtan". Também é mencionada por um sacerdote babilônico chamado Dakkuri que tinha de algum modo se apoderado dos pedaços da Serpente de Bronze de Moisés.

Nassar sorriu para Fasial, mostrando os dentes amarelos.

– Agora, para a prova final, olhe para as escamas entalhadas no lado, à direita do centro. Se examinar com cuidado, distinguirá letras esmaecidas, uma em cada escama. Para um observador desatento, podem parecer marcas aleatórias. Essas letras são D-A-K-K-U-R-I.

– Que descoberta maravilhosa, Nassar. Em minha pesquisa, lembro de ter encontrado algo sobre um culto de adoração a esse pedaço de bronze. Seria interessante juntarmos todos os três pedaços para verificar se realmente têm um grande poder. Disposto a permanecer de novo acordado até mais tarde?

– Já mandei um aluno buscar um pouco de pão *kishk*, leite, queijo, tâmaras e figos.

Nassar sorriu.

– Vamos trabalhar.

Eram onze da noite quando Nassar levantou-se para esticar o corpo. Andou um pouco pela sala mordiscando um figo, enquanto Fasial atentamente continuava a leitura de um manuscrito antigo.

A certa altura, Nassar limpou a garganta e Fasial rapidamente virou-se em sua direção.

– O senhor me assustou. Não o ouvi chegar.

Nassar olhou nos olhos frios de um desconhecido. O homem tinha cabelos pretos, bigode negro, tez clara e mais de 1,80m de altura. Usava luvas, o que era estranho para aquela época do ano.

– Desculpe tê-lo assustado. Procuro o senhor Fasial Shadid e o senhor Nassar Abdu.

– Nassar sou eu – apresentou-se, colocando um sotaque sul-africano. – E esse é o senhor Shadid.

O desconhecido estendeu a mão e cumprimentou os dois homens.

– Podemos ajudá-lo, senhor? — perguntou Fasial.

– É possível. Fui informado de que têm uma parte do que poderia ser a famosa Serpente de Bronze de Moisés. É verdade?

Nassar e Fasial olharam-se, contraindo a testa. Não tinham contado a ninguém o que estavam fazendo.

– Como sabe disso? – perguntou Nassar.

O homem deu de ombros.

– É incrível como as histórias circulam. Tenho algo que talvez lhes interesse.

Os dois o olharam com ar de interrogação.

O desconhecido abriu a maleta e dela retirou a cauda da Serpente de Bronze.

Nassar e Fasial ficaram boquiabertos. Fasial largou o manuscrito e aproximou-se do objeto para vê-lo melhor. A cauda foi levada até a grande lupa e os dois começaram a examiná-la. Notaram a escrita babilônica e a semelhança das escamas entalhadas.

– Onde conseguiu isso? – perguntou Fasial.

– Entrou em minha posse recentemente – respondeu o desconhecido, de forma evasiva.

Com um aceno de Fasial, Nassar foi até um armário, destrancou-o e pegou a parte do meio da Serpente de Bronze.

– Traga aqui, Nassar. Vamos ver se se encaixam.

Os três se juntaram ao redor da lupa. Nassar delicadamente colocou as duas peças juntas.

– Um ajuste perfeito. Tanto que as peças poderiam facilmente ser encaixadas sem que ninguém notasse a junção – disse ele.

– Desculpe, senhor – disse Fasial. – Nós nos apresentamos, mas não sabemos seu nome.

– Meu nome é Talon – respondeu o desconhecido, começando a tirar as luvas.

– Esse é o primeiro ou o último...?

A atenção de Nassar e Fasial voltou-se para a mão de Talon.

– Sofreu algum acidente? – perguntou Fasial.

– O quê? Isto? – Sem nenhum constrangimento o homem ergueu seu dedo de aparência estranha. – Na verdade, sim. Quando eu era jovem, eu tinha um falcão de estimação. Um dia ele me atacou e arrancou meu dedo. Foi substituído por este.

– Parece bastante afiado – observou Nassar.

– Vou dar uma demonstração.

As palavras mal tinham saído da boca de Talon quando ele varreu o ar com um golpe que passou por baixo do queixo de Nassar, cortando-lhe a laringe. Jorrava sangue por toda parte enquanto Nassar, segurando a garganta, caía no chão.

Fasial ficou paralisado por um momento, tentando se dar conta do que acabara de acontecer. Em seguida, correu até a mesa e pegou um abridor de cartas. Com a respiração acelerada, passou a brandir o afiado objeto na direção de Talon.

Talon imobilizou-se como uma estátua, sorriso de escárnio nos lábios finos.

– Muito bem. Isto será divertido.

Fasial sacudia o abridor de cartas de um lado para outro, na esperança de que o movimento repelisse um ataque. Enganava-se.

Talon deu um passo à frente, girou e acertou um chute nas costas de Faisal, que foi arremessado contra a parede. O abridor de cartas voou de sua mão e atravessou a sala.

Fasial levou as mãos ao estômago.

– Não consigo... respirar – disse ele com voz rouca.

Talon deu-lhe um soco no peito, bem na altura do coração. Os olhos de Fasial se arregalaram por um momento e ele caiu no chão.

– Problema resolvido – disse Talon.

VINTE E TRÊS

Murphy tinha sentimentos confusos enquanto seguia pelo sinuoso caminho para o Memorial Lecture Hall. O tema do dia era anjos do mal. Se por um lado era bom para os alunos compreenderem a influência do mal no mundo, por outro ele detestava dar crédito a Satanás e seus demônios e, com isso, dar-lhes mais notoriedade.

Um homem prevenido vale por dois, pensou.

Quando virou a esquina do Science Building, viu que os alunos já se dirigiam para a aula. Era uma manhã de sol e o perfume de magnólias impregnava o ar.

Acenou para alguns alunos ao entrar na sala e parou para responder perguntas sobre o trabalho escrito. Shari montava o projetor de PowerPoint na mesa próxima à sua escrivaninha.

Eu não poderia encontrar melhor assistente... Um pouco excêntrica às vezes, mas muito prestativa.

Conectou o computador ao projetor, verificou os slides e organizou as anotações.

Estava prestes a pedir aos alunos que tomassem seus lugares quando *ela* entrou. Pela terceira vez Summer Van Doren vinha à sua aula. E novamente, como antes, os rapazes do fundo da sala também a notaram.

– Bom-dia, classe. Da última vez falamos sobre anjos bons. Hoje discutiremos o outro lado da questão. O lado escuro, o dos anjos maus.

Murphy viu um braço se erguer no fundo da sala. Era Clayton Anderson. Murphy sabia que alguma piada estava por vir.

– O que foi, Clayton?

– Professor Murphy, ouviu sobre o anjo que morreu?

– Não, Clayton. O que houve com ele? – Murphy sabia que estava sendo alvo de brincadeira.

– Morreu de insuficiência "harpíaca".

Resmungo geral. Alguns atiraram nele bolas de papel. Anderson olhou para a classe com a típica expressão de "O que foi que eu fiz?".

– Isso faz parte de seu trabalho para avaliação, Clayton?

Anderson deu um sorriso tímido e balançou a cabeça.

– Rapaz inteligente.

Murphy notou que Summer lhe sorria com um brilho nos olhos muito azuis, tirando-lhe a concentração. Fez um esforço para se recompor e ligou o projetor de PowerPoint.

– Voltemos a nosso tema. A Bíblia faz referência a demônios e espíritos malignos. São basicamente aqueles anjos que escolheram seguir seu líder, Satanás.

ANJOS DO MAL OU ANJOS CAÍDOS

- **Anjos aprisionados**
- **Anjos livres**
- **Demônios**
- **Espíritos do mal**
- **Satanás – líder dos anjos do mal ou anjos caídos**

– Esses demônios ou espíritos malignos têm recebido diversos nomes. Alguns desses vocês já conhecem e outros podem ser novos. Todas as culturas têm uma terminologia para os anjos e para as criaturas por assim dizer demoníacas ou sobrenaturais. No próximo slide vocês verão que muitos lhes são familiares.

DIVERSOS NOMES DE CRIATURAS SOBRENATURAIS DEMONÍACAS		
Baba Yaga	Ghoul	Puck
Banshee	Gnomo	Espectro
Bogeyman	Gremlin	Spook
Bugaboo	Hobgoblin	Morto-vivo
Doppelganger	Imp	Vampiro
Dybbuk	Íncubo	Alma Penada
Espírito do Mal	Mombo Jombo	Lobisomem
Demônio	Fantom	Bruxa
Fúria	Poltergeist	Zumbi

– Ninguém gostaria de encontrar algum desses caras num beco escuro nem ser perseguido por um deles pelo campus. Como vocês certamente sabem, a indústria cinematográfica tem utilizado vários nomes de espíritos malignos para filmes de terror; filmes em que essas criaturas causam muita destruição, aterrorizam as pessoas e as matam. Há muitos filmes que tratam de exorcismo de espíritos malignos. Coisa assustadora.

Alguém soltou um *uhhh* fantasmagórico, e Murphy nem precisou olhar para saber que era Anderson Clayton. A classe deu uma boa risada, o que Murphy encarou com simpatia.

– Muito bem. Mas nem todas as criaturas sobrenaturais são retratadas como assustadoras. Algumas são apresentadas como gentis ou de alguma forma úteis.

DIVERSOS NOMES DE CRIATURAS SOBRENATURAIS BOAS	
Brownie	**Sereia**
Elfo	**Ninfa**
Fada	**Pixie**
Fada Madrinha	**Sátiro**
Espírito Familiar	**Espírito Guia**
Gênio	**Super-herói**
Leprechaun	**Bruxa Branca**

– Reparem nos filmes de Aladim e o Gênio da lâmpada. Ou nos super-heróis como Super-Homem, Batman e Homem-Aranha. Há também os filmes da Disney com fadas madrinhas, sereias que cantam ou pequenos elfos que ajudam Papai Noel no Natal. Para encontrar criaturas sobrenaturais basta ligar a televisão nas manhãs de sábado. As crianças são iniciadas desde cedo no mundo dos fantasmas, demônios, magos, bruxas, médiuns e no ocultismo.

Murphy clicou no slide seguinte.

– O principal dos anjos caídos é um ser chamado Lúcifer, mas ele também é conhecido por muitos outros nomes.

OS DIVERSOS NOMES DE LÚCIFER	
Abaddon	**Lúcifer**
Acusador dos Irmãos	**Estrela da Manhã**
Adversário	**Velha Serpente**
Anjo do Poço sem Fundo	**Poder das Trevas**

Apollion
Belzebu
Belial
Diabo
Inimigo
Espírito do Mal
Pai das Mentiras
Deus deste Mundo
Grande Dragão Vermelho
Rei de Tiro
Mentiroso
Príncipe deste Mundo
Príncipe dos Demônios
Príncipe do Poder do Ar
Governador das Trevas deste Mundo
Satanás
Serpente
Filho da Aurora
Espírito que Atua nas Crianças Desobedientes
O Tentador
Espírito Sujo
O Tinhoso

– A Bíblia afirma que esse anjo, Lúcifer, era um ser muito belo, que se encheu de orgulho. Ele tentou provocar uma rebelião no céu entre os outros anjos. Os que o seguiram tornaram-se maus espíritos, ou demônios, e até hoje tentam obstruir a influência de Deus neste mundo. De sua influência surgiram cultos, religiões falsas e adoração de espíritos que afetam a humanidade através dos séculos. No entanto, a cada mês de outubro comemoramos esses espíritos em um evento chamado Halloween (Dia das Bruxas).

Um das alunas levantou a mão.

– Professor Murphy, Lúcifer é tão poderoso quanto Deus?

– Não. Mas tem grandes poderes e influência nas questões políticas das nações. Seu fim chegará no Dia do Juízo Final. Ele e os anjos caídos acabarão num lugar chamado Lago de Fogo, que a maioria das pessoas chama de inferno. Há uma imagem popular de Satanás em que ele aparece de orelhas pontudas, cauda longa, tridente, decidindo as questões deste mundo.

Murphy notou que Summer silenciosamente se levantou e saiu. *Deve ter de dar aula agora. Sem dúvida, ela agrada aos olhos.*

Não se disperse.

– Em nossa aula – prosseguiu –, vimos a influência de deuses pagãos sobre a vida das pessoas em muitas nações. Os sacerdotes e outras pessoas influentes costumavam encomendar aos artesãos imagens de deuses e criaturas sobrenaturais em madeira, pedra, argila e metal. Muitos desses objetos foram descobertos e estudados por universidades e grupos particulares em todo o mundo. Os israelitas também fizeram isso com a Arca da Aliança. Essa arca continha os Dez Mandamentos que Deus entregou a Moisés, o Cajado de Aarão e um Pote de Ouro com maná do deserto. Como se lembram, o maná foi o alimento que Deus providenciou para os israelitas enquanto vagavam pelo deserto. A tampa da Arca tinha dois querubins, ou anjos, entalhados em ouro.

"Os demônios também são vistos nas fachadas de edifícios antigos e modernos. Alguns têm elementos decorativos salientes destinados a drenar a água do telhado. Esses elementos, de aparência grotesca, sobrenatural, são chamados de gárgulas. Muitas catedrais e palácios góticos têm essas características. Muitas vezes, essas gárgulas são metade homem e metade animal, ou metade pássaro. A água da chuva é canalizada através da boca dessas criaturas para fora dos edifícios. A palavra "gárgula" vem do latim *gurguilo*, que significa "goela", e tem a ver com drenagem. Os pedreiros de antigamente devem ter se divertido com elas. Às vezes, retratavam os patronos ou colegas de forma grotesca, coisa que o senhor Anderson gosta de fazer."

Todos olharam para Clayton e fizeram *uhhh*. Clayton, certamente, ficou feliz com a atenção que atraía.

– Em algumas culturas asiáticas, os telhados são encurvados na parte inferior, formando uma ponta, destinada a manter afastados das casas, locais de trabalho ou centros de culto os espíritos malignos. Em desfiles e eventos culturais, os asiáticos costumam incluir uma alegoria comprida e colorida, representando um dragão que cospe fogo. Conduzido por muitas pessoas, esse dragão serpenteia pelo meio da multidão. Esse é mais um exemplo da forte influência das criaturas sobrenaturais na sociedade.

Alguém ergueu a mão.

– Professor Murphy, isso inclui sessões espíritas, leitura de cartas e bola de cristal?

– Sim, inclui. Nas sessões espíritas, os médiuns tentam contatar algum tipo de espírito. Muitas vezes, alegam que são espíritos humanos, dos mortos, mas também pode ser algum tipo de criatura sobrenatural, como um anjo caído. Na leitura de cartas ou de bola de cristal o praticante tenta acessar uma dimensão sobrenatural a fim de prever o futuro.

Uma outra mão se ergueu.

– Professor Murphy, e as pessoas que cultuam Satanás e os anjos caídos?

– Creio que uma das mais famosas é um homem chamado Anton Szandor LaVey. No final dos anos 1960, ele escreveu um livro intitulado *A Bíblia satânica*. O livro foi muito popular nos campi universitários e por um algum tempo vendeu mais que a Bíblia. LaVey se tornou o chefe da Igreja Satânica.

– Professor Murphy, esse LaVey por acaso teve uma infância esquisita? – perguntou um aluno.

– Não sei se dá para chamá-la de esquisita. Mas aos 16 anos ele tocou órgão numa festa pública em que ficou observando os homens cobiçarem dançarinas seminuas. Ele também tocou órgão numa apresentação itinerante para um pastor que se instalara na outra extremidade do local da festa. Ele via esses mesmos homens que cobiçavam as dançarinas sentados ao lado das esposas e filhos, e se desiludiu muito com a hipocrisia. Chegou à conclusão de que a natureza carnal do homem acabará ganhando. Isso contribuiu para ele desenvolver uma filosofia baseada na indulgência para com os desejos. LaVey enumerou nove declarações satânicas que, segundo ele, ajudam a esclarecer suas doutrinas.

Murphy projetou um slide com tais declarações.

AS NOVE DECLARAÇÕES SATÂNICAS DE LAVEY

1. Satanás representa indulgência, em vez de abstinência.
2. Satanás representa existência vital, em vez de sonhos espirituais fantásticos.
3. Satanás representa sabedoria pura, em vez de autoengano hipócrita.
4. Satanás representa bondade para quem a merece, em vez de amor desperdiçado aos ingratos.
5. Satanás representa vingança, em vez de dar a outra face.
6. Satanás representa responsabilidade para o responsável, em vez de preocupação com vampiros espirituais.
7. Satanás representa o homem como um animal qualquer, às vezes melhor, mas frequentemente pior do que os de quatro patas; por causa de seu "desenvolvimento espiritual e intelectual divino", o homem se tornou o animal mais cruel de todos.
8. Satanás representa todos os supostos pecados, visto que todos levam à gratificação física, mental ou emocional.
9. Satanás tem sido o melhor amigo que a Igreja já teve, pois a manteve atuante ao longo dos anos.

Murphy olhou de relance para o relógio na parede.

– Temos tempo para mais uma pergunta.

– Professor Murphy, tem outros exemplos de culto a anjos ou seres sobrenaturais?

– Existem muitos. Nem todos se concentram em anjos, demônios e outras criaturas. Alguns enfocam uma filosofia de tipo demoníaco.

Murphy clicou no último slide.

– Eis alguns tópicos decorrentes de ideias relacionadas a demônios.

ESTADOS ALTERADOS DE CONSCIÊNCIA	
Astrologia	Tábua Ouija
Auras	Parapsicologia
Rituais de sangue	Cirurgia psíquica
Canalização	Paranormalidade
Trabalho com cristais	Poder das pirâmides
Masmorras e Dragões	Santeria
Gurus orientais	Cientologia
Edgar Cayce	Xamanismo
Rituais de exorcismo	Cartas de Tarô
Sexta-feira 13	OVNIs
Lucis Trust	Vodu
Macumba	Wicca
Mantras e mandalas	Ioga

– Concluindo a aula de hoje, gostaria que pensassem sobre duas questões. Primeira: até que ponto estou exposto a filosofias de tipo ocultista? Segunda: como elas afetam minhas ideias e vida cotidiana? Por exemplo, até mesmo alguns cristãos consultam mapas astrológicos. Alguns têm mantras que repetem muitas vezes. Outros envolvem-se profundamente com tábuas Ouija, cartas de tarô e outros objetos relacionados a ocultismo.

– E vocês?

VINTE E QUATRO

MURPHY FICOU POR um momento indeciso enquanto aguardava na fila do centro estudantil. Pediria um hambúrguer com batatas fritas ou um sanduíche de atum com salada? Tinha sido muito fiel à rotina de exercícios: uma combinação de corrida, levantamento de peso e caratê três vezes por semana. Porém, quando suas narinas aspiraram o cheiro vindo da chapa, seu corpo todo ansiou por um hambúrguer.

Mereço uma recompensa pelas noventa flexões diárias.

– O que vai querer, professor Murphy? – perguntou a atendente.

Murphy hesitou um instante e soltou um suspiro.

– Atum com salada.

– Algum acompanhamento?

Murphy quis pedir um sundae com cobertura de chocolate.

– Só água, Susan. Obrigado.

Encontrou seu lugar de costume, longe das outras mesas e atrás de uns arbustos. Sentou-se e ficou apreciando pela janela o verde luxuriante do campus. Era bom descansar um pouco das perguntas dos alunos. Acabara de morder o sanduíche quando uma voz soou atrás dele.

– Você se incomoda se eu me sentar a seu lado?

Murphy virou-se e viu os olhos azuis de Summer Van Doren. Levantou-se, puxou uma cadeira e gesticulou para que ela sentasse, enquanto rapidamente terminava de mastigar e engolir o que tinha na boca.

– Por favor.

– Lamento precisar sair de sua aula mais cedo. Eu tinha uma reunião com o chefe do Departamento de Educação Física. – Ela afastou do rosto alguns fios de cabelo.

– Tudo bem. Está se sentindo à vontade no novo cargo de treinadora do vôlei feminino?

– Estou adorando. Os alunos parecem ansiosos e o campus da Preston é um paraíso. Só é um pouco úmido demais para mim.

– De onde você vem?

– San Diego, Califórnia. Nasci e cresci lá.

– É um lugar bonito. Ouvi dizer que o tempo lá é ótimo o ano todo.

– É verdade. Só um pouco de neblina de manhã, para quem vive perto da praia.

– É onde você morou?

– Sim, eu morava em Del Mar, a dois quarteirões da praia.

– Fazia surfe?

– Todo o tempo. É um grande esporte. Durante o verão, eu era salva-vidas.

Murphy a olhou e moveu de leve a cabeça. *Parece mesmo. Uma bela moça do sul da Califórnia, de cabelos louros.*

– Professor Murphy, acho interessantes suas aulas sobre falsos deuses, anjos bons e maus. Na igreja da comunidade de Preston, o pastor Wagoner também tem falado de falsos mestres e anjos caídos.

– Por favor, me chame de Michael... Sim, tem razão. Bob é um amigo próximo e conversamos muito sobre a ascensão do ocultismo, de falsos mestres e sobre a influência demoníaca na sociedade.

Incomoda-o terrivelmente que isso tenha se infiltrado na Igreja. Alguns fiéis se envolveram com ocultismo, e ele crê que seja prudente alertar as pessoas sobre aquilo com que precisam tomar cuidado.

– Parece que seus alunos estão muito interessados no assunto. E realmente gostam das aulas, principalmente Clayton.

– Talvez Clayton goste um pouco *demais*.

– Encanta-me a maneira como integra a fé na sala de aula. Parece tão natural.

– Bem, nem todo mundo gosta.

– Refere-se ao diretor Fallworth?

Murphy ergueu as sobrancelhas em resposta.

– Ele é uma das gárgulas de que falou na aula?

Murphy riu.

– Como adivinhou?

– Ouvi alguns professores falando dele. Acham que ele está pressionando um pouco demais.

Murphy viu Summer lançar um olhar furtivo em sua mão esquerda, fazendo-o lembrar que não usava aliança. Se ela percebeu, não o mencionou.

– Michael, você falou sobre anjos caídos ou demônios na aula. Acha que há muita atividade demoníaca hoje?

– Há mais coisas do que sabemos. O nome Dennis Rader significa algo para você?

– Não me ocorre nada.

– Talvez se lembre do assassino BTK.

– Sim, soa familiar.

– Rader torturou e matou dez pessoas. Em seu depoimento, disse que os demônios o mandaram fazer isso. Vários outros assassinos seriais deram declarações semelhantes.

– Acha que os demônios sempre obrigam seus súditos a cometerem assassinatos?

– Não penso assim. Esses são casos extremos. Alguns estudiosos da Bíblia acreditam que grande parte da atividade demoníaca assume formas mais sutis. Coisas como depressão prolongada, pensamentos de suicídio, ansiedade debilitante e dúvidas a respeito de Deus.

– Acredita que todos os problemas emocionais têm origem em atividades demoníacas?

– Claro que não, mas quando existe atividade demoníaca, a turbulência emocional da pessoa fica exacerbada. Em casos desse tipo, é muito difícil para os orientadores distinguir entre ataques demoníacos e problemas psicológicos.

– Como as pessoas lidam com as atividades demoníacas?

– Com muito cuidado. Nos últimos anos há cada vez mais discussões sobre exorcismo ou expulsão de demônios. Alguns até praticam os chamados "ministérios de libertação".

– Parece assustador.

– Acho que tem de haver equilíbrio. É perigoso dizer que a atividade demoníaca não existe... e também é perigoso enxergar demônios em toda parte. Jesus é um bom exemplo a seguir. A maioria das pessoas que Ele tratou eram normais, com problemas normais. Ele, porém, às vezes, encontrava pessoas com possessão demoníaca. Aliás, Ele tratou desses dois tipos de pessoas.

– Ouvi dizer que os missionários em países de cultura tradicional estão mais expostos à possessão demoníaca. Já ouviu isso?

– Sim. Muitos missionários relatam que as manifestações de atividade demoníaca ou oculta são mais visíveis nesses lugares. Isso é especialmente verdade em áreas onde o vodu é praticado. Em alguns países, as pessoas entram em transe e chegam a perfurar os corpos com pregos grandes e outros objetos. Segundo dizem, há ainda aqueles que se lançam em fogueiras, na água ou no chão, em convulsões.

– E nos Estados Unidos?

– Acho que a influência oculta assume a forma de contatos com o além, cartomancia, o recurso a espíritos e várias outras formas de culto. Talvez você se lembre do sargento Loye Pourner. Ele era oficial da base aérea de Travis, na Califórnia, e lutou por sua fé. Ele se dizia um sumo sacerdote da Wicca. Penso que os demônios são suficientemente espertos para atuar dentro de uma cultura e captar o pensamento das pessoas. Em culturas menos desenvolvidas, eles utilizam manifestações externas. Em sociedades mais avançadas, modificam suas apresentações.

– Parece que algumas pessoas adotam métodos sensacionais para lidar com demônios.

– Algumas, Summer. Parecem pensar que todo pecado é provocado pelos demônios. Isso simplesmente não é verdade. Todos podemos fazer o mal sem a ajuda de nenhum demônio. Esse tipo de pensamento elimina a responsabilidade da pessoa pelos próprios atos. Há o dito popular "O diabo me fez fazer isso". Há quem pense que, se o demônio fosse eliminado, elas poderiam ter uma boa vida. Uma boa vida é resultado do relacionamento com Deus.

– Já teve de enfrentar algum demônio, Michael?

– Não, e espero nunca precisar. Os demônios são muito poderosos. Mas não tanto quanto Deus. Se for preciso expulsá-los de alguém, isso deve ser feito em nome de Jesus Cristo. A Bíblia diz que, se resistirmos ao diabo e seus seguidores, eles fugirão de nós.

– Estou com você. Eu não gostaria de fazer da expulsão de demônios uma profissão. Fico com o voleibol. – Summer olhou para o relógio. – E por falar nisso, tenho de dar aula em dez minutos. Não vi o tempo passar.

Os dois se levantaram.

– Obrigada pela conversa estimulante, Michael – disse Summer com um sorriso de derreter as calotas polares.

– Também gostei de falar com você.

Murphy voltou a sentar-se. Ao ver Summer se afastar, uma crescente confusão tomou conta dele. Tanto Ísis quanto Summer eram mulheres muito belas, calorosas, desenvoltas e inteligentes. A única diferença é que Summer e Murphy cultivavam a mesma fé. Eles podiam se conectar num nível diferente do que ele e Ísis. Até o momento, Murphy não tinha se dado conta do quanto sentia falta disso.

Mesmo assim, incomodava-o o fato de sentir-se atraído por Summer quando nutria sentimentos tão fortes por Ísis.

VINTE E CINCO

MURPHY E WAGONER se surpreenderam ao entrar no local do evento na van de carga alugada. Se a superlotação do estacionamento indicava alguma coisa, a multidão presente à Cruzada da Fé em Deus, de J.B. Sonstad, aumentara. Duas tendas menores e superlotadas haviam sido erguidas para acomodar o público adicional. Os homens de colete cor de laranja mantinham-se muito ocupados tentando fazer com que todos estacionassem de forma ordenada.

Murphy seguiu o fluxo de trânsito e virou na direção da grande tenda. Passou a primeira fila de carros estacionados e manobrou até uma vaga não muito longe do caminhão com o equipamento televisivo de Sonstad. Havia também por perto duas vans menores estacionadas pertencentes a estações locais de televisão.

Murphy parou perto das vans. Ele e Wagoner saíram e colocaram duas antenas em cima da van em que tinham chegado.

Murphy foi o primeiro a falar.

– Descobriu alguma coisa sobre Sonstad desde nossa última visita?

– Sim, procurei na internet e descobri que Sonstad é casado e tem três filhos. A única filha, a caçula, casou-se no ano passado.

– Nada de extraordinário nisso.

– Tem razão, exceto por uma coisa. Deparei-me com um artigo de jornal que dizia que Sonstad ofereceu um grande casamento para ela num clube de campo exclusivo. Dignitários e empresários importantes de todo o mundo estiveram presentes. Foi um jantar formal animado com a presença de cantores e músicos conhecidos. Flores em profusão, cardápio fino, champanhe caro. E o artigo ainda forneceu o custo total. Arrisca dar um palpite?

– Cinquenta mil dólares?

– Um milhão e duzentos mil dólares.

– Está brincando! Quanto tempo se leva para ganhar esse dinheiro todo? E gastar num casamento! De onde veio o dinheiro?

– Como assim, Murphy? Os pastores de igrejas não costumam gastar um milhão e duzentos mil dólares no casamento da filha?

– Acho que eu não deveria me surpreender. Uma pesquisa que fiz indicou que os Sonstad têm propriedades em Atlanta e San Diego, sem falar no rancho em Montana e nas participações em uma rede de televisão.

– Bem, pelo menos sabemos que a pregação de que Deus quer que as pessoas sejam ricas funciona para ele.

Wagoner e Murphy continuaram os preparativos e, em seguida, foram para a tenda principal. Como o local estava lotado, juntaram-se aos que estavam em pé, no fundo.

Observaram as pessoas fazendo o aquecimento com música para o evento. A entrada de Sonstad no palco foi ainda mais feérica do que da vez anterior. Ele acalmou a plateia e começou a suposta conversa com Deus.

– Sim, Senhor. Estou ouvindo... O que está dizendo?... Vai acabar o conflito entre palestinos e judeus... Eles viverão em harmonia... Quando isso vai acontecer, Senhor?... Em um ano e meio... Louvado seja Deus! Obrigado!... Direi ao povo.

A essa altura as pessoas estavam em pé, gritando e aplaudindo. O barulho era ensurdecedor.

Wagoner se inclinou e gritou no ouvido de Murphy:

– Ah, me lembrei de uma coisa. Quando eu pesquisava sobre Sonstad, li que ele costuma profetizar sobre acontecimentos futuros.

– Alguma dessas profecias já se concretizou? – gritou também Murphy.

– Duas. Mas eram tão gerais que eu ou você poderíamos ter feito. Pelo menos uma dúzia das que li nunca aconteceram.

– A Bíblia não diz que um profeta, quando ele fala em nome de Deus, tem de acertar cem por cento?

– É verdade.

– Não apedrejavam profetas que não diziam a verdade?

– Sim, apedrejavam. Mas não creio que veremos alguém atirando pedras em Sonstad hoje.

– Bem, Bob, tenho de admitir que ele é um grande orador. Ele sabe manipular a multidão. Ele se daria bem vendendo carros velhos ou geladeiras para esquimós.

Murphy deixou Wagoner por alguns minutos e foi até a van.

– O que eu perdi? – ele perguntou ao voltar.

– Não muito.

A cruzada continuou. Sonstad conversou com Deus e evocou pessoas que sofriam de alguma doença. Ao ouvirem seus nomes, elas subiam ao palco, Sonstad as tocava na cabeça, caíam ao chão, eram ajudadas pelos auxiliares e voltavam a seus lugares. Na altura da vigésima cura, o público estava fora de si. Era chegada a hora de fazer uma boa doação.

Enquanto as contribuições eram recolhidas, Murphy e Wagoner comentavam o que viam.

– Bob, já reparou como Sonstad lida com as contradições?

– O que você quer dizer?

– Um modo de lidar com elas é dizer que, se você tiver bastante fé, será curado. Isso lhe dá uma boa saída se nada acontecer e a pessoa não for curada. Significa que ela não tinha fé suficiente. Não é culpa de Sonstad.

– Mas Jesus não curou gente que não tinha fé alguma nas curas que Ele fazia?

– Certo, Bob. Um outro modo é dizer "O Senhor nem sempre cura na reunião. Muitas vezes ele faz a cura em casa, quando você está sozinho". Isso lhe dá uma outra saída quando alguém não é curado na reunião.

– Uma outra coisa que notei foi que a maioria das supostas curas era para problemas ou doenças que não se podiam ver. Coisas como doenças hepáticas, renais ou diabetes. Como alguém pode saber na reunião se foi realmente curado? Não havia como saber.

– Isso dá a Sonstad outra rede de segurança, não é, Michael?

– Certo. E reparou que ninguém com alguma deficiência no braço ou na perna foi curado? Isso seria algo para se notar. Nenhum cego recuperou a visão. Não houve cura para nenhum leproso. Nem para pessoa alguma com deficiência física ou mental.

Murphy e Wagoner observaram o público sair da reunião muito animado com o que tinha visto. Ouviram muita gente comentar que J.B. Sonstad era mesmo maravilhoso e um grande mensageiro de Deus entre os homens.

– Acha que funcionou? – perguntou Wagoner já a caminho da van alugada.

– Vamos ver. Tudo estava ligado e funcionando quando saímos.

Abriram a van, entraram e fecharam a porta. Murphy viu que as luzes vermelhas continuavam acesas e o gravador estava ligado.

– Vamos rebobinar a fita e ver o que temos.

– Onde conseguiu todo esse equipamento? – perguntou Wagoner.

– Peguei emprestado de Levi Abrams. Ele disse que captaria qualquer conversa dentro de meio quilômetro.

Murphy pôs a fita para tocar. Podiam ouvir claramente a voz de uma mulher falando.

– *Olhem para a esquerda. No terceiro grupo de fileiras. O homem de camisa azul. Ele se chama Carl e sofre de diabetes há três anos.*

– Não é possível, Michael. Quando você me disse que Sonstad devia ter um receptor acoplado ao microfone, pensei que estivesse louco. Quem é essa mulher falando?

– É a mulher de Sonstad. Eu a vi quando voltei para ligar o equipamento na van. A porta traseira do caminhão com todo o equipamento de TV estava aberta e eu pude vê-la olhando para os monitores. Eu a reconheci por causa dos cartazes colocados fora da tenda.

– Como ela conseguia informações sobre as pessoas doentes na plateia?

– Muito fácil. Lembra de quando entramos na tenda? Recebemos cartões de oração perguntando se precisávamos de cura e qual era o problema, a fim de que a equipe deles pudesse orar por nós. Eles escolhiam algumas pessoas e anotavam o que vestiam e onde se sentavam. Depois a mulher de Sonstad pegava o cartão e transmitia as informações para ele, que estava no palco.

– Então ele realmente estava conversando com alguém... só que não era Deus.

– Você entendeu, Bob. Vejamos se o resto da fita é audível.

Murphy e Wagoner ouviram a fita inteira. Havia vinte mensagens bem claras da mulher de Sonstad para ele. Ouviram até suas últimas palavras antes de terminar a transmissão.

– Não demore muito hoje. Temos um jantar marcado para mais tarde do outro lado da cidade. Estou com fome. Aliás, a última senhora que você vai chamar esteve num hospital para doenças mentais. Diga que ela nunca mais precisará voltar.

– É inacreditável! – revoltou-se Wagoner. – Precisamos denunciá-los de alguma forma.

– Acho que devemos entregar as fitas a Steven Bennett, da *Raleigh Gazette*. Ele é um repórter sério, feroz, investigativo, e saberá usar essas informações. Tenho certeza de que dará a isso um tratamento para pôr fim à cruzada embusteira de Sonstad.

– Michael, o que ele está fazendo é ilegal?

– Não tenho certeza. No mínimo é enganoso, antiético, e representa publicidade negativa para todos os ministros e organizações dedicados à obra de Deus. Mas não sei se o público em geral será capaz de distinguir uma coisa da outra. Talvez joguem tudo por água abaixo. A meu ver, gente desse tipo causa grande mal e deve ser responsabilizada por isso.

Uma semana depois Murphy recebeu um telefonema de Wagoner.

– Viu Steven Bennett entrevistando J.B. Sonstad na televisão?

– Não, Bob. O que aconteceu?

– Bennett mostrou a ele trechos da fala da esposa. E ele disse: "Sim, é minha mulher. Não fazíamos nada de errado. Só estávamos tentando fortalecer a fé fraca de algumas pessoas na plateia. Quando pensam que Deus está falando diretamente a elas, a esperança se acende em seus corações. A semente da fé brota em suas mentes e pela primeira vez acreditam que Deus se preocupa com elas o bastante para curá-las da doença. Isso, por sua vez, motiva-as a levantar e ir para a frente para serem curadas. No fim das contas, Deus fica com a glória e todo mundo sai contente." Depois disso, Sonstad convidou Bennett para ir pessoalmente às reuniões.

– Inacreditável! – disse Murphy. – Inacreditável!

VINTE E SEIS

– ABSOLUTAMENTE MAGNÍFICO, JAKOBA! Incrível! – disse Viorica Enesco, ao caminharem as duas ao redor da estátua.

– Sim, é verdade. A Academia tem muitas obras de arte, mas acho que a estátua de David de Michelangelo é a mais grandiosa. O arquiteto Emilio de Fabris construiu a *tribuna* em 1873 só para acolhê-la.

Viorica inclinou a cabeça para um lado e por um longo tempo admirou aquele corpo nu de mais de 4 metros.

– Não seria maravilhoso se todos os homens fossem tão bonitos quanto essa estátua?

As duas riram.

O corpulento Sir William Merton aproximou-se delas. Usava o costumeiro paletó e colarinho de clérigo inglês. Viorica lamentou em silêncio que o corpo de Sir Merton não estivesse à altura de sua mente brilhante.

– De que estão rindo?

– Ah, nada – respondeu Viorica, passando os dedos pelos cabelos ruivos e lançando a Jakoba um olhar de cumplicidade.

As duas riram.

Mulheres!, ele pensou. *Quem consegue entendê-las?*

– Não é ótimo que John Bartholomew tenha escolhido Florença para o encontro? – ele comentou. – A Itália sempre é tão encantadora, principalmente nesta época do ano. Como adoro andar pela Piazza Annunziata e observar as pessoas! Notaram as echarpes elegantes e coloridas que as mulheres estão usando?

Viorica e Jakoba responderam com um aceno afirmativo de cabeça. As duas estranharam que um homem notasse essas coisas.

– Lá estão! – disse o señor Mendez. – Estava procurando vocês. John gostaria que a reunião começasse em uma hora. Ele me pediu que avisasse todos. Viram o general Li e Ganesh Shesha?

– Vi – respondeu Jakoba. — Creio que estão na catedral apreciando a cúpula.

– Que bom que estão todos aqui! Precisamos tomar uma decisão no tocante ao reverendo De La Rosa. Vamos vê-lo daqui a alguns dias em Roma. Devemos dizer-lhe que siga em frente?

O general Li acenou com a cabeça e falou:

– Acho que é a hora certa. Devemos encorajá-lo a colocar o programa em pleno andamento. O mundo está pronto para que um líder religioso unifique todas as religiões em uma única Igreja mundial. As pessoas se cansaram do lixo religioso conservador. Os cristãos evangélicos são um perigo para todos.

– Concordo – respondeu Ganesh. – Na Índia, o povo está cansado de tantas lutas e mortes por causa de religião. Acho que acolheriam muito bem um pacificador.

– Também concordo – disse Sir William. – O povo da Grã-Bretanha e dos Estados Unidos já não suporta esses pregadores corruptos, essas seitas e cultos estranhos. Creio que seriam atraídos para um líder religioso que exalasse integridade e honestidade. Principalmente se ele for capaz de fundamentar as palavras com alguns milagres autênticos.

– Precisamos instruir Shane Barrington para que as equipes de televisão acompanhem De La Rosa aonde quer que ele vá. Elas devem estar presentes para registrar todos os seus milagres a fim de que o mundo inteiro os veja. Quando as pessoas ouvirem sua convincente mensagem, não tardará para que todos acreditem nele.

– Concordo com Viorica. A mídia será uma poderosa ferramenta para nosso objetivo – disse Bartholomew.

– Estamos prontos para a marca? – perguntou Jakoba.

– Acho que é um pouco cedo. De La Rosa precisa desenvolver uma forte base de seguidores antes de introduzir o sistema de marcas para as compras e vendas. Quando as pessoas confiarem em sua mensagem de unidade e paz, instituiremos o controle da marca. Ele precisará dar sustento aos pobres por algum tempo. Quando as massas pensarem que ele é o grande provedor, não só da verdade espiritual mas também de alimentos e roupas, será fácil persuadi-las a voluntariamente receber a marca. Vamos cortar o fluxo de bens e serviços para aqueles que não a tiverem, e colocar a culpa nos incrédulos. Eles serão obrigados a aceitar ou se tornarem párias globais. Vamos condená-los ao esquecimento.

Todos ergueram suas taças de vinho e fizeram um brinde. John Bartholomew virou-se para o general Li.

– General Li, seus informantes têm alguma informação nova sobre as atividades do professor Murphy?

– Sim. Ele e um homem chamado Bob Wagoner começaram a denunciar alguns falsos mestres nos Estados Unidos. Mas não creio que isso atrairá muita atenção. Essas pessoas têm muitos seguidores leais por causa de seus programas de televisão e de seus livros. Murphy e seu aliado serão rejeitados como perseguidores religiosos malucos.

– Talvez – respondeu Sir William. – Mas estou um pouco cansado dessas interrupções contínuas e irritantes. Ele é como um buldogue que não larga a presa. Há algo que possa ser feito em relação a ele? Receio que quando De La Rosa começar a ganhar popularidade, Murphy fará o que puder para desacreditá-lo. Ele não verá De La Rosa como profeta.

– A resposta é óbvia – disse Jakoba. – Mandar Talon matá-lo.

Barrington franziu a testa.

– Mais fácil falar do que fazer. O professor Murphy já demonstrou ter muitos recursos. Além disso, se Murphy se tornar um mártir em nome de sua causa, isso poderá nos fazer mais mal que bem.

– Tenho uma ideia – disse Mendez. – Mandamos Talon matar a mulher dele, e isso o bloqueou por algum tempo. Instruímos Talon a eliminar sua namorada. Isso teria dado certo se a polícia não aparecesse no último instante. Que tal eliminar sua assistente, Shari Nelson? Eles são muito próximos e talvez Murphy entenda a mensagem de que nenhuma pessoa de quem ele goste estará segura enquanto ele se opuser a nós.

Um sorriso se abriu lentamente nos lábios de Bartholomew. *Perfeito.*

VINTE E SETE

MURPHY ESTAVA DE costas para o balcão e não percebeu a aproximação de um homem num elegante terno azul, risca de giz. Tomava um café, sonhando encontrar o cajado de Aarão e o pote de ouro com maná. Seria uma descoberta arqueológica extraordinária que poria os críticos da Bíblia para correr, uma prova física da autenticidade daquele livro.

– Professor Murphy, importa-se se eu me sentar a seu lado?

Murphy virou-se e viu de perto o rosto de Shane Barrington. Os olhos cinzentos, incisivos, tinham uma intensidade ardente, e as têmporas haviam se tornado um pouco mais grisalhas desde a última vez que o vira. A luz refletiu-se em seu Rolex de ouro quando ele levou o café aos lábios.

– Por favor, sente-se.

A mente de Murphy depressa se deslocou para o último encontro que tiveram. Foi quando Barrington pediu a Murphy que falasse sobre arqueologia para a Barrington Communications Network. Ele não fora nada cordial diante da recusa de Murphy. Não acostumado a ouvir "não", exigira um motivo.

– Porque não quero fazer parte de uma organização suja. Seus programas de televisão, tarde da noite, não passam de pornografia. Os

do horário nobre são repletos de insinuações sexuais, linguagem desagradável e atentados à moralidade. As comédias zombam de tudo o que é digno neste país. Os reality shows nem sequer tocam a realidade. E você apoia líderes políticos corruptos. Se esqueci de mencionar alguma coisa, peço desculpas. Cito um versículo dos Salmos: "Eu preferiria ser porteiro na casa de meu Deus a habitar as tendas da perversidade."

Depois dessa recusa, Murphy ficou surpreso em vê-lo e até mesmo surpreso com o fato de Barrington querer falar com ele.

– Parece que nós dois gostamos de um bom café.

Murphy acenou com a cabeça, concordando.

– Está bem longe de sua casa.

– Estou na cidade para fechar um negócio com uma estação de televisão. Adquirimos recentemente o KKBC Canal 24.

– Soube pelo noticiário. Quantas estações possui agora?

– Trinta e duas, mais algumas de rádio. Assistiu a nosso novo programa religioso?

– Aquele que promove o reverendo Constantine De La Rosa?

– Esse mesmo. O que você acha?

Estranho. Barrington não se importa nem um pouco com a opinião de ninguém. Será conversa fiada ou, quem sabe, está querendo sondar alguma coisa?

– Ele certamente tem carisma... E habilidade para frases de efeito.

Como Barrington o olhasse com ar de interrogação, Murphy começou a desfiar o rosário: "Unidade em meio à diversidade", "uma cultura de paz e segurança", "respeitar o meio ambiente", "desencorajar o absolutismo", "incentivar a tolerância para todas as seitas, cultos e métodos de adoração"...

– Não acha que essas coisas são importantes?

– Na verdade, senhor Barrington, acho que são um pouco perigosas.

– Perigosas?

– Sim. A Bíblia fala dos "últimos dias". Durante esse tempo, haverá muitos falsos mestres e profetas. Dirão coisas que vão atrair o interesse das pessoas e parecer benéficas para todos os homens e mulheres. Eles vão assumir a forma de piedosos, mas interiormente negarão a verdade da Bíblia.

– Mas e os milagres que De La Rosa tem realizado? Um cego recuperou a visão. Uma mulher surda passou a ouvir. Isso deve ser obra de Deus, não?

– Não necessariamente. O Livro da Revelação fala de um homem que entrará em evidência nos últimos dias. É conhecido como o Falso Profeta. Ele terá grandes poderes e será capaz de realizar milagres. Planejará estabelecer uma Igreja mundial e ganhará o controle global dos assuntos religiosos. Permita-me algumas perguntas· esse De La Rosa não fala da formação de uma Igreja mundial? Tem realizado milagres? Acha que ele pode estar enganando as pessoas?

Barrington ficou por um momento em silêncio. Sabia que ele era corrupto... Sabia quão corruptos eram os Sete... E que os Sete o forçaram a dar cobertura televisiva para De La Rosa. Tinha discernimento suficiente para saber que Murphy apontava o dedo para a verdade. Barrington não acreditava em Deus, ao contrário do professor, mas admirava a capacidade de Murphy para não poupar palavras e falar honestamente.

– Está dizendo que ele é o Falso Profeta?

– Não sei ao certo, mas podemos ter uma ideia a partir daquilo em que ele acredita. Será que ele aprecia o evangelho? Conhece a boa-nova de que Cristo morreu por nossos pecados, foi sepultado, ressuscitou dos mortos e foi visto por muitas pessoas?

– Não sei.

– Bem, quando o ouvi falar, ele não se referiu a Cristo em nenhum momento. Fala muito de irmandade entre os homens. Fala de unidade de crenças e, às vezes, menciona o nome de Deus. Mas quando aceita tudo, de cultos Wicca a óvnis, não creio que ele acredite no evangelho. Na verdade, há uma corrente subliminar de rejeição ao cristianismo em seus discursos. Ele fala de tolerância a tudo e que não existem absolutos. No entanto, há absolutos. Há o certo e o errado. Há o bem e o mal neste mundo.

Barrington não teve muito o que dizer. Sabia que havia muita maldade no mundo, e que ele pouco conhecera o bem.

– Mas o reverendo De La Rosa parece querer fazer o bem para os pobres e ajudar a desenvolver a paz no mundo.

– Bem, senhor Barrington, já que sua rede de comunicações o está promovendo, e já que você parece tentar me convencer, posso lhe fazer uma pergunta?

– Creio que sim.

– Está se tornando um de seus fiéis? Acredita no que ele diz? Seguirá seu exemplo?

Barrington sabia que deveria responder "Sim". Era um mentiroso consumado, mas por algum motivo não queria mentir para Murphy a esse respeito. Se dissesse não, que não seguiria De La Rosa, sabia que Murphy perguntaria: "*Então, por que o está promovendo?*"

– Minha rede de comunicações cobre todo tipo de notícia. Constantine De La Rosa é notícia, assim como o papa, ou Madre Teresa, ou qualquer outro líder religioso de fama.

Ambos sabiam que Barrington contornara a questão. Murphy então mudou a abordagem.

– Aí está a diferença, senhor Barrington: quando alguém realmente acredita em algo, essa crença muda seu modo de viver. Acredito que Cristo é o Filho de Deus e que Ele veio me salvar dos meus pecados, pensamentos e atos iníquos. Como acredito nisso, tento seguir os ensinamentos de Cristo em minha vida diária. Está dando a entender que acredita nos ensinamentos de De La Rosa e os segue?

Barrington não gostava de ser pressionado, mas tinha de manter os nervos sob controle.

– Sinceramente, não sei muita coisa a seu respeito ainda. Ele está só começando seu Instituto da Harmonia Religiosa. Nossos planos são cobrir sua futura Cúpula da Unidade Mundial. Veremos o que resulta disso tudo.

– Vou observar e ouvir atentamente o que ele tem a dizer. Se ele não for o Falso Profeta, não vai contradizer a Bíblia de forma alguma. Em minha opinião, ele já começou a se afastar das palavras das Escrituras. Cuidado, senhor Barrington... pode estar promovendo a pessoa errada.

Murphy entrou no carro e voltou para a universidade. Estava mais concentrado na conversa com Barrington do que na direção.

Deus, por que o trouxe para minha vida hoje? Será que eu poderia influenciá-lo de alguma maneira? Ele tem fome de poder, é arrogante e difícil de se gostar. Ajude-me a ser tolerante. Por favor, me dê paciência e sabedoria para achar as palavras certas.

A caminho do KKBC Canal 24, Barrington sentiu um desconforto interno. Não gostava de admitir que Murphy estava certo: havia algo de corrupto em relação a De La Rosa. Também não gostava de os Sete o ameaçarem para promover esse religioso hipócrita de língua de ouro. Estava cansado de eles manipularem as cordas de sua vida. A raiva continuou a crescer quando se lembrou de que haviam sido os Sete que mandaram Talon matar Stephanie Kovacs e seu filho. Barrington sentiu que explodiria à medida que ideias de vingança dominavam-lhe a mente.

Vinte e oito

O SOL COMEÇAVA a se pôr e o céu enchia-se de vermelhos espetaculares e tons de laranja e dourado. O cheiro de churrasco fazia a boca salivar. Era uma típica noite quente da Carolina do Norte. Murphy e Ísis estavam no quintal dele. Optaram por um jantar tranquilo em casa em vez de sair. Havia algo de muito atraente em simplesmente relaxar juntos e assistir a um filme alugado.

Depois do jantar, Murphy e Ísis limparam a cozinha. Murphy lavou e Ísis enxugou a louça. Riram e brincaram um com o outro. Pareceu-lhes muito natural estarem juntos. Em uma palavra, era confortável.

Não demorou para ficarem bem próximos no sofá, pés na mesinha em frente. Murphy abraçou-a, e ela aconchegou a cabeça no peito dele. *Eu bem poderia me acostumar com isso*, pensou.

Terminado o filme, Ísis se levantou para beber água.

– Já que me levantei, quer que eu pegue alguma coisa para você?

Murphy se inclinou para trás e observou Ísis circular pela cozinha.

– Acho que vou querer uma dessas maçãs.

Virou-se e começou a zapear pelos canais, mas nada na TV prendeu-lhe o interesse. Só conseguia pensar nela.

– Vamos, pegue.

As mãos de Murphy rapidamente se ergueram para pegar a maçã que ela jogara. Caiu para trás no sofá e, antes que ele pudesse erguer o tronco, Ísis já tinha saltado por trás e caído em cima dele com uma gargalhada. Surpreso, Murphy olhou para ela. Quando os olhos dos dois se aproximaram, ela se inclinou e lhe deu um beijo longo e apaixonado. Tinham passado a noite toda se preparando para esse momento. Talvez desde muito antes.

Murphy deixou cair a maçã e seus braços a enlaçaram num abraço forte. Era muito bom segurá-la e demonstrar o quanto gostava dela. Trocaram um beijo apaixonado após outro, completamente entregues ao momento.

A certa altura, o telefone tocou. Murphy tentou ignorá-lo, mas a ligação não parava. Não se conformava que, mesmo depois de todo esse tempo, um telefonema invadisse o momento tão esperado. E o telefone não parava mesmo de tocar.

Murphy agarrou o fone com uma das mãos.

– Aqui é Murphy! – ele grunhiu, soando não propriamente satisfeito com a interrupção.

– O que foi, Murphy? Levantou com o pé esquerdo? São só dez e meia da noite.

Por um momento, Murphy sentiu-se como em uma névoa, mas em seguida reconheceu a voz. Era Levi Abrams. No mesmo instante também se deu conta de outra coisa: Ísis não estava com ele. Olhou em volta da sala. A televisão estava ligada, mas ela havia desaparecido. Foi como se uma tonelada de tijolos caísse sobre Murphy. Ela não tinha estado ali. Ele adormecera e a ligação de Levi o acordara do sonho mais delicioso.

– Desculpe, Levi. Dormi na frente da TV.

– Isso acontece quando se fica mais velho. Espero que eu não o tenha acordado de um sonho bom.

– Foi justamente o que você fez, Levi. Em todo caso, o que houve?

– O que houve? Só estou retornado sua ligação. Deixou um recado em minha secretária eletrônica... Ou fez isso dormindo também?

– Ah, é mesmo. Telefonei.

– Não está se tornando um daqueles professores desligados, não é?

– Acho que estou... Acho que ainda estou curtindo meu sonho. Enfim, preciso de sua ajuda.

– Outra impressão digital para Matusalém?

– Não. Agora tem a ver com Ashdod.

– Quer dizer, Ashdod, a cidade de Israel?

– Certo. Tenho uma mensagem de Matusalém sugerindo que pode haver alguns objetos importantes escondidos em Ashdod.

– Mas Ashdod não é uma cidade antiga. Quer dizer que alguém levou objetos para essa cidade?

– Desculpe, Levi. Ainda devo estar dormindo um pouco. Eu me refiro à Ashdod original, que fica a uns 5,6 quilômetros para o interior. É a cidade que abrigava o templo de Dagon.

– Não sei muito sobre o local original. Em algumas de nossas aulas de hebraico, lembro que Ashdod era a terra dos anaquitas, uma tribo de pessoas de altura extraordinária.

– Tem um momento para conversar sobre isso?

– Por que não nos encontramos na academia amanhã e tratamos desse assunto? Assim poderei fazer uma boa ginástica e, além disso, preciso praticar meu caratê com alguém. Que tal lutar um pouco?

– Tudo bem. A que horas?

– Tenho uma reunião às 8 horas. Que tal 6 horas da manhã, caso consiga se desligar de seus sonhos?

– Tudo bem. Vejo você lá.

* * *

Murphy desviou um soco para o lado e mandou um chute rápido com a perna esquerda. Levi corajosamente afastou o golpe, e os dois moveram-se em círculos, um ao redor do outro, sobre o tapete.

– Está ficando lento, Murphy – Abrams o provocou.

– Estou facilitando para você. Sei o quanto é chorão.

Levi lançou uma furiosa saraivada de socos e chutes, mas Murphy os bloqueou ou evitou, e passou para a ofensiva. Estavam perfeitamente equilibrados. Após meia hora de intensa disputa, Murphy e Abrams sentaram-se para descansar.

– Levi, seu soco invertido é como martelo. Como conseguiu isso?

– Com papel.

– Papel?

– O soco invertido vem da posição do quadril. O punho é feito com os dedos e o polegar virados para cima. Quando o punho vai para a frente, gira com um movimento de torção. No final do golpe, os dedos e o polegar estão virados para baixo. A torção final acontece na última fração de segundo, antes do impacto. O objetivo é rasgar a pele e quebrar o osso.

– Acho que você não quebrou minhas costelas, mas na hora parecia que sim.

– Na verdade, reduzi um pouco o impacto do soco para não quebrar. Isso funciona mais ou menos como um tiro disparado de uma arma. O cano da arma tem raias no interior que fazem a bala girar. A bala entra girando no corpo de uma pessoa, e esse movimento quebra os ossos. Embora o soco invertido não avance mais rápido que uma bala, atua com base no mesmo princípio.

– O que isso tem a ver com papel?

– Pratica-se com papel. Você pega uma folha de papel e a deixa suspensa por dois barbantes. O papel deve ficar na altura do ombro. O soco invertido é lançado para o centro do papel. Quando o soco é dado corretamente, isto é, torcendo o punho no último instante, o papel se rasga no ponto em que os nós dos dedos o atingiram. Se o giro ocorrer uma fração de segundo antes ou depois do momento certo, o papel não é rasgado. Apenas será empurrado com o soco. O objetivo não é arrancar o papel dos barbantes, mas rasgá-lo em dois com o movimento de torção dos nós dos dedos enquanto ele ainda estiver preso.

– Parece muito difícil.

– E é. Exige muita velocidade. O corpo precisa estar completamente relaxado durante todo o movimento. Uma tensão no braço retardaria o golpe. Com a prática, é possível começar a fazer a torção necessária no último instante. Com o movimento correto, o papel se rasga.

– Tentarei em casa.

– Agora chega de aula de caratê. Fale sobre Ashdod. O que está procurando?

– Lembra-se de ter visto em suas aulas de hebraico que a Arca da Aliança foi capturada pelos filisteus e levada para Ashdod?

– Sim. Foi colocada diante da estátua de Dagon e passou a noite lá. No dia seguinte, a estátua estava caída de rosto para o chão. Espere um pouco, Michael. Acha que pode encontrar a Arca da Aliança em Ashdod?

– Não, mas talvez possamos encontrar o que estava dentro dela.

– Dentro?

– Sim. O Cajado de Aarão e o Pote de Ouro que continha o maná do período de perambulação pelo deserto.

– Seria incrível, Michael. Uma descoberta maravilhosa. Eu ficaria feliz em ajudá-lo de algum modo.

– Ótimo, Levi. Acha que pode providenciar a papelada para uma escavação arqueológica em Ashdod?

– Creio que não será problema. O governo de Israel e a Sociedade Arqueológica Israelense se interessarão muito por esse projeto. Ligarei amanhã para Moshe Pearlman.

– Quem é Moshe?

– Um dos homens que trabalharam comigo na Mossad. Vou pedir-lhe que vá a Ashdod e verifique isso para nós. Nesse meio tempo, começarei a cuidar da papelada. Tentaremos eliminar ao máximo a burocracia.

– Talvez você possa suspender todos os formulários em barbante e rasgá-los com seu terrível soco invertido.

– Isso resolveria – respondeu Levi. – Agora, de volta ao tapete. Você está prestes a ver meu soco invertido de perto e pessoalmente.

Murphy sorriu e assumiu uma postura defensiva.

– Manda ver, grandalhão.

VINTE E NOVE

Num campo perto da cidade de Ebenezer, 1083 a.C.

MISMANA, O BENJAMITA, estava com os soldados que guardavam a Arca da Aliança quando os filisteus partiram para a emboscada. Foi um dos primeiros a vê-los chegando e gritou para alertar o capitão Gadiel. O capitão virara-se para olhar Mismana um instante antes de uma flecha atingir seu peito. Sem dizer uma palavra, o capitão caiu para a frente, quebrando a seta que lhe atravessara o coração.

Mismana, com os companheiros soldados, lutaram bravamente, mas em vão; era demasiado tarde. Abaixou-se ao ver uma seta que vinha em sua direção e por pouco não o acertou. Virou-se e ergueu a espada, mas não a tempo.Uma espada dos filisteus rasgou-lhe o estômago e ele caiu em espasmos agonizantes.

Neziá e Baslute viram o ataque à Arca e correram para a frente. Um filisteu ferido esticou o braço e agarrou o pé de Baslute, que tropeçou e caiu. Um outro filisteu levantou a lança para enfiá-la em Baslute.

Neziá viu o movimento e brandiu sua espada com toda a força no flanco do filisteu, que gritou, soltou a lança e caiu em cima de Baslute. Coberto do sangue do filisteu, Baslute tinha os olhos arregalados de terror ao empurrar seu corpo e esforçar-se para levantar.

Neziá sentiu-se aliviado ao ver que seu irmão não estava ferido. Virava-se para voltar à batalha quando um machado de guerra passou raspando pela lateral de sua cabeça.

A pancada deixou-o inconsciente. O sangue escorria-lhe pelo rosto e empoçava-se diante do nariz enquanto ele jazia no chão. Julgando-o morto, os filisteus passaram para a captura da Arca.

Era tarde da noite quando Neziá acordou com uma forte dor na cabeça. Instintivamente, estendeu a mão até o ferimento e fez uma careta quando seus dedos tocaram o corte. O sangue coagulara e secara em seus cabelos negros.

Sentou-se devagar, atento a quaisquer sons ou indícios de que ainda estivesse em perigo. Ao tentar enxergar no escuro, deu-se conta dos muitos corpos no chão ao redor.

Levantou-se, cambaleante, lutando para manter o equilíbrio. Tentou recordar o que acontecera na batalha. Mesmo no escuro, ele reconheceu as marcas nos uniformes do exército israelita. A maioria dos corpos no chão era de companheiros.

Ocorreu-lhe, então, um pensamento. Mas e Baslute? *Começou a procurar entre os corpos em volta. Dez minutos depois encontrou seu irmão, com um grande ferimento no pescoço e olhos arregalados, fixos, em expressão de terror. Neziá soltou um profundo grito de angústia e caiu chorando ao lado do irmão. Segurou-o e chorou até ficar sem lágrimas.*

Neziá sabia que seria perigoso permanecer no campo de batalha. Previu que os filisteus voltariam ao amanhecer para pilhar os objetos de valor e matar qualquer inimigo ainda vivo. Ergueu o irmão e começou a carregá-lo.

Não fazia ideia de para onde seu exército tinha ido. Estava sozinho. Sentia-se cansado, dolorido e emocionalmente esgotado. Carregou o corpo de Baslute para perto de uma árvore e colocou-o no chão. Em seguida, viu a espada de um soldado caído e usou-a para cavar uma cova rasa. Juntou algumas pedras e cobriu a terra fresca, num esforço para desencorajar qualquer animal que viesse escavar. As lágrimas voltaram quando se sentou, ainda no escuro. A noite esfriara e ele começou a tremer. Perto dali viu o manto de um soldado caído e cobriu com ele o corpo trêmulo.

Vou voltar para Shiloh, *pensou,* e espero que o inimigo não tenha ido nessa direção.

Olhou para o céu e as estrelas para ganhar ânimo e iniciou a jornada de 40 quilômetros rumo a Shiloh. Precisou pisar nos corpos de várias centenas de israelitas até sair do campo de batalha. Estava arrasado de dor pensando em Baslute.

Ninguém conseguiu persuadir Eli, o sumo sacerdote, a ficar em casa. Preocupava-se com o fato de a Arca da Aliança ter sido levada para o campo de combate por Hofni e Fineas. Eles não lhe pediram permissão. Na verdade, já não solicitavam autorização para nenhum assunto relativo à atuação do tabernáculo do encontro. Agiam como bem entendiam.

Hofni e Fineas sempre haviam sido filhos voluntariosos, e Eli, demasiado permissivo. Agora com 98 anos, estava muito gordo, cansado e cego, sem energia para confrontá-los. Ouvira falar que pegavam a carne dos sacrifícios oferecidos a Deus e a levavam às próprias famílias. Também ouvira que se deitavam com muitas mulheres. Sabia que isso era errado, mas, como sempre, era impotente para fazer qualquer coisa a respeito do comportamento dos filhos.

Eli pediu a um dos servos que o levasse ao muro de pedra que ladeava a rampa para Shiloh. Queria ficar sentado lá o dia todo até ter alguma notícia da Arca da Aliança.

Foi ao fim do dia que Neziá chegou a Shiloh. Ao começar a subir a rampa de acesso para a cidade, viu o sumo sacerdote sentado no muro. Com grande consternação, aproximou-se do patriarca cego.

– Senhor! – Neziá disse a Eli.

– Sim, meu filho – respondeu Eli, virando-se na direção da voz.

– Trago notícias do campo de batalha.

– Por favor, me diga.

– Fugi na noite passada. Estava ferido e separado do restante do exército.

– Continue, meu filho.

– Perdemos a batalha e Israel fugiu diante dos filisteus. Houve uma grande matança de nosso povo.

Neziá viu o medo estampar-se no rosto e nos olhos cegos de Eli.

– E que notícias você tem de meus filhos e da Arca da Aliança?

Neziá hesitou. Pensou no campo de combate, na morte de seu irmão e no horror do que tinha visto. Sentiu náusea.

– Continue, filho. Por favor, me diga. Fiquei aqui esperando, preocupado.

– Lamento trazer-lhe notícias tão tristes. Seus dois filhos, Hofni e Fineas, estão mortos, e a Arca de Deus foi capturada pelos filisteus.

O velho ficou calado, mas o choque foi demais para ele, que caiu para trás, muro abaixo. Se o horror das palavras de Neziá não o tivesse matado, a queda que quebrou seu pescoço certamente o teria. Neziá permaneceu parado, perplexo. Só conseguiu olhar para o céu e perguntar em silêncio "Por quê?".

Nimrá pediu o banco de parto e mandou chamar as parteiras. As dores ficavam cada vez mais fortes. A gravidez não fora fácil. Além da dor, havia o desconforto emocional pelo fato de os soldados terem levado Fineas e a Arca da Aliança para a batalha contra os filisteus.

O marido deve permanecer com a esposa quando ela está para dar à luz, *ela pensou.*

Sentiu mais uma pontada de dor e gritou. Nimrá sabia que era hora de dar à luz uma nova vida. A criança estava para nascer quando um tumulto surgiu entre os servos.

– O que houve? Por que estão chorando? Este é um momento de felicidade, não de tristeza – disse ela em meio à respiração entrecortada.

Uma das parteiras falou.

– A notícia acabou de chegar. A Arca da Aliança foi capturada. Essa notícia fez seu sogro Eli cair do muro da entrada da cidade e quebrar o pescoço. E... – Hesitou em prosseguir. – Seu marido Fineas morreu em combate.

Nimrá abaixou a cabeça. O bebê estava chegando, mas havia muito sangue. Muito. *As parteiras notaram algo errado. Tentaram animá-la e, depois de muito gritar e fazer força e chorando, Nimrá conseguiu dar à luz o bebê.*

– Não tenha medo. Seu filho está vivo. Ele lhe trará alegria.

Nimrá não respondeu. Fechou os olhos e virou-se para não ver o recém-nascido. As parteiras tentaram fazê-la virar-se para o bebê.

– Que nome gostaria de lhe dar? – elas perguntaram.

– Deem a ele o nome de Ichabod – Nimrá respondeu. – Porque a glória partiu de Israel, a Arca de Deus foi capturada e meu marido e meu sogro morreram.

Ao terminar de dizer essas palavras, ela morreu.

trinta

Quando Shari distribuía as anotações impressas sobre falsos mestres, Murphy notou com frustração a ausência de alguém. Summer Van Doren não estava na sala, e ele já começara a se acostumar com a sua presença.

Preste atenção no que está fazendo, Murphy. Você tem uma aula para dar. E como pode pensar nela depois do sonho maravilhoso que teve com Ísis?

– Tomem seus lugares. Vamos começar.

Murphy estava para falar quando viu Paul Wallach na fileira de trás. Havia um bom tempo que ele deixara de frequentar suas aulas.

Acho que ele e Shari estão realmente tentando reatar.

Murphy sorriu e acenou para Paul, que retribuiu o gesto.

– Hoje nos aprofundaremos nos conceitos discutidos nas últimas aulas. Examinamos as influências que o conceito de Deus assumiu ao longo dos tempos. Esse conceito levou muitas culturas a criar deuses e ídolos pagãos para o povo adorar. Acreditava-se que esses deuses proveriam o povo de alimentos, protegeriam o nascimento dos filhos, assegurariam prazer sexual, protegeriam as pessoas em tempos de guerra e beneficiariam os seguidores de muitas outras maneiras. Havia deuses para a terra, o céu e quase todos os lugares imagináveis.

Murphy notou que muitos alunos começavam a tomar notas.

– Também estudamos os conceitos de anjos do bem e anjos do mal. O conceito geral de demônio ou de anjos caídos existe em quase todas as culturas. Embora a maioria das pessoas admita a existência do mal no mundo, há muita discussão quanto à causa disso. Algumas pessoas, é claro, não acreditam em anjos, demônios ou Satanás. Mas há mais pessoas no mundo que acreditam em espíritos malignos do que pessoas que não acreditam.

"Hoje daremos uma olhada no que chamamos de 'falsos mestres'. Através dos tempos, as pessoas têm apregoado uma multiplicidade de pontos de vista religiosos nem sempre compatíveis uns com os outros. Até mesmo Jesus abordou este conceito quando disse: 'Cuidem para que ninguém vos engane. Porque muitos virão em meu nome dizendo "Eu sou o Cristo", e enganarão a muitos. (...) Quando chegar esse tempo, se alguém vos disser "Vede, eis o Cristo!" ou "Lá está ele!", não acrediteis nisso. Pois falsos cristos e falsos profetas aparecerão, darão grandes demonstrações e farão milagres para enganar até mesmo os eleitos, se isso for possível.'"

Murphy clicou no primeiro slide.

– Aí estão nomes de pessoas que declararam ser Cristo ou se autoafirmaram enviadas por Deus para falar ao povo. Muitas conquistaram um grande número de seguidores.

FALSOS CRISTOS E FALSOS MESTRES	
30 d.C.	Teudas
30 d.C.	Judas, o Galileu
Século II	Simão Bar Kokhba
Século V	Moisés de Creta
591 d.C.	Pregador Itinerante

720 d.C.	Abu Isa de Bagdá
Século VIII	Aldeberto
832 d.C.	Moisés – Surgido dos Mortos
1110 d.C.	Tanchelmo de Antuérpia
Século XII	David Aloroy

– Teudas e Judas, o Galileu, são mencionados no Livro dos Atos, na Bíblia. Persuadiram as pessoas a segui-los, numa tentativa de derrubar o governo romano. Simão Bar Kokhba tentou estabelecer-se como um rei messiânico chamado "Filho da Estrela". Ele comandou mais de meio milhão de guerreiros bem-treinados até que o exército romano os massacrou. São Gregório escreveu sobre um pregador anônimo itinerante que alegou ser o Messias e tinha uma companheira chamada Maria. Moisés de Creta foi um homem interessante; alegou que conduziria os Filhos de Israel, assim como Moisés. O povo seguiu até o mar, mas o mar não se abriu. Ordenou então que as pessoas avançassem, e muitas se afogaram. De alguma maneira, ele desapareceu de cena e, a partir de então, passaram a crer que ele fosse um espírito maligno enviado para destruir os israelitas. Aldeberto ficou conhecido por distribuir pedaços de unha e mechas de cabelo a seus seguidores. Aliás, Tanchelmo de Antuérpia, que também se proclamava Messias, distribuía aos seguidores a água em que tomara banho. Alguns a tomavam como bebida sagrada, em substituição à Eucaristia.

Murphy ouviu os alunos murmurando e dizendo "Eca". Logo clicou no slide seguinte.

FALSOS CRISTOS E FALSOS MESTRES	
1240 d.C.	Abraão de Abuláfia
1490 d.C.	David Reuveni

1523 d.C.	**David Reubeni**
1542 d.C.	**Hayyim Vital**
1543 d.C.	**Isaac Luria**
1626 d.C.	**Shabbatai Zevi**
1726 d.C.	**Jacob Frank**
1774 d.C.	**Ann Lee**
1729 d.C.	**Irmãos Richard**
1800 d.C.	**Baal Shem Tov**

– Os seguidores de Isaac Luria acreditavam que ele era capaz de realizar exorcismos e milagres, falar a linguagem dos animais e ler a alma das pessoas através do rosto. Shabbatai Zevi tinha um apetite sexual incontrolável. Alegou ser o Messias aos 22 anos e casou-se publicamente com um rolo da Torá. Os seguidores envolveram-se em orgias sexuais. O movimento ficou conhecido como shabbetianismo. Jacob Frank era um arrogante zombeteiro. Também envolveu-se em orgias sexuais religiosas. Designou 12 apóstolos e 12 concubinas para servi-lo. Ann Lee foi singular. Chamada de "A Eleita", afirmava falar 72 línguas e conversar com os mortos. Instituiu os tremores, desmaios e quedas como ato de devoção.

Murphy estava prestes a clicar no slide seguinte quando viu erguer-se a mão de Clayton Anderson.

– Professor Murphy, isso diz respeito a ministros de grande força. Ouviu falar do ministro que passou um fio elétrico por todos os bancos da igreja? Depois disso, ele disse no domingo: "Todos os que vão doar 100 dólares para o novo edifício, por favor, levantem-se." Então, apertou um botão e vinte pessoas pularam em pé. Em seguida ele disse: "Agora aqueles que vão doar 500 dólares, por favor, levantem-se." Mais uma vez ele apertou o botão, e outras vinte pessoas se puseram de pé instantaneamente. Em seguida ele perguntou: "Quantos são os que vão doar mil dólares cada um?" Acionou a chave geral e eletrocutou 15 diáconos.

Foi difícil para Murphy recuperar o controle da classe.

– Essa é muito boa, Clayton. Ideia inteligente essa de conectar os bancos à eletricidade. Aliás, você estará sentado na mesma cadeira na semana que vem?

Novamente a classe irrompeu em riso.

– Agora, se for possível prosseguir...

FALSOS CRISTOS E FALSOS MESTRES	
1919 d.C.	**Divino Pai**
1959 d.C.	**Maitrea**
1993 d.C.	**Ca Van Lieng**
1993 d.C.	**Aum Shinri Kyo**
1997 d.C.	**Marshall Applewhite**
1997 d.C.	**Sun Myung Moon**
1998 d.C.	**Nancy Fowler**
1998 d.C.	**Hon Ming Chen**

– Divino Pai teve um grande número de seguidores da década de 1920 à de 1940. Seu nome original era George Baker. Nasceu por volta de 1877 e parou de pregar em 1960. Sua esposa, conhecida como Mãe Divina, prosseguiu a partir do momento em que ele parou. Já os seguidores de Maitrea afirmaram que ele era o Messias e mandaram publicar muitos anúncios de jornal para divulgar a crença. Ca Van Lieng foi o líder de uma seita vietnamita que promoveu um assassinato-suicídio em que morreram 52 pessoas. Marshall Applewhite tornou-se famoso com sua companheira Bonnie Nettles. Eram líderes do Heaven's Gate UFO Cult. Seus seguidores o consideravam a reencarnação de Cristo. Applewhite convenceu os seguidores de que eles seriam levados em uma nave espacial rumo ao cometa Hale-Bopp. Todos cometeram suicídio. Nancy Fowler estava envolvida no Culto da Virgem. Ela declarava ter conversas com a Virgem Maria.

Murphy desligou o projetor de PowerPoint.

– Muitos outros fizeram declarações desse tipo ou foram anunciados como Messias por seus seguidores. Pessoas como Maharishi Maheshi Yogi, o Grande Eu Sou, Charles Manson, Jim Jones e Maharaja Ji.

Murphy pegou o folheto intitulado Falsos Mestres e o acenou para a classe.

– Deem uma olhada em algumas das previsões feitas por diversos grupos ou indivíduos. Vão encontrá-las na folha entregue a vocês no início da aula.

Murphy passou então a falar de sua lista de falsos mestres.

– Enchi só uma página com previsões e nomes de falsos mestres. Tenho mais nove páginas que informam essencialmente a mesma coisa. Chamo essas pessoas de falsos mestres porque o que previram não aconteceu.

Uma aluna ergueu a mão.

FALSOS MESTRES

PESSOA/GRUPO	PREVISÃO
Watch & Be Ready	Essa literatura mórmon afirmou que a Nova Jerusalém desceria do céu no ano 2000.
Ruth Montgomery	O eixo da Terra mudaria e o Anticristo se revelaria em 2000.
Sun Myung Moon	O Reino do Céu seria estabelecido no ano 2000.

Shoko Asahara	No ano 2000, 90 por cento da população do mundo seriam aniquilados por armas nucleares, biológicas e químicas.
Bhagwan Shree	No ano 2000, o mundo seria devastado pela Aids. Depois disso, seria reconstruído por uma sociedade matriarcal pacífica.
Ca Van Lieng	Haveria uma inundação apocalíptica no ano 2000.
Bobby Bible	À meia-noite, na virada do ano 2000, Jesus desceria do céu e levaria consigo os fiéis.
Cerferino Quinte	O mundo seria destruído por uma chuva de fogo em 1º de janeiro de 2000. Para sobreviver, os membros de sua seita construíram uma complexa rede de túneis e armazenaram alimentos suficientes para setecentas pessoas por um ano.
Ola Ilori	No ano 2000, a Terra passaria a girar ao contrário, fazendo a crosta rachar como uma casca de ovo.
Joseph Kibweteere	Previu o fim do mundo para junho de 2000. Mandou trancar seiscentos dos seus seguidores em uma igreja e atear fogo. Todos morreram queimados.
Gabriel de Sedona	A destruição da humanidade ocorreria entre 5 de maio de 2000 e 5 de maio de 2001. Apenas seu grupo de fiéis seria salvo por óvnis.

– Professor Murphy, não fizeram previsões sobre Jesus Cristo... Do tipo onde Ele nasceria, como morreria, centenas de anos antes do acontecimento?

– Boa pergunta. Houve mais de trezentas previsões relativas à primeira vinda de Cristo. Quais as chances de alguém acertar todas essas profecias?

Murphy fez uma pausa para permitir que a pergunta fosse assimilada.

– Permitam-me ajudá-los. Um matemático chamado Peter W. Stoner aplicou a teoria da probabilidade à chance de acerto de apenas oito das previsões sobre a vinda de Cristo. Ele documenta isso num livro intitulado *Science Speaks*. Pediu a 12 classes, num total de aproximadamente seiscentos alunos universitários, que calculassem essa probabilidade matemática. A conclusão final foi que a probabilidade de acerto para oito profecias seria de um para dez elevado à 28ª potência.

Murphy caminhou até o quadro branco.

– Para se ter uma ideia, deixe-me escrever dez elevado à 28ª potência.

Ele escreveu um 10 no quadro e passou a acrescentar zeros e mais zeros. Os alunos começaram a rir do número absurdamente longo. Por fim, lia-se: 10.000.000.000.000.000.000.000. 000.000.

Era visível o espanto no rosto de alguns alunos. Murphy sacudiu os dedos teatralmente, como se estivessem doendo de tanto escrever zeros.

– O doutor Stoner tenta ajudar o leitor de seu livro a compreender com uma ilustração visual esse resultado impressionante. Diz ele que isso seria como cobrir todo o estado do Texas com pouco mais de meio metro de dólares de prata. Uma dessas moedas está pintada de azul. Mistura-se tudo com uma colher gigante. Venda-se um homem, que toma a direção que bem entender, e só pode fazer uma tentativa de encontrar a moeda de prata pintada de azul. A probabilidade seria essa.

Murphy, mais uma vez, fez uma pausa para deixar que os alunos assimilassem a grandeza do número.

– O doutor Stoner prosseguiu o estudo calculando a probabilidade de acerto de 48 das profecias relativas a Cristo. O resultado foi de um para dez elevado à 157ª potência. Ele disse que já não seria possível usar dólares de prata. Seria preciso algo muito menor, como um elétron. Imagine uma bola de elétrons que se estende em todas as direções, a partir da Terra, espaço afora, viajando a quase 300 mil quilômetros por segundo, vezes o número de segundos em um ano. Pinta-se um elétron de azul. Misturam-se todos os elétrons com uma colher gigante. Venda-se um homem, que toma a direção que bem entender, e ele só fará uma tentativa. Essas seriam as probabilidades de acerto de apenas 48 profecias. Notem que Jesus Cristo cumpriu literalmente mais de 109 previsões acerca de sua primeira vinda. Há 321 previsões de sua segunda vinda!

Murphy olhou para o relógio. A campainha estava prestes a tocar.

– Com probabilidades dessa ordem, quando Cristo retornar, não creio que haverá alguma dúvida. Então, reflitam sobre a importância de seguir um verdadeiro mestre, em comparação a um falso. Isso afetará o futuro de cada um de vocês.

A campainha tocou e os alunos aplaudiram de pé a aula particularmente inspirada que Murphy acabara de dar. Ele corou e acenou com a cabeça, agradecendo.

Olhou para Shari. Ela sorria, e também aplaudia.

TRINTA E UM

MURPHY ENTROU NO laboratório e encontrou Shari profundamente concentrada num velho manuscrito. Enquanto a observava, alheia à sua chegada, viu o rosto de testa franzida transformar-se com um sorriso.

– É isso! – ela exclamou.

– Isso o quê?

Ela ergueu o olhar, prendendo o fôlego.

– Murphy! Quase me matou de susto!

– Desculpe. O que a deixou tão animada?

– O papiro que você descobriu. Aquele da loja de curiosidades no Cairo.

Murphy acenou com a cabeça.

– E então?

– Descobri que foi escrito pelo historiador Mamonte.

– Eu sabia que era antigo, mas não de dois séculos antes de Cristo. Conseguiu decifrá-lo?

– Em grande parte. Basicamente, registra vários eventos históricos. Coisas como incêndios, inundações e outros desastres. Há algo que achará muito interessante, creio.

– O quê?

– Uma breve menção à captura da Câmara de Ouro de Deus dos israelitas.

Murphy tomou fôlego rapidamente.

– A Arca da Aliança?

– Parece que sim. Fala de dois objetos mágicos retirados debaixo dos querubins depois que várias pessoas morreram de uma doença estranha. Acha que pode ser uma referência ao que ocorreu em Ashdod e no Templo de Dagon?

– É bem provável. Deixe-me dar uma olhada.

– Talvez seja melhor você deixar isso para depois. Você tem uma aula de adestramento de feras agora.

– Como assim?

– Você recebeu uma ligação de seu melhor amigo aqui na universidade.

Murphy olhou-a intrigado.

– Fallworth?

– Acertou! E ele não parecia feliz.

– Acho melhor eu resolver isso logo – disse Murphy. – Não estava esperando por essa.

– Aliás, soube da última a respeito dele?

– Creio que não.

– Como o reitor Carver está se aposentando, o conselho de diretores cogita colocá-lo como novo reitor da universidade.

Murphy sentiu o estômago revirar-se.

– Seria um erro colossal.

– Sem comentários – disse Shari.

Murphy entrou em seu escritório à procura de uns papéis. Já que precisava visitar o covil do leão, ao menos não iria desarmado.

Fallworth comportou-se como um verdadeiro homem de negócios.

– Talvez ainda não saiba, mas o reitor Carver está se aposentando e os administradores provavelmente me escolherão para substituí-lo.

Murphy sentiu-se grato por Shari tê-lo alertado. Em sua arrogância, Fallworth queria observar algum tipo de reação em Murphy. Mas este se recusou a lhe dar esse prazer.

– Ah! – respondeu simplesmente.

Fallworth pareceu um pouco desapontado.

– Gostaria de deixar claro para você que, se eu me tornar reitor, talvez seu curso de arqueologia bíblica seja cancelado.

– Poderia me dizer por quê, Archer?

– Já lhe disse. Religião não tem lugar na sala de aula!

– E também qualquer coisa relacionada a religião?

– Também.

– Bem, deixe-me ver se entendi direito. No curso de história dos Estados Unidos devemos deixar de lado a influência do padre Junípero Serra e as primeiras missões católicas? No curso de história europeia devemos omitir todas as referências às grandes controvérsias religiosas da Idade Média? Devemos ignorar a Reforma Protestante? Devemos eliminar quaisquer comentários sobre a luta pela liberdade religiosa nos tempos coloniais? Devemos descartar *A Última Ceia*, de Da Vinci?, o *Moisés*, de Michelangelo, a *Missa Solemnis*, de Beethoven, *A Valquíria*, de Wagner? Será que entendi direito?

Fallworth revirou os olhos.

– Você sabe o que quero dizer, Murphy.

– Não, receio que não. Como um professor pode eliminar algo que faz parte da história? O que há de temível em ensinar aquilo em que as pessoas acreditam e como isso influenciou a humanidade? Se eu ouvir que alguém acredita em óvni, não me sentirei ameaçado. Se acreditam que um grande meteorito atingiu a Terra e causou a extinção dos dinossauros, não tenho de concordar com eles. De que você tem medo? Da honestidade intelectual?

– A religião deve ser ensinada só nas igrejas.

– É mesmo? Então permita-me uma pergunta. Acredita em obediência às decisões da Suprema Corte dos Estados Unidos?

– Claro que sim. Mas eles não dizem que é permitido o ensino de religião nas escolas. A Primeira Emenda à Constituição afirma que "o Congresso não deve fazer leis quanto a estabelecer uma religião ou proibir seu livre exercício...".

– Achei mesmo que poderíamos entrar nesse assunto, Archer, então peguei algumas informações de meus arquivos para você. Com relação à Primeira Emenda, que você citou, há um caso que a invoca. Está no processo *Abington School District* v. *Schemmp*. Nos comentários sobre oposição à religião e ao estudo da Bíblia, o juiz Clark afirma o seguinte:

> ... Claro ... o Estado não pode estabelecer uma "religião de secularidade", no sentido de afirmar oposição ou demonstrar hostilidade à religião, dando com isso "preferência aos que não acreditam em religião alguma, em detrimento dos que acreditam" (*Zorach* v. *Clauson*) (...) Além disso, pode-se muito bem dizer que uma educação não está completa sem um estudo comparativo da religião, da história da religião e de como se relaciona com o avanço da civilização. Certamente pode-se dizer que a Bíblia é digna de estudo por suas qualidades literárias e históricas. Nada do que dissemos aqui indica que esse estudo da Bíblia ou da religião, quando apresentado de forma objetiva, como parte de um programa de educação secular, não pode ser realizado em consonância com a Primeira Emenda.

Fallworth não respondeu. Murphy diria que ele não gostou do que tinha acabado de ouvir.

– No tocante ao ensino de religião, ciências sociais e ciências humanas, o juiz Brennan fez os seguintes comentários:

> A posição do Tribunal, hoje, claramente não proíbe o ensino das Sagradas Escrituras ou sobre as diferenças entre seitas religiosas nas aulas de literatura ou história. Com efeito, quer se trate ou não da Bíblia, seria impossível ensinar de forma significativa muitos assuntos relativos a ciências sociais ou humanas sem mencionar a religião.

– Já o juiz Goldberg – prosseguiu Murphy – falou sobre a hostilidade passiva e ativa à religião e ao ensino religioso do ponto de vista de valores jurídicos, políticos e pessoais:

> Nem o Estado nem este Tribunal pode ou deve ignorar a importância do fato de que grande parte do povo acredita em Deus e o cultua, e de que muitos de nossos valores legais, políticos e pessoais derivam historicamente de ensinamentos religiosos. O governo deve, inevitavelmente, tomar conhecimento da existência da religião e, aliás, em certas circunstâncias, a Primeira Emenda pode exigir que o faça. Parece a mim evidente, com base em pareceres constantes em casos presentes e passados, que o Tribunal reconheceria a legitimidade da existência de capelães militares e do ensino sobre a religião, que não se confunde com o ensino da religião, nas escolas públicas.

"Obviamente, Archer, não concordamos um com o outro."

– Para dizer o mínimo – respondeu Archer com um sorriso irônico.

– Respeito seu direito de discordar de mim. Não estou tentando forçá-lo a aceitar aquilo em que acredito. Só peço que tenha o mesmo respeito por mim e por minhas convicções.

– Hum, não são mesmo palavras de um doce cristão?

– Interessante, Archer. Sempre que encontra dificuldade em defender pontos de vista você recorre a ataques pessoais.

Murphy levantou-se e começou a caminhar para a porta.

– E já que você falou claro... permita-me ser claro também. Você está em terreno movediço. Se optar por fazer disso objeto de combate, pois bem. Mas não deixarei por menos nem me farei de morto.

Furioso, saiu batendo a porta.

A caminho do escritório, Murphy sentia a adrenalina percorrer-lhe o corpo. Não havia muitas causas pelas quais ele lutaria, mas essa era uma delas. Pensou no ditado "*Os cães ladram e a caravana passa*".

Ao longo dos séculos, os homens tentaram subestimar os ensinamentos da Bíblia. Latiram como cães para a caravana, mas a caravana da verdade continuou avançando, apesar deles. Deus me ajude a me lembrar disso quando o ataque começar.

Ao aproximar-se do escritório, viu Shari e Paul Wallach sentados num banco debaixo de uma magnólia e perguntou a si mesmo se eles teriam reatado o namoro.

TRINTA E DOIS

MOSHE PEARLMAN CONHECIA muitos lugares do mundo e a maior parte de Israel, mas nunca estivera no sítio original de Ashdod. Seguiu pela estrada que leva ao sul de Tel Aviv por pouco mais de 30 quilômetros e virou para oeste. Calculava estar a cerca de 15 quilômetros ao norte da Faixa de Gaza. Dirigia um velho Porsche 911 da Alemanha Ocidental que lhe prestara muitos anos de bom serviço, e, além disso, o carro era suficientemente velho para não atrair atenção.

Não tardou a chegar a uma grande planície, de onde se erguiam encostas cobertas de olivais e vinhas. Ouvira dizer que a região produzia muito azeite de oliva e era também famosa pelas grandes quantidades de concha de múrex, muito valorizada pelo corante púrpura que produzia.

Parou, desceu do carro, inclinou-se e pegou o binóculo. Um arqueólogo da Universidade de Tel Aviv lhe dissera que o sítio original de Ashdod localizava-se num pequeno morro. Também fora informado de que não houvera muito interesse nos últimos anos por aquele sítio. O arqueólogo tinha certeza de que havia mais descobertas a se fazer ali, mas o interesse arqueológico se deslocara para outros sítios em Israel.

Avistou a distância uma elevação e pensou que aquele talvez fosse o lugar procurado. Com o binóculo, varreu a área. Sua atenção logo se concentrou em quatro veículos estacionados do lado norte do morro. Viu também os restos de uma antiga parede de blocos.

Aposto que o lugar é esse. Mas o que esses carros estão fazendo ali?

Entrou de novo no Porsche e seguiu para o morro. Não viu ninguém.

Estranho.

O treinamento que Pearlman tivera na Mossad tornara-o muito atento e desconfiado. Estacionou o carro a cerca de cem metros dos outros veículos, atrás de algumas rochas, e verificou duas vezes o pente de sua automática. Colocou a arma de volta no coldre de ombro, saiu do carro e pegou do banco traseiro uma jaqueta leve a fim de esconder o coldre. Perscrutou a área tentando detectar algum ruído ou sinais de movimento. Nada.

Onde estarão eles?

Quanto mais se aproximava dos veículos, mais sua curiosidade se aguçava. Espiou cuidadosamente dentro de cada carro. Não havia nada de extraordinário a não ser o fato de não serem veículos adequados para uma escavação arqueológica. Eram novos demais, bonitos demais, limpos demais.

Novamente olhou ao redor. *Eles têm de estar aqui em algum lugar.*

Examinou as numerosas pegadas ao redor dos carros, marcas nítidas deixadas na areia fina e solta, e seguiu as que se afastavam na direção da parede em ruína.

Do outro lado da parede, viu uma outra, a uns 6 metros de distância. Esta tinha uma abertura de pouco mais de 1 metro de altura e uns 70 centímetros de largura. Pearlman se aproximou, olhou para dentro, mas só conseguiu enxergar menos de 1 metro adiante no escuro.

Desprendeu do cinto uma minilanterna, agachou-se e entrou no buraco. Uma vez lá dentro, descobriu que podia ficar em pé. Lançou o feixe de luz pelo corredor que, pelos seus cálculos, devia ter cerca de 1,80 metro de largura por pouco mais de 2 metros de altura. Havia um ligeiro declive para sudoeste. Seguiu pelo corredor e passou por diversas curvas.

A certa altura, apagou a luz e imobilizou-se ao ouvir vozes abafadas adiante. Avançou devagar, em silêncio, tateando com uma das mãos a parede lateral e mantendo a outra estendida para a frente. Finalmente surgiu uma luz a distância, e as vozes tornaram-se mais claras. Para sua surpresa, falavam inglês.

– Vocês dois voltam para a entrada e nós seguimos em frente. Não queremos aqui ninguém que não tenha sido convidado.

O coração de Pearlman se acelerou. Talvez tivesse sido um erro vir sozinho, mas já era tarde demais. Quem eram aqueles homens e o que faziam? Deu-se conta de que, se não se apressasse, eles o encontrariam logo.

Começou a se afastar da luz. Esperava conseguir chegar a uma das curvas do corredor, onde acenderia a lanterna e se moveria com mais rapidez. Não gostava da ideia de ser pego em um corredor escuro, por dois estranhos, no meio do nada.

Tinha acabado de chegar a uma curva quando os ouviu se aproximando. Acendeu a lanterna e começou a sair mais depressa. Mas já era tarde.

– Rafi, olha só! Uma luz.

As palavras ecoaram para Moshe, que os ouviu mais próximos, correndo. Seu coração disparou. Precisava rapidamente tomar uma decisão.

Corro e levo um tiro nas costas, ou paro, enfrento esses homens e tento conversar?

Decidiu parar.

Virou-se e acendeu a lanterna na direção dos dois. Eles diminuíram o passo e se aproximaram cautelosamente de Pearlman, que recebeu, nos olhos, feixes de luz.

– Quem é você e o que está fazendo aqui? – perguntou uma voz com forte sotaque árabe.

– Sou turista – Pearlman respondeu brilhantemente, esperando que a encenação desse para o gasto. – Vi uns carros e parei para olhar as ruínas de Ashdod. Então vi o buraco na parede e entrei. São arqueólogos?

Os dois árabes se aproximaram.

– Somos. Fazemos exploração em busca de objetos antigos.

Moshe ouvira tantas mentiras em sua carreira que rapidamente discernia pelo tom da voz a verdade da impostura. Todos os seus sentidos estavam em alerta. Ele não estava gostando nem um pouco daquela aproximação. De repente viu o brilho rápido de uma lâmina de aço vindo em direção a seu estômago. Instintivamente pulou para trás e bloqueou com um golpe o antebraço do atacante. A força do contra-ataque foi tamanha que o braço do homem ficou momentaneamente paralisado e ele deixou cair a faca.

Pearlman, em seguida, lançou um chute frontal certeiro no peito do árabe, que foi violentamente arremessado contra seu compatriota, e os dois caíram ao chão. Pearlman, então, saiu correndo. Não gostava de lutar às cegas, sem espaço para manobras. Ouviu-os gritar. Os gritos atraíram o restante do grupo que estava no corredor, e todos correram na direção do tumulto.

Quando Pearlman saiu para a luz, estava a uns 30 metros à frente dos perseguidores. Continuou correndo a toda velocidade pela planície aberta rumo a seu carro. Ouviu os homens gritando em árabe ao saírem do corredor. Lançou um olhar de relance sobre o ombro. Tinha uma boa dianteira e estava a apenas 20 metros da proteção das rochas. Os homens não o alcançariam mais.

Talon seguiu calmamente para o porta-malas de seu carro. Abriu-o e pegou o rifle russo de franco-atirador, um Dragunov SVD semiautomático movido a gás. O silenciador já estava colocado, e a arma sempre carregada para as dez descargas.

Levou-o ao ombro e ajustou os focos do poderoso visor. Tudo o que fazia era com paciência e precisão. Mirou colocando Pearlman no cruzamento das linhas do visor e disparou.

Moshe não ouviu o som. Sentiu apenas uma dor ardente na coxa direita quando a bala atravessou-lhe a perna e foi parar em algum lugar na areia. Ele caiu de rosto ao chão, levantando poeira.

Talon riu ao ver a cena. Fora um tiro perfeito... Suficiente para fazê-lo diminuir a velocidade, mas não para matá-lo. Entregou o rifle a um dos árabes. Havia dez deles assistindo incrédulos àquilo que Talon melhor sabia fazer.

Talon deu um passo adiante e olhou para o céu. Em seguida abriu a palma da mão esquerda e bateu nela duas vezes com o punho direito. Confusos, os árabes se entreolharam.

Enquanto isso, Moshe rastejava na direção das rochas. Estava a uns 6 metros da segurança de seu carro. Era uma agonia arrastar a perna ferida. Suas mãos sangravam devido ao movimento de impelir-se para a frente por cima de pequenas pedras e cactos.

Estava estendendo a mão para a maçaneta da porta quando o primeiro falcão cravou as garras em seu pescoço. Ele sentiu a pressão de 90 quilos por polegada penetrando fundo em sua carne. Moshe rolou de costas, tentando livrar-se da poderosa ave, mas em vão. O segundo falcão atingiu-lhe a garganta exposta. Uma expressão de absoluto pânico surgiu-lhe no rosto enquanto garras afiadas cravavam-se em sua carne repetidas vezes.

Murphy ouviu o telefone tocar. Virou-se e olhou para o despertador... eram 3 horas da manhã.

Quem será a esta hora?

– Aqui é Murphy.

– Michael, aqui é Levi. Tenho péssimas notícias.

Murphy já estava então totalmente desperto. Quando Levi falava naquele tom era porque havia algo sério acontecendo.

– O que foi, Levi?

– Trata-se de Moshe Pearlman. Uns homens que trabalham nos pomares de oliveira perto de Ashdod encontraram o corpo dele. Não fosse pela carteira e pelo carro, ninguém teria sido capaz de identificar o corpo.

– Sinto muito, Levi. Sei que ele era seu amigo. Ele tinha família?

– Sim, a mulher e as duas filhas estão desoladas.

– O que aconteceu?

– Alguma coisa deixou o rosto e a garganta dele completamente desfigurados. Os médicos dizem que os ferimentos parecem ter sido feitos por garras e bicadas de pássaros. Não sobrou muita coisa dele, mas encontraram algo muito estranho. Um buraco de bala na coxa direita. Ninguém imagina o que pode ter acontecido. Alguém varreu todos os vestígios de pegadas. Havia apenas marcas de pneus de quatro carros diferentes.

– Parece obra de Talon e seus falcões. Não é a primeira vez que ele os usa para atacar seres humanos.

– Michael, se Talon está envolvido, há algo muito importante acontecendo em Ashdod, você sabe disso. Parece que ele está atrás das mesmas coisas que você. Ainda quer ir para Ashdod?

– Mais do que nunca.

– Ótimo! Quero me juntar a você para vingar a morte de Moshe. Seria minha alegria fazer os falcões de Talon se voltarem contra ele.

– Em quanto tempo consegue acertar os detalhes?

– Não sei. Mas, com a morte de Pearlman, apressarei tudo. Mesmo assim, pode levar duas semanas.

– Então apresse! – reforçou Murphy. – Talon parece estar bem adiantado.

Trinta e três

A PREVISÃO DO tempo anunciava para o litoral um céu claro e ensolarado. Exatamente o tipo de dia que atrairia Matusalém para fora de sua propriedade perto de Myrtle Beach. Murphy pensou que ele poderia ir para a orla abaixo de Briarcliffe Acres.

Como não sabia a que horas Matusalém estaria na praia, saiu de casa pela manhã cedo. Decidiu pegar a rodovia estadual 40 de Raleigh para New Hanover e Wilmington. Dali pegaria a rodovia 17 para North Myrtle Beach.

A viagem foi agradável, e durante o trajeto Murphy refletiu sobre a área de *resort* para onde estava indo. Myrtle Beach fora assim batizada pela Sra. F.E. Burroughs, cujo marido fundara a Burroughs & Collins Company. O mirto de cera é uma árvore que cresce em profusão ao longo dessa orla marítima. A explosão imobiliária da década de 1960 atraiu muitas pessoas para a área. Muitos foram ali para jogar golfe em um dos mais de 120 campos espalhados pela costa. Murphy perguntou a si mesmo se Matusalém jogava golfe ou não.

Provavelmente, não. Não seria suficientemente interessante para ele. Ele gosta de ver sangue e tripas, não uma pequena bola branca rolando para dentro d'água.

Murphy chegou aos arredores da praia perto de 9 horas da manhã. Encontrou um lugar para estacionar, pegou sua mochila e foi em direção à praia. Pensou, talvez, em tentar a área perto de Dunes Golf and Beach Club. Não ficava longe da propriedade de Matusalém.

Havia bem poucas pessoas na praia.

Um pouco cedo demais, pensou. *Vai chegar mais gente quando esquentar um pouco.*

O céu estava absolutamente claro, afora uns poucos tufos de nuvens a distância. Uma leve brisa marinha soprava na direção de Murphy, que se sentou na areia e observou as ondas. O efeito disso era tranquilizante. Há muito ele não se permitia simplesmente apreciar a glória da criação de Deus.

Um homem que passou correndo com um cão chamou a atenção de Murphy e o trouxe de volta ao propósito da viagem. Consultou o relógio. Eram quase 10 horas da manhã. Varreu a praia com o olhar e notou que umas poucas pessoas haviam estendido mantas sobre a areia e tomavam sol. Abriu a mochila, pegou uma fotografia de Matusalém, tirada a distância com uma potente objetiva, e pensou já ser capaz de reter na memória aqueles traços, ao menos o bastante para identificá-lo caso ele viesse à praia.

Guardou a foto, pegou um livro e começou a ler.

Tomara que isso seja produtivo, pensou.

Somente às 11h30 Murphy percebeu indícios de que Matusalém poderia estar chegando: dois homens corpulentos de camisas havaianas. Passeavam pela praia, conversavam e paravam de vez em quando para olhar ao redor. Murphy notou que a certa altura um deles tirou do cinto um rádio e começou a falar.

Logo viu outros cinco homens caminhando em direção à praia. Dois carregavam espreguiçadeiras. Um era mais velho, de cabelos grisalhos, coxo. Murphy pegou a fotografia e comparou-a com o homem na praia.

Era Matusalém. Não havia dúvida.

O coração de Murphy disparou. O que ele faria agora? Como poderia se aproximar o suficiente para falar com ele? Não acreditava que estava prestes a encontrar frente a frente o misterioso Matusalém... E nos termos de Murphy.

Por um momento sua atenção se desviou de Matusalém. Dois homens caminhavam de um lado para outro pela praia. Murphy, então, teve uma ideia.

– Desculpe, trabalha para o Dunes Golf and Beach Club? – perguntou Murphy.

– Sim, trabalho – respondeu o jovem com um largo sorriso. – Gostaria de pedir alguma coisa? Servimos bebidas e refeições no clube. Podemos trazer o pedido à praia, se o senhor quiser.

– Que ótimo. Quanto lhe pagam para fazer esse trabalho?

O rapaz foi pego um tanto desprevenido.

– Eles... eles... nos pagam 10 dólares por hora e podemos ficar com as gorjetas. Não é um mau negócio.

– Não, pelo contrário, me parece bom. Gostaria de ganhar uma boa gorjeta?

– Claro, às suas ordens.

– Que tal 200 dólares?

– O quê? Está brincando!

– Não. Só queria pegar emprestado um uniforme como o que você está vestindo. Por umas duas horas. Há alguém com quem eu gostaria de falar aqui na praia e seu uniforme pode facilitar as coisas para mim.

– Entendo – disse o jovem, que passou a falar baixinho. – Falo com muitas mulheres bonitas vestido deste jeito. Por 200 dólares, posso lhe arranjar um uniforme. Siga-me.

* * *

Murphy sentiu a adrenalina começando a bombear enquanto caminhava em direção a Matusalém e os guarda-costas. Usando o uniforme do Dunes Golf Club, carregava uma bandeja pequena e um bloco de notas.

Os guarda-costas ficaram alertas com sua aproximação. Dois deles saíram das cadeiras e começaram a se mover na direção de Murphy. Absorto num livro, Matusalém não prestou atenção alguma. Era evidente que tinha total confiança em seus homens.

– Alto lá! – disse um dos guardas, bloqueando Murphy enquanto o outro vinha por trás com o bastão detector de metais.

Murphy olhou para os homens e sorriu descontraidamente, como se aquele fosse um acontecimento de rotina.

– Os senhores gostariam de pedir algo para comer ou beber?

Murphy viu os outros guarda-costas acenando a cabeça para cima e para baixo. Calculou, no entanto, que não pediriam nada a menos que Matusalém também o fizesse. Um dos guardas falou com ele.

– Senhor M., há um homem aqui para pegar nosso pedido. Quer alguma coisa?

Matusalém ergueu a cabeça para olhar o guarda-costas. Nem olhou para Murphy, que estava a uns 3 metros à esquerda.

– Sim, quero um chá gelado e um sanduíche de atum com queijo derretido.

Por dentro, Murphy estava prestes a explodir de curiosidade misturada a muita raiva. Matusalém atiçara um leão para cima dele, quase o matara quando cortara um cabo acima da Garganta Real e contratara uma série de assassinos profissionais para eliminá-lo. Murphy esperava que Matusalém não tivesse muito o que fazer contra ele em uma praia pública.

Já não conseguindo conter a impaciência, falou com voz firme e forte.

– Que tal algumas cascavéis para o almoço?

Ao ouvirem essas palavras, os guarda-costas saltaram de suas cadeiras. Os dois próximos a Murphy o agarraram e o derrubaram na areia em questão de segundos.

Matusalém estava em choque, no mínimo. Como podia um dos funcionários do Golf Club falar com ele daquele jeito? Um desaforo. Ele faria aquele homem ser demitido imediatamente.

Ergueu-se da cadeira e disse aos guarda-costas que levantassem Murphy.

– Será que ouvi você dizer "cascavéis para o almoço"? – Matusalém perguntou irritado.

Murphy então ficou cara a cara com Matusalém. Levi tinha razão. Pego de surpresa, o velho não o reconheceu.

– Ouviu direito! Cascavéis para o almoço. Como aquelas que você despejou em minha cabeça em Reed Gold Mine!

Demorou um pouco para Matusalém processar o que acabara de ser dito.

Então ele sorriu e começou a gargalhar, a seu modo, num tom alto, cacarejante.

– Professor Michael Murphy. Puxa vida! Puxa! Fez um bom trabalho me encontrando aqui. É mais esperto do que eu pensava.

Murphy percebeu o desconcerto dos guardas-costas diante da reação de Matusalém.

– Podem soltá-lo. Não creio que o professor Murphy vá me fazer algum mal. Vejam só, ele acredita na Bíblia... Que é preciso perdoar aqueles que nos prejudicam... Dar a outra face... Coisas desse tipo. Não é mesmo, professor Murphy?

Murphy permaneceu imóvel. Há muito imaginava o que diria se esse dia chegasse, mas agora estava completamente sem palavras.

Matusalém acenou com a mão.

– Por favor, puxe uma cadeira e sente-se. Depois do trabalho todo que você teve, merece um descanso.

Olhou para os guarda-costas.

– Está tudo bem. Podem se afastar. O professor Murphy e eu vamos conversar um pouco.

Murphy sentou-se e pela primeira vez olhou Matusalém de perto. Aquele rosto curtido pelo sol era coberto de rugas. Ele parecia um homem infeliz que carregava o peso do mundo nos ombros.

– Mas que surpresa, professor Murphy. Deve ter feito uma longa investigação para me encontrar.

– Tenho alguns amigos.

Matusalém olhou contemplativamente para Murphy.

– Ah, sim, seu amigo Levi Abrams, sem dúvida. Deve ter verificado os registros do acidente de avião. Mas como?

– Você deixou uma impressão digital.

– Impossível. Sempre removo todas ou uso luvas.

– Com exceção de uma vez. Até mesmo os melhores cometem erros.

– Por favor, diga onde.

– Em Reed Gold Mine, na parte de trás da placa.

Matusalém soltou seu riso cacarejante.

– Ah, é claro. Deve ter sido por causa daquelas cascavéis infernais. Elas desviaram minha atenção e me esqueci de limpar a parte de trás da placa. Bom trabalho, professor. Sempre aprecio a competência, onde quer que for. Eu desconfiava de que você tinha as qualidades que eu estava procurando. Só precisava testá-lo para ter certeza.

– Eu o desapontei?

– Não, longe disso. Tem sido muito interessante, professor Murphy.

– Bem, não sei ao certo como devo me dirigir a você. Matusalém ou Markus Zasso?

Matusalém sorriu novamente.

– Poder ser senhor M.

– Não tem a mesma força. Acho que vou ficar com Matusalém.

– Tudo bem. Mas o que tem em mente? Empreendeu um grande esforço para me encontrar.

– O que tenho em mente? É mesmo preciso perguntar? Posso calcular o motivo de você saber tanto sobre a Bíblia. Seu avô era missionário e seu pai, um cristão ativo. Mas por que todos esses jogos, enigmas e atentados contra minha vida?

– É justo – respondeu Matusalém com um aceno de cabeça. – Você passou em todos os testes.

– Testes? Testes de quê?

– A história começa lá atrás, com a queda do avião. Como você sabe, minha esposa e meus filhos morreram no acidente. Eu mesmo quase não sobrevivi. É por isso que hoje ando mancando. Levei meses para recuperar a saúde, mas não era possível recuperar minha família. Entrei em depressão profunda devido à perda, e a depressão se transformou em raiva... e a raiva em ódio. Ódio pelas pessoas que mataram minha família.

Murphy estava atento a cada palavra.

– Comecei a fazer minha própria investigação. Eu queria descobrir quem era o responsável pelas mortes. Queria vingança. Não apenas matar... Queria destruir tudo o que era caro a essas pessoas antes de lhes tirar a vida.

Murphy detectou um brilho de raiva nos olhos de Matusalém.

– Sabe quem são?

Matusalém fez uma breve pausa e olhou fundo nos olhos de Murphy.

– Sei, e eles vão pagar. – Havia algo de frio e definitivo em suas palavras. – Sei mais sobre eles e seus planos de conquistar o mundo do que imaginam. Tenho alguém com eles que me repassa as informações. Vou impedir tudo o que estão tentando fazer, ou vou morrer tentando!

– Muito bem, você os odeia. Mas o que isso tem a ver comigo? Como entro nessa história?

– Os objetos arqueológicos de que lhe falei. Eles ajudam a provar a verdade da Bíblia. Essas pessoas gostariam de ver a Bíblia destruída e eliminados os que acreditam no Deus Todo-Poderoso. Estou simplesmente usando você para ajudar a provar que estão errados.

– Mas por que todos esses jogos e ameaças à minha vida? Por que simplesmente não me ajuda a encontrar esses objetos?

– Por duas razões, professor Murphy. Primeiro, você precisa estar preparado para enfrentar essas pessoas. Não tem ideia do quanto são perversos e poderosos. Você precisa ser capaz de cuidar de si mesmo fisicamente.

– E a segunda razão?

Matusalém soltou de novo seu riso irritante.

– Pode-se dizer que é tédio. Você adicionou o ânimo de que tanto preciso a meus dias sombrios.

A lógica distorcida de Matusalém indicava a Murphy que o velho tinha praticamente perdido a noção da realidade. Ficara tão concentrado na vingança que isso o destruía aos poucos. Essa vingança absorvia completamente seus pensamentos, nada mais importava.

– Você poderia ter me matado várias vezes!

– Isso teria sido lamentável, professor Murphy. Mas também teria me mostrado que você não era o homem certo para o trabalho.

– Um trabalho que eu nunca propriamente procurei!

– Engana-se, professor Murphy. Procurou sim. Através de cada enigma que resolveu e cada armadilha de que se livrou. Poderia ter recusado. Poderia ter desistido em qualquer momento. Mas, ao contrário disso, você persistiu. Eu apenas lancei o desafio. – Matusalém sorriu. – Foi você quem decidiu aceitá-lo.

– E agora? – perguntou Murphy. – Quem são essas pessoas que você quer pegar? E como eu me encaixo nisso tudo?

Matusalém olhou para o relógio.

– Bem, é hora de eu sair do sol. Já passei do limite. Obrigado pela visita, professor Murphy. Foi uma quebra muito estimulante em minha rotina. Você nunca falha em me entreter.

– Espere um pouco!

Matusalém começou a se levantar. Com um simples olhar, os guarda-costas vieram correndo.

– Dois de vocês, por favor, acompanhem o senhor Murphy de volta a seu carro.

Eles acenaram com a cabeça e dois dos mais corpulentos deram um passo à frente.

– Creio que antes seria melhor você devolver o uniforme. Não lhe assentou muito bem.

Murphy se esquecera completamente do uniforme. Não era de admirar.

– Talvez algum dia possamos continuar a conversa. Tenho negócios urgentes na Itália. Espero que faça uma boa viagem de volta a Raleigh.

Dito isso, Matusalém virou-se e saiu com quatro guarda-costas a reboque. Murphy não acreditava no que tinha acontecido. Nada saiu como ele esperava. Olhou para os dois guarda-costas. Em silêncio, eles o acompanharam de volta ao clube de golfe.

Murphy queria desesperadamente saber mais a respeito das pessoas que Matusalém tanto odiava. Descobrira apenas o suficiente para atiçar mais sua curiosidade. Era tão típico de Matusalém simplesmente retirar-se. Tudo sempre conforme seus termos. Ele tinha de estar no controle.

Sentia-se claramente contrariado.

Trinta e quatro

Murphy estava sentado à escrivaninha quando Shari entrou no escritório preocupada. Ele olhou para o relógio. Eram 8h30 da manhã. Ela costumava chegar antes dele.

– Dormiu mal?

– O quê?

– Perguntei se dormiu mal.

– Não sei se eu diria isso, mas, sem dúvida, foi uma noite diferente.

Shari vestiu devagar o sobretudo do laboratório. Não parecia estar em seu costumeiro estado de espírito. Murphy conteve-se nas brincadeiras.

– O que aconteceu?

– Andei um pouco paranoica nos últimos dois dias. Sentia alguém me espiando e me seguindo, é difícil descrever. Na verdade não vi ninguém, mas tenho essa sensação sinistra.

– Acha que poderia ser Paul Wallach? Desde que ele voltou para cá tem estado rondando.

Shari franziu o nariz e a testa.

– Acho que não. Ele tem seus defeitos, mas não creio que me seguiria por aí. Não teria nada a ganhar com isso. Mas isso não é tudo

– O que quer dizer?

– Ontem à noite, eu estava sozinha em meu apartamento. Vi um pouco de televisão e me preparei para ir para a cama. Ainda não chegara a dormir quando o telefone tocou. Era Paula Conklin, da igreja, e ela estava chorando. Disse que seu pai tinha acabado de morrer de ataque cardíaco. Ele tinha só 57 anos. Os pais dela moram em Portland, e ela não poderia pegar um avião para lá antes das 11 horas da manhã. Respondi que eu a veria imediatamente. Sei o que significa perder um pai. Pensei que poderia confortá-la.

Murphy esperava ouvir Shari contar que tinha sido seguida até a casa de Paula, mas não foi o que aconteceu.

– Conversamos até cerca de 2 horas da manhã e acabei passando a noite lá. Levantei cedo e voltei a meu apartamento, para me aprontar para o trabalho. Assim que abri a porta, senti um cheiro muito forte de gás. Prendi a respiração e corri para abrir as janelas. Deixei o apartamento arejando um pouco e fui para fora. Depois, quando entrei na cozinha, vi que dois bicos de gás do fogão estavam abertos, sem chama.

– Você os deixou ligados acidentalmente?

– Acho que não. Tomei uma xícara de chá antes de deitar, mas acho que desliguei o gás. Além disso, só tinha usado um bico para aquecer a água.

– Não estou gostando disso. Talvez devesse chamar a polícia.

– Pensei a mesma coisa. Mas o que eu iria dizer? "Não tenho nenhuma prova, mas parece que alguém anda me seguindo e ligou o gás quando eu estava fora"?

Murphy assentiu. Ela tinha razão. Sem mais elementos, a polícia não faria nada.

– Enfim, foi por isso que me atrasei. Foi um incidente muito estranho.

– Foi bom você ter ido à casa de Paula. As lágrimas dela salvaram sua vida.

Shari olhou-o reflexivamente. Não tinha pensado nisso.

Ela olhou para o relógio. Eram 20h10. *Uau!, fico envolvida demais no trabalho. Passei da hora do jantar e nem percebi.*

Tirou o jaleco, pegou alguns objetos e guardou-os na mochila. Apagou as luzes e trancou a porta. Toda a iluminação do edifício estava apagada, o que a deixou um pouco apreensiva. Não gostava de ficar sozinha à noite.

Shari, tome jeito. A vida não será muito divertida se você se assustar com qualquer coisinha.

O único som que ouvia era de seus passos pelo corredor até a porta de saída. Abriu-a, esperou que fechasse e verificou se estava trancada.

Olhou o campus. Estava vazio e a escuridão aumentava. Havia apenas algumas luzes acesas nos outros edifícios. Foi até a lateral do prédio do laboratório e soltou sua bicicleta de dez marchas. Agradeceu o fato de as luzes do caminho ficarem acesas a noite toda. De outro modo, seria assustador o trajeto até a saída do campus.

Sentiu-se um pouco mais à vontade quando chegou à rua, onde as luzes estavam acesas e havia movimento de carros. Começou então a percorrer os dez minutos de bicicleta que a separavam de seu apartamento.

Chegou a um pequeno mercado e lembrou que precisava comprar ovos e leite. *Vou lanchar em vez de jantar*, pensou.

Depois de prender a bicicleta, entrou no supermercado e notou que estava um pouco faminta.

Este não é um bom momento para compras. Tudo parece tão bom. Principalmente os doces.

Ao percorrer as gôndolas, teve novamente a impressão de estar sendo vigiada. Virou-se, mas não viu ninguém.

Shari, pare de pensar essas coisas. Andou vendo muitos filmes de terror.

Pegou o leite e os ovos e passou lentamente pelos biscoitos, observando cada embalagem.

Não. Em vez disso vou fazer pipoca de micro-ondas.

O caixa sorriu quando ela se aproximou.

– Encontrou tudo o que procurava?

– Sim, obrigada. Poderia reforçar o saco plástico. Estou de bicicleta.

– Claro.

Quando andava de bicicleta à noite, Shari costumava ir pela calçada. Não gostava da ideia de que carros talvez não a vissem e batessem nela por trás. Quando chegava a uma esquina, pegava a guia rebaixada do acesso para deficientes, atravessava a rua e voltava para a calçada. Não estava longe do apartamento quando algo aconteceu. Aproximava-se de um cruzamento e o sinal estava verde. Querendo atravessar antes que o sinal mudasse para vermelho, pedalou mais depressa, e ao chegar ao canto de um prédio um gato malhado passou correndo diante dela.

Ela apertou o freio de mão com toda força, tentando não atingir o gato. A desaceleração repentina a fez cair para a frente antes que alcançasse o meio-fio.

Shari caiu no chão, quase batendo a cabeça num carro que atravessara com sinal vermelho a pouco mais de 60 quilômetros por hora. Sentou-se, trêmula. Se não tivesse freado por causa do gato, teria sido atropelada.

Vieram então as lágrimas. Ao cair, tinha ralado as mãos, machucado o ombro direito e batido com a parte de trás da cabeça no chão. Não havia ninguém por perto para ajudá-la.

Começou a sair da rua, cambaleando, até conseguir recompor-se. Olhou para as mãos sangrando cobertas de areia e cascalho. Viu o gato no prédio, miando como se nada tivesse acontecido. A caixa de leite estourara, espalhando-o pela calçada, e a dúzia de ovos também se quebrara. O gato se aproximou e começou a lamber o leite. A bicicleta estava caída no chão, metade na rua, metade na calçada.

Em pé, percebeu que havia torcido o tornozelo. Não quis montar na bicicleta. Pegou a pipoca, colocou-a na mochila, endireitou a bicicleta e a usou como muleta para voltar mancando para casa.

Na manhã seguinte, Paul Wallach atravessava o campus quando viu Shari mancando na direção do laboratório, mochila nas costas e as duas mãos enfaixadas.

– O que aconteceu com você? – perguntou.

Shari olhou para ele e tentou sorrir em meio à dor generalizada.

– Quase atropelei um gato ontem à noite. Eu estava de bicicleta e ele surgiu na minha frente.

– Parece que você é que se deu mal.

– Sim. Pelo menos o gato ainda tem mais oito vidas.

Paul ajudou-a a caminho de um banco e os dois sentaram-se. Shari explicou como fora o acidente.

– Parece que o gato salvou sua vida.

– Com certeza. Mais uma fração de segundo e o carro teria me atingido. Essa foi a segunda vez em dois dias que minha vida foi salva.

– Segunda vez?

Ela contou o incidente com os bicos de gás.

– Acho que você já teve emoções suficientes – observou com ar de preocupação. – Devia ir para casa descansar um pouco.

– Parece uma boa ideia, mas tenho alguns trabalhos corrigidos que o professor Murphy precisa para hoje. Precisei trazê-los.

– Posso levá-los para você. Sente-se aqui que já volto.

– Duvido que o professor Murphy tenha chegado. Deixe tudo na cadeira dele atrás da escrivaninha.

Em poucos minutos Paul estava de volta.

– Tenho uma ideia. Volte para casa e descanse o resto do dia. Nem pense em cozinhar coisa alguma. Vou levar uma pizza para o jantar. Também vou pegar um filme para assistirmos depois. Não vai dispensar um bom jantar nem um bom divertimento, não é? Vai me deixar fazer isso por você?

– Acho muito bom, Paul. Não estou com vontade de cozinhar nem de sair de casa.

Além disso, ela começava a parecer não querer ficar sozinha à noite.

– Shari, vá para casa que eu deixo um bilhete para o professor Murphy explicando por que você não trabalhará hoje. A que horas gostaria de jantar?

– Que tal lá pelas 18h30?

– Estarei lá.

– Obrigada, Paul.

Trinta e cinco

O CORAÇÃO DE Shari deu um salto quando ela ouviu a campainha da porta. A impressão inquietante quanto a ser seguida e as duas experiências de proximidade da morte a deixaram sobressaltada. Estendeu o braço até a ponta do sofá e agarrou um bastão de beisebol. Naquele mesmo dia o retirara, por segurança, do armário. Foi mancando até a porta e espiou pelo olho mágico. Era Paul Wallach carregando duas caixas de pizza e uma sacola. Abriu três fechaduras, deixou-o entrar e rapidamente trancou tudo de novo.

– Estas estão quentes, acabaram de sair do forno. Também tenho bebidas na sacola, uns pães de queijo e molhos.

– Que ótimo! Estou morta de fome.

Paul notou que ela segurava o bastão.

– Pensando em praticar um pouco esta noite?

Shari riu.

– Não. É uma espécie de item de segurança para mim. Eu me sinto mais segura com isto por perto.

Paul foi até a cozinha e pegou dois pratos. Shari parou na porta e olhou para fora. Embora não avistasse ninguém, continuava com a sensação estranha de que havia algo errado. Balançou a cabeça.

Você está ficando paranoica.

Apoiou o bastão nas costas do sofá e foi à cozinha ajudar Paul. Ele não a deixou fazer nada, a não ser sentar-se à pequena mesa de refeições.

O jantar foi agradável, apesar de um certo desconforto. Paul queria falar sobre o relacionamento entre os dois, mas conteve-se para não pressionar Shari. Ela, por sua vez, tentava descobrir se Paul realmente queria mudar ou se era uma ideia passageira.

A certa altura, Shari falou a Paul da impressão de estar sendo perseguida e dos dois telefonemas.

– Mas você não é cristã? Deus não protegeria você?

– Sim, para as duas perguntas, Paul. Mas até mesmo os cristãos morrem em algum momento. Não estou com medo de morrer, mas isso não significa que estou pronta para ir agora.

– Shari, não quero piorar as coisas, mas se o gás em seu apartamento e o fato de quase ter sido atropelada não tiverem sido acidentes? E se tiverem sido planejados?

– É uma ideia terrível!

– Sabe de alguém que tenha raiva de você ou lhe queira mal?

– Não. Não creio que eu tenha algum inimigo.

– Nenhum ex-namorado raivoso? – Paul sondava para ver se Shari namorara outros durante seu afastamento.

– Não. Estive muito ocupada ajudando o professor Murphy para ter tempo de namorar.

Paul, visivelmente, se descontraiu.

– Bem, vamos deixar de lado os acontecimentos recentes e pensar em outra coisa. Como está a igreja da comunidade de Preston?

Shari notou que Paul tentava entrar em seu mundo e suas preocupações. No passado, a conversa dele parecia se concentrar mais em si mesmo.

Isso é novo. Talvez ele tenha mudado.

– O pastor Wagoner está divulgando uma série de mensagens sobre falsos mestres e coisas envolvendo ocultismo. É muito interessante. Você devia ir lá. Acho que iria gostar.

Shari tentava captar a reação de Paul para assuntos espirituais.

– Acho ótimo. Eu gostaria de voltar a frequentar a igreja. As pessoas lá são certamente mais honestas que as da Barrington News Network. – Ele continuava visivelmente amargo.

– Seria ótimo, Paul. Se você realmente acredita nisso.

Paul hesitou e depois falou com franqueza:

– Shari, não estou fingindo para você. Eu quero mudar, dar uma reviravolta em minha vida. Espero que me dê uma chance para fazer isso.

– E quanto a assuntos espirituais, Paul?

– Também quero que isso mude. Talvez eu não acredite em tudo o que você faz, mas estou de mente aberta.

– Não é tão complicado, Paul. A Bíblia diz que tudo o que se tem de fazer é acreditar em Jesus. Que Ele é filho de Deus; que morreu por nossos pecados, que ressurgiu dos mortos para nos dar vida nova. Chame-o para o coração.

Paul assentiu com a cabeça.

– Pode-se fazer isso em qualquer lugar, a qualquer momento. Não tem de ser numa igreja. Pode ser num carro, quando estiver caminhando ou mesmo sozinho no quarto.

Shari percebeu que não devia pressionar Paul. A decisão tinha de ser dele. Embora ela ainda tivesse muito mais a dizer, achou que seria melhor ir devagar.

– Vamos lavar a louça e ver o filme que você trouxe.

– Não. Você liga a televisão e relaxa, e eu lavo a louça. Não deve forçar esse tornozelo.

Shari sorriu.

– Você é o médico.

Mudança agradável, ela pensou.

* * *

Lá pela metade do filme Shari pensou ter ouvido um barulho. No entanto, não sabia dizer se vinha de seu quarto ou da televisão. Paul parecia não tê-lo ouvido. Estava profundamente envolvido numa cena de ação do filme.

Shari começou a levantar-se.

– Aonde vai?

– Só vou verificar uma coisa no quarto.

– Posso fazer isso para você?

– Não, já volto.

Shari mancou até a porta do quarto e acendeu a luz. Não viu ninguém, tudo estava no lugar. A janela estava ligeiramente aberta e o vento balançava uma cortina ao redor de um abajur ao lado da cama. Riu consigo mesma.

Acabará internada numa clínica se isso continuar.

Foi até a janela e olhou para fora. Não viu ninguém.

Trancou-a, apagou a luz e saiu do quarto.

Não notou, porém, que a porta do armário estava ligeiramente aberta.

Trinta e seis

Paul se levantara para pegar mais um refrigerante e Shari permanecera no sofá. Ele vasculhava a geladeira decidindo o que beber.

Como Shari ainda estava sobressaltada, ao ouvir um leve estalo lembrou-se de que havia uma tábua de assoalho solta na porta do quarto. Olhou naquela direção e soltou um grito de gelar o sangue. Com o susto, Paul deixou cair o copo de refrigerante que tinha na mão. Olhou na mesma direção que Shari e seu coração pulou.

Havia no corredor um homem alto, magro, todo de preto, pele bem clara e bigode. Seus olhos tinham um brilho maldoso que Shari sentia como uma punhalada apavorante. Ela nunca vira olhos como aqueles. Era como encarar o rosto da morte.

O homem entrou na sala e algo brilhou em sua mão direita. Algo afiado, mortal.

O olhar incisivo do estranho friamente avaliava os dois como um predador decidindo qual das presas devoraria primeiro. Assim que Shari levantou-se cambaleante do sofá, o homem de preto partiu para a ação, pulando para a frente e desferindo um soco em seu rosto.

O golpe atingiu-a na bochecha e ela caiu para trás, no sofá e em seguida no chão. Parecia desorientada, indefesa.

Ignorando o instinto de ir até Shari, Paul correu para a parte de trás do sofá, pegou o bastão de beisebol e saiu brandindo-o no ar. O homem de preto desviou-se numa fração de segundo antes de ser atingido, fazendo Paul acertar o abajur na mesinha ao lado do sofá. O objeto saiu voando pela sala e se espatifou contra a parede.

Paul levou os braços para trás, preparando-se para o golpe seguinte. Sabia que não podia se dar o luxo de falhar desta vez. Pressentia que aquele homem era um lutador bem-treinado. Paul teria de fazer valer cada golpe ou ele e Shari estariam fritos. Primeiro, os dois dançaram um em torno do outro. O homem de negro ia para um lado e para outro, procurando uma brecha. Paul fazia o mesmo, espelhando os movimentos do desconhecido, reagindo a cada ameaça. Tudo de que precisava era desferir um bom golpe.

Paul viu de relance Shari no chão e gritou:

– Levante-se, Shari! Saia daqui! Corra!

As palavras de Paul penetraram seu estupor e ela se esforçou para se pôr em pé, ir mancando até a porta e abrir desajeitadamente as três fechaduras. Pelo rosto escorriam-lhe sangue e lágrimas. Shari tentou mover-se com mais rapidez, mas sentia-se como num daqueles sonhos em que se tenta fugir de um monstro mas o perseguido não sai do lugar.

– Saia daqui, Shari! Corra! – ela ouviu Paul gritar.

O homem de negro não gostou da ideia de Shari sair. Deu a volta no sofá a fim de pegá-la, mas Paul bloqueou o caminho brandindo o bastão. Paul ouvia Shari atrás dele gritando, chorando e lutando com as fechaduras.

– Fique longe dela! – ameaçou Paul.

O impasse continuou por mais alguns instantes, até Shari abrir a última fechadura. Quando o atacante partiu na direção da moça, Paul brandiu o bastão. O homem abaixou-se, tentando alcançar Shari. Paul, então, moveu o bastão cegamente e acabou atingindo o dedo indicador direito do homem, esmagando-o contra o batente da porta.

O homem de preto gritou de dor. Seu sangue espirrou em Shari, que finalmente conseguiu abrir a porta e sair correndo o máximo que podia com um tornozelo torcido. Ela gritou por socorro a plenos pulmões.

O bastão arrancara o dedo artificial de Talon. A dor era insuportável, e enquanto ele olhava a mão deformada, Paul brandiu novamente o bastão e acertou-lhe as costas. Talon chocou-se com força contra a porta, mas levantou-se rápido como um tiro. Essa foi a gota d'água. O rapaz era carne morta.

Num giro, o homem disparou um chute lateral na barriga de Paul, roubando-lhe o fôlego e lançando-o ao chão. O cérebro de Paul dizia-lhe que levantasse e respirasse, mas em vão. Seus olhos arregalaram-se de medo.

Talon ouviu a voz de Shari pela rua. Ela gritava e pedia socorro.

– Chamem a polícia! Socorro! Chamem a polícia!

As pessoas começaram a abrir suas portas para ver o que era aquele tumulto todo. Dois homens se aproximaram de Shari e tentaram fazê-la parar de chorar e contar-lhes o que estava acontecendo. Uma senhora ligou para o 911.

Talon nunca tinha ficado tão furioso. Só conseguia pensar em infligir o máximo de dor.

Paul, que de algum modo conseguira levantar-se, só pensava em fugir, em vez de ficar e lutar. Talon, então, deu-lhe um chute no peito, quebrando-lhe várias costelas e lançando-o sobre um banquinho. Paul caiu pesadamente, machucando-se muito dessa vez. Respirar exigia-lhe um grande esforço e as costelas quebradas tornavam isso quase impossível.

Talon ouvia as sirenes ao fundo, mas ainda não terminara o serviço. Chutou Paul várias vezes, até o rapaz cuspir sangue, e com o punho esquerdo golpeou seu rosto. O ferimento começou a sangrar muito e Paul sentiu-se tonto. Estava descartado.

Talon foi à cozinha, pegou um pano de prato e enrolou-o no latejante toco de dedo. As sirenes soaram mais alto e ele ouviu portas de carro batendo. Foi até a porta e recuperou o dedo de metal arrancado pelo bastão. Aproximou-se de Paul.

– Você está morto. Ouviu? Olhe para mim! Você está morto!

Agarrou Paul pela garganta e nela encostou o dedo de lâmina afiada. A cabeça de Paul pendeu para um lado. Talon ouviu passos na escada, agora próximos. Um movimento deslizante e seria o fim do rapaz. Procurou o medo nos olhos da vítima, a terrível certeza da morte iminente, o reconhecimento de que a expressão de escárnio no rosto de Talon seria a última coisa que veria no mundo...

Mas não encontrou nada disso, pois Paul desmaiara. *Mesmo assim eu poderia acabar com ele*, disse Talon a si mesmo. *Ainda poderia acabar com essa vida inútil.*

Os passos da polícia no corredor ecoaram nos ouvidos de Talon. *Não*, pensou Talon. *Por que livrá-lo do sofrimento? Pois que viva mais um pouco.*

Os dois policiais contiveram os vizinhos do lado de fora. Shari soluçava nos braços do Sr. e da Sra. Krantz. Eles moravam duas casas depois do apartamento de Shari e eram como pais para ela.

Vários policiais entraram cautelosamente no apartamento com as armas voltadas para baixo. Chocaram-se com o estado da sala: móveis revirados, cacos do abajur espalhados, claros sinais de uma luta intensa. Então, viram o corpo de Paul no chão, seu sangue empapando o espesso tapete branco.

Um oficial se ajoelhou ao lado dele e tomou-lhe o pulso.

– O coração ainda bate, mas muito devagar. Está em péssimas condições. Chamem os paramédicos do corpo de bombeiros de

Kings Crossing. Fica só a uns quarteirões de distância. Temos de levá-lo para o hospital o mais depressa possível.

– Acha que vai sobreviver?

O policial franziu a testa e balançou a cabeça.

TRINTA E SETE

Ao SABER QUE Paul e Shari tinham sido atacados no apartamento, Murphy correu para o hospital. Era 1h30 da manhã quando Bob Wagoner telefonou e o acordou com a notícia. Várias noites por mês Wagoner trabalhava como capelão da polícia para a delegacia de Raleigh. Pediram a Wagoner que fosse ao hospital acompanhar Shari. Quando Murphy chegou, havia ainda três carros de polícia fora da área de emergência. Ele reconheceu um dos policiais.

Barry Miller era um homem corpulento absolutamente em boa forma. Usava um corte de cabelo muito curto e estava barbeado. Seus braços saltavam para fora da camisa de mangas curtas do uniforme da polícia como se fossem explodir. Ele fazia anotações em seu relatório quando Murphy apareceu.

– Barry, como eles estão?

– Olá, doutor. – Não havia nenhum sorriso no rosto de Barry, que parou de escrever.

– Shari sofreu alguns arranhões e contusões, mas ficará bem. Já não tenho certeza quanto a Wallach. Ele está na unidade de cuidados intensivos, em situação muito delicada. Quando chegou de ambulância, já não tinha a maioria dos sinais vitais.

Murphy foi para a entrada da sala de emergência e parou. Havia cerca de dez pessoas na sala de espera, mas Shari não era uma delas.

A enfermeira da noite, Clara Jane Moline, estava atrás do balcão preenchendo alguns formulários do seguro. Murphy lembrou-se bem dela, do dia em que Laura fora levada ao hospital.

– Oi, Clara, estou procurando Shari Nelson e Bob Wagoner.

– Oi, doutor – disse ela depois de sorrir. – Eles estão no corredor numa pequena sala de espera que as famílias usam. – Ela indicou o local com a caneta.

– Obrigado. É bom ver você de novo – acrescentou Murphy, já se afastando.

– Bom ver você também – respondeu ela erguendo um pouco o volume da voz.

Quando Murphy chegou à sala de espera, viu Bob Wagoner e Shari sentados em silêncio. Ela ergueu a cabeça quando ele entrou, pensando que poderia ser um dos médicos com notícias.

Ela estava com péssima aparência. Cabelos desalinhados. Olheira e inchaço num dos olhos. Havia um curativo em seu rosto e um grande hematoma ao redor do curativo. Parecia exaurida, como se tivesse chorado metade da noite, e começou a chorar de novo quando viu Murphy. Ele se aproximou e a abraçou por alguns instantes.

– Como está Paul? – perguntou finalmente.

Em meio às lágrimas ela tentou falar:

– Não sabemos. Ainda está na sala de operação. Ouvimos as enfermeiras comentarem sobre hemorragia interna. – Foi tudo o que conseguiu dizer antes de voltar a chorar descontroladamente.

Wagoner olhou para Murphy e balançou a cabeça.

– Parece que não está nada bem, Michael. Deve ter sido uma luta terrível. Paul foi espancado. Ele protegeu Shari e deu tempo para ela escapar. Se ele não estivesse lá e lutado como lutou, com certeza ela não estaria viva. Está inconsciente desde que o trouxeram para cá. Dizem que o estado dele é muito grave.

– Desculpe-me, doutor Murphy. Eu poderia vê-lo um instante? – Era o oficial de polícia Miller, que gesticulou para que Murphy o acompanhasse.

No corredor, e fora do alcance da audição de Shari, Miller falou:

– Sabe alguma coisa a respeito do que aconteceu ontem à noite?

– Só o que o pastor Wagoner me disse ao me acordar. Por que pergunta?

– Depois de levarem Wallach ao hospital, ficamos por ali em busca de pistas. Encontramos um bilhete manchado de sangue com as palavras "Cai fora, Murphy!". Tem ideia do que isso significa?

– Talvez.

Miller passou a escrever sobre o que era informado a respeito de Talon. Murphy descreveu seu aspecto físico, acrescentando que ele falava com sotaque da África do Sul. Tentou explicar o dedo artificial com lâmina e como Talon o usava para matar as vítimas. Miller sacudia a cabeça de um lado para outro enquanto escrevia. Era uma história e tanto.

– Obrigado, doutor. Creio que o pessoal do laboratório conseguiu muitas impressões digitais em sangue. A partir deste, também estão fazendo exame de DNA para ver se encontram alguma correspondência. Há uma boa chance de que nem todo seja do senhor Wallach e da senhorita Nelson. É possível que Wallach tenha ferido o atacante durante a luta.

– Duvido que encontrem alguma correspondência para as impressões digitais ou o DNA. Ele é esperto demais. Se alguém alguma vez pegou suas impressões digitais, com certeza ele já matou a pessoa e destruiu a prova. Ele é extremamente implacável e cruel.

trinta e oito

MURPHY SABIA QUE Shari ficaria no hospital na cabeceira de Paul. Era a segunda vez que ela fazia isso. A primeira foi quando ele se feriu com a bomba que colocaram na igreja da comunidade de Preston. E agora, em estado crítico por tentar salvar a vida da moça, claro que ela não o deixaria. Shari era uma das pessoas mais leais que Murphy já conhecera.

Ao chegar ao quarto, ele hesitou um instante. Shari estava sentada, de olhos fechados, numa cadeira ao lado da cama de Paul.

Talvez esteja dormindo, tem passado por muita coisa.

Havia tubos saindo da boca e do nariz do rapaz, além de fios ligando seu corpo a monitores que registravam pressão arterial e frequência cardíaca. Ele estava inconsciente e imóvel.

Vou deixá-la dormir, ela precisa descansar.

Murphy já se afastava quando seu sapato rangeu levemente em contato com o piso polido. Shari abriu os olhos.

– Professor Murphy.

Murphy parou e virou-se.

Shari abriu um leve sorriso. Via-se que ela ainda sentia dores causadas pelos ferimentos.

– Eu estava orando por Paul.

Murphy viu mais marcas arroxeadas nos braços e nas mãos de Shari. Ele se aproximou e deu-lhe um abraço.

– Alguma melhora?

– Não. Os médicos ainda não sabem se ele vai sair dessa. O agressor o golpeou gravemente e causou danos internos. Também acham que ele teve uma concussão.

Murphy puxou outra cadeira e sentou-se ao lado de Shari.

– Não sei por que o homem tentou matar a mim e a Paul.

Murphy tentou não se retrair, ele sabia.

– Acho que ele tentava me atingir ferindo você. Paul só estava no lugar errado, na hora errada. Ao mesmo tempo, no lugar certo, para salvar sua vida. Acho que o mesmo homem que matou Laura tentou matar você.

Uma expressão de choque estampou-se no rosto de Shari.

– Acha que ele tentará de novo?

– Acho que não. Nada aconteceu do jeito que planejava. Ele sabe que a polícia estará de olho nele. Acho que deixará você em paz. Já deixou sua marca.

Ele estava prestes a continuar quando ouviu uma voz suave atrás dele.

– Professor Murphy.

Murphy virou-se. Era Summer Van Doren.

– Passei pela igreja para pegar umas notas de estudo e me falaram do senhor Wallach. Toda a igreja está orando por sua recuperação.

Murphy levantou-se e ofereceu-lhe a cadeira.

– Deixe-me apresentar-lhe Shari Nelson, minha assistente. Shari, esta é Summer Van Doren. É a nova treinadora do voleibol feminino em Preston.

Apertaram as mãos.

– Sinto muito por seu amigo, Shari. Soube se houve alguma reação?

– Não, ainda não. Ele está muito ferido.

Summer e Shari conversaram um pouco e Murphy ficou ouvindo.

Summer mostrou-se muito calorosa e sinceramente preocupada. Esse era um gesto bonito. Cerca de dez minutos depois ela se levantou.

– Vou deixá-los a sós.

Murphy olhou para o relógio.

– Shari, você já está aqui há algum tempo. São quase 18h30. Que tal comermos alguma coisa? Senhorita Van Doren, adoraríamos que se juntasse a nós.

Summer hesitou por um momento e olhou para o relógio.

– Acho que dá – disse. – Meu estudo da Bíblia só começa às 20 horas.

Shari não se levantou.

– Desculpe, mas realmente não tenho fome. Se não se importa, prefiro ficar aqui com Paul.

Summer e Murphy concordaram.

Murphy sentia-se estranho. O que era para ser um gesto simpático das duas mulheres se transformava em algo que lembrava namoro. Ele poderia dizer que Summer também estava um pouco apreensiva. Murphy tentou aliviar a pressão.

– Há um pequeno restaurante mexicano bem em frente ao hospital. Podemos deixar os carros no estacionamento e ir para lá. Assim não precisaríamos dirigir pela cidade. Gosta de comida mexicana?

Summer parecia aliviada. A ideia de dirigir até um restaurante, esperar na fila e jantar até as 20 horas a deixava desconfortável, principalmente depois de Shari não se juntar a eles.

– Adoro comida mexicana.

* * *

Durante o jantar, Murphy perguntou sobre a vida de Summer em San Diego, hobbies, atividades esportivas e como ela tinha ido parar na Preston University. Ela, por sua vez, perguntou sobre arqueologia bíblica e algumas das coisas que Murphy descobrira. Ficou especialmente encantada com as aventuras em países estrangeiros e as pessoas estranhas e exóticas que Murphy conhecera.

À medida que a noite avançava, sentiam-se mais relaxados e à vontade para compartilhar ideias e sonhos. Ao levar um gole d'água à boca, Summer olhou o relógio. Eram 19h50.

– Puxa, não vi o tempo passar!

Murphy também olhou o relógio. Os dois se levantaram.

– Por favor, fique à vontade para sair. Sei que você tem uma reunião. Chamarei o garçom e acertarei a conta.

– Foi muito agradável! Desculpe a pressa. Obrigada pelo jantar.

– Foi um prazer.

Summer estendeu a mão e Murphy a apertou. Houve uma pequena pausa enquanto eles se olhavam.

– Vejo você no campus – disse ela com um sorriso caloroso.

– Com certeza.

Quando Summer saía do restaurante, Murphy notou que alguns homens olhavam para ela.

Ele pagou a conta e atravessou a rua. Entrou no carro, ligou o motor e o rádio. Tocava uma velha canção de amor.

Assim que saiu, a música no rádio o fez pensar no belo rosto de Summer, seus cabelos louros, olhos muito azuis, que brilhavam quando ela falava. Ela tinha um belo sorriso e um riso contagiante.

Seus pensamentos voltaram-se, então, para Ísis. Murphy começava a se envolver com ela... E agora uma outra mulher entrava em cena, confundindo suas emoções. Novamente lembrou que Summer acreditava em Deus e Ísis, não.

Murphy estava dividido. Sabia que a Bíblia desaconselhava o casamento entre pessoas que não compartilhassem a mesma fé. Começou a se dar conta de que talvez fosse chamado para uma decisão. Não gostou da ideia.

Como é possível deixar uma pessoa de quem a gente realmente gosta?

Desligou o rádio. Aquela canção estúpida estragara sua noite.

Trinta e nove

Caverna de Markalar, 1083 a.C.

O GENERAL *A*BIEZER *estava em seu esconderijo na caverna de Markalar quando um de seus auxiliares lhe deu a notícia:*

– Ocrã, o vigia, chegou ainda há pouco. Disse que os filisteus já não perseguiam o exército israelita.

– Aonde foram os homens? – perguntou Abiezer.

– A maioria deles fugiu para o leste, na direção de Siquém. Outros foram para o norte, na direção do monte Gerizim. Alguns podem estar escondidos em cavernas. Não houve ordem de retirada. Estão completamente desorganizados.

O general Abiezer abaixou a cabeça, lamentando o infortúnio. Também ele fugira para salvar sua vida. O sentimento de culpa agora o atormentava, por não ter conduzido seu exército. Ideias suicidas passavam por sua mente.

– Ocrã é um homem muito corajoso e leal – prosseguiu o auxiliar. – Clandestinamente, seguiu os filisteus da volta ao campo de batalha e disse que os inimigos pilharam nossos guerreiros e mataram os feridos.

O general Abiezer estremeceu com a ideia de que seus corajosos soldados haviam sido mortos em situação tão vulnerável.

– E a Arca da Aliança, e os sacerdotes?

– Ocrã disse que espetaram a cabeça de Hofni e a de Fineas em pontas de lança e as exibiram como troféus. Pegaram a Arca da Aliança e seguiram na direção de Ashdod.

Os mensageiros já tinham chegado a Ashdod com a notícia da vitória sobre os israelitas no vale entre Ebenezer e Afek. A matança de mais de 34 mil inimigos foi causa de júbilo na cidade. No entanto, a notícia mais empolgante era a captura do Deus de Israel, chamado Jeová, e sua casa, chamada a Arca da Aliança.

Quando o exército filisteu entrou em Ashdod, o povo foi à loucura. Houve uma grande aclamação quando a Arca da Aliança desfilou pelas ruas da cidade. Foram lançadas maldições à casa de Jeová e cantados louvores ao grande deus Dagon, que lhes proporcionara tamanha vitória.

Os soldados terminaram a marcha diante do Templo de Dagon. Os sacerdotes abriram as grandes portas para a Arca da Aliança, conduzida para dentro e colocada à direita da estátua de 9 metros de altura do deus meio homem, meio peixe. Foi apresentada como oferenda a Dagon, pela vitória sobre os israelitas.

Os sacerdotes se inclinaram diante da estátua e fizeram orações. Rolaram pelo chão e cortaram-se, em sinal de lealdade a Dagon. As trombetas soaram e um grande júbilo se espalhou por toda a cidade. As pessoas dançaram, cantaram e beberam muito vinho.

Tarde da noite, Cadmiel, o sumo sacerdote, entrou no templo. Vários outros sacerdotes o acompanharam, levando tochas. Rodearam a Arca e admiraram sua beleza.

– Vamos abri-la e ver o que há dentro – disse Cadmiel.

Uma expressão de medo misturada a ansiedade estampou-se no rosto dos outros sacerdotes.

– Tirem a tampa para vermos o que torna esta Arca tão especial.

Cuidadosamente, os sacerdotes removeram a tampa e a puseram no chão. Em seguida, ergueram as tochas e olharam para dentro. Cadmiel viu quatro objetos dentro.

Pegou dois deles e os examinou à luz do fogo. Novamente, olhou dentro da Arca e examinou os demais.

– Ponham a tampa de volta.

– Não quer tirar os outros dois objetos? – perguntou um dos sacerdotes perto de Cadmiel.

– Não têm nenhum valor. São apenas duas tábuas de pedra com uma inscrição em hebraico. Parece que têm a ver com as leis morais deles.

Cadmiel, então, abaixou-se e pegou os dois objetos que retirara da Arca.

Na manhã seguinte, logo cedo, os sacerdotes entraram no Templo de Dagon para as orações diárias. Para sua surpresa e consternação, a estátua de Dagon jazia caída de rosto para baixo, como se curvada diante da Arca da Aliança.

Houve uma grande discussão sobre como a estátua poderia ter caído. Não encontraram explicação alguma. O templo fora fechado durante a noite e os guardas fizeram a vigilância habitual. Ninguém poderia ter entrado. Ninguém sentira terremoto algum e a estátua mantivera-se firme no lugar por mais de vinte anos. Não podiam acreditar que uma estátua daquele tamanho caísse sem chamar a atenção dos guardas. Era um mistério absoluto.

A estátua pesava várias toneladas e foram necessários quase cem homens para colocá-la de volta no lugar. Todos os engenheiros do templo foram chamados para examiná-la. Pequenas cunhas foram usadas para calçar a parte dianteira a fim de assegurar que não caísse outra vez para a frente.

De novo, na manhã seguinte, os sacerdotes entraram para as orações. Em estado de choque, viram Dagon novamente no chão diante da Arca da Aliança. Só que dessa vez com a cabeça e as duas mãos quebradas. Apenas o torso permanecia inteiro.

O medo tomou conta de todos os sacerdotes. Será que o Deus dos israelitas estava zangado e contra-atacava o deus dos filisteus? Seria o Deus israelita mais poderoso que Dagon? Estaria Jeová enviando alguma mensagem? Os sacerdotes fugiram do templo e passaram a ter medo de retornar, arriscando suas vidas.

– Há algo errado! – Cadmiel queixou-se à esposa. – Não me sinto bem esta manhã. Há alguma coisa crescendo em mim, algo inexplicável. Nunca tinha notado isso, e parece que cresce cada vez mais.

– A mesma coisa comigo. Também algo desconhecido cresce em mim. – Havia medo em sua voz, notou Cadmiel. – As crianças também estão reclamando que não se sentem bem. Acha que isto pode ser uma praga?

Não demorou para que a devastadora notícia se espalhasse. Todos na cidade de Ashdod e do território ao redor foram atacados de tumores. Das crianças aos idosos, um tremendo grito de dor se ouviu.

Cadmiel convocou todos os sacerdotes de Dagon e os nobres.

– Acham que esta praga deve-se aos ratos que infestam a cidade? – perguntou um dos nobres, o de posição mais alta na hierarquia.

– Não sei se os ratos estão espalhando isso ou não – respondeu Cadmiel. – Mas acredito que esta praga é consequência da captura da Arca israelita. Deve ser um castigo enviado pelo Deus deles.

– O que faremos com ela? – perguntaram os sacerdotes e os nobres.

– A Arca do Deus israelita não deve permanecer aqui – disse Cadmiel. – O Deus deles está zangado conosco e atacou a grande estátua de Dagon. Esse Deus, Jeová, mandou uma praga vir nos torturar. Que a Arca de ouro seja levada daqui, que vá para a cidade de Gath. Há gigantes nessa cidade. Talvez consigam lidar com o Deus dos israelitas.

QUARENTA

Os ALPES SUÍÇOS surgiram majestosos quando o sol rompeu as nuvens. Uma cobertura de neve fresca brilhou no telhado e nas torres do castelo. Tudo estava coberto de branco, enquanto uma escuridão terrível reinava nas profundezas do antigo edifício.

O rosto de Sir William Merton, de tão vermelho, parecia um foguete prestes a ser lançado. O punho caiu pesadamente sobre a mesa e ele gritou:

– Eu disse! Eu disse! Eu disse a vocês! Ele é um perigo para nossa missão!

Os outros seis membros estremeceram. Até mesmo Talon, acostumado a praticamente tudo, se surpreendeu um pouco com a força das emoções de Merton. Sua mão esquerda agarrou a gárgula no braço da cadeira e a apertou; a direita estava enfaixada.

– Tem razão – respondeu John Bartholomew. – Todos sabíamos que era um risco. Ele ainda não revelou o segredo. Ainda é tempo de resolver a questão.

Merton sacudiu a cabeça.

– Espero que sim! Que não tenha ultrapassado o ponto sem retorno. O que acham que aconteceria conosco se o mestre descobrisse que não conseguimos realizar nosso trabalho?

Essas palavras atingiram um ponto sensível. Os Sete saltaram à frente com um rosário de desculpas e opiniões, falavam todos ao mesmo tempo, querendo se livrar da culpa e escapar da responsabilidade. Talon quase conseguia saborear o medo de todos eles, e isso o deliciava. Não gostava de nenhuma daquelas pessoas e com prazer as via preocupadas.

John Bartholomew tentou controlar o grupo e levá-los de volta ao foco. Bateu o martelo duas vezes e o burburinho aos poucos cessou.

– Por favor, não percamos a cabeça. Temos um convidado. Talon, obrigado por ter vindo tão depressa. Vejo que está com a mão enfaixada. Sabe se há alguma coisa com que devemos nos preocupar?

Talon sabia que não se preocupavam com a lesão no dedo que Paul Wallach lhe infligira, apenas com a possibilidade de isso lhe afetar a capacidade de matar.

– Nada de grave. Serei capaz de cumprir qualquer missão que desejem.

Os Sete abriram sorrisos maldosos e Bartholomew continuou falando:

– Debaixo de sua cadeira há uma pasta com a cópia de um editorial. Peço-lhe que a pegue e leia. Gostaríamos de ouvir seus comentários.

Talon inclinou-se para a frente e com a mão esquerda pegou a pasta sob a cadeira. Abriu-a e leu o editorial.

EDITORIAL IMPORTANTE DA BARRINGTON NEWS NETWORK

Desde a fundação da Barrington Communications adoto a prática de deixar outras pessoas escreverem a página do editorial. Somente em raras ocasiões, e devido a acontecimentos de grande importância, recorri à minha própria pena, e eis um desses momentos significativos e marcantes.

Quem tem lido nossos jornais ou assistido às transmissões de televisão deve estar familiarizado com o nome do Dr. Constantine De La Rosa, fundador do Instituto da Harmonia Religiosa, com sede em Roma, Itália.

Temos escrito numerosos artigos sobre seu desejo de unir o mundo com a Harmonia Religiosa. É provável que o leitor tenha assistido a vários documentários na televisão sobre suas miraculosas cruzadas de cura. Esses documentários contêm testemunhos de pessoas com deficiência física que acabaram conseguindo andar. Talvez o leitor também tenha visto casos documentados de cegos que recuperaram a visão e de surdos que conseguiram ouvir.

Afora as curas físicas, o Dr. De La Rosa fez algumas previsões políticas surpreendentes que acabaram se concretizando. E, mais importante que isso, alertou sobre a ocorrência de uma série de desastres naturais. Seu brado de alerta salvou a vida de milhares e milhares de pessoas que puderam se defender de vários tornados, três furacões, sete terremotos e dois tsunamis.

O Dr. De La Rosa está se tornando um nome conhecido em todos os países do mundo. As cruzadas parecem tocar um acorde harmônico entre todos os povos, independentemente de raça ou religião, e sua personalidade dinâmica tem um magnetismo apenas comparável à vida de outra pessoa que já veio a este mundo: um homem chamado Jesus Cristo.

Este autor não tem, no entanto, medo de formular algumas perguntas incisivas. Quem é o Dr. De La Rosa? Não se sabe muito sobre ele. Não conseguimos rastrear nenhuma história acerca do seu nascimento, sua infância, nem muita coisa a respeito de sua vida adulta. Ele parece ter se introduzido no curso da história a partir do nada.

Este autor também faz a pergunta: "De onde vem o dinheiro do Dr. De La Rosa?" Por mais que tenhamos tentado, não descobrimos nenhum negócio que ele começou, herança que recebeu, nem como é custeado senão pelas contribuições que recebe dos seguidores.

Também estou preocupado com sua organização supostamente sem fins lucrativos denominada Instituto da Harmonia Religiosa. Nada foi encontrado acerca da existência de um conselho de administração ou qualquer supervisão de suas atividades. Ele parece não ter de prestar contas a ninguém.

À primeira vista, seria possível dizer: "E daí? Vejam as coisas boas que ele vem fazendo!" Mas, pessoalmente, acredito ser perigoso sustentar essa posição. Não poderia o Dr. De La Rosa ter segundas intenções? Haveria pessoas por trás dele apoiando atividades que esse grupo teria planejado? Seriam boas intenções, corretas, morais? O que sabemos sobre essas pessoas? Seriam apenas duas, três ou talvez chegassem, digamos, a *sete*?

Talvez me digam: "Está tentando atacar a reputação do Dr. De La Rosa? Seria ele um homem sem integridade? Como o Flautista de Hamelin, estaria ele tentando conduzir as pessoas por um caminho que pode levar à destruição?" São justas essas perguntas.

Até o momento em que escrevo, não me proponho a pleitear uma ação muito incisiva. Apenas questiono quem ele é e por que faz o que faz. Digo, porém, que uma investigação completa vem sendo desencadeada pela Barrington Communications Company no sentido de encontrar respostas a todas essas perguntas. E vamos encontrá-las. Caso suspeitemos de alguma motivação clandestina, a informação será divulgada.

Essa é uma promessa, um compromisso solene ou meu nome não é Shane Barrington, proprietário e presidente da Barrington Communications.

Talon colocou o papel no colo e olhou para os Sete. Os olhos de todos estavam focalizados nele.

– Parece que ele está prestes a revelar a verdadeira identidade dos senhores.

Os Sete permaneceram por um momento em silêncio enquanto assimilavam o que acabaram de ouvir. Talon nunca era de medir palavras.

– Permitam-me perguntar como chegaram a este editorial. Não o vi publicado ainda.

O general Li adiantou-se:

– Você não é o único que trabalha para nós, Talon. Temos alguns outros operadores na Barrington Communications Company. Eles nos alertaram para o fato de que Barrington começava a juntar e movimentar dinheiro. Ele abriu várias contas em bancos na Suíça e está em processo de transferência de dinheiro. Acreditamos que esteja se protegendo no caso de cortarmos o fluxo de recursos para sua organização.

Talon assentiu com um aceno de cabeça.

– Além disso, Barrington adquiriu uma grande quantidade de equipamentos de segurança para sua casa. Encomendou um carro à prova de balas e instalou antenas que o conectam a empresas que prestam serviços de segurança para executivos de alto nível. Diante disso, instruímos agentes a invadirem seu escritório e acessarem informações de seu computador pessoal.

Talon sorriu. *Não deixam escapar nada.*

– Eles abriram o computador e encontraram o editorial que você acabou de ler. Não sabemos quando pretende publicá-lo. Mas é evidente que tentará nos destruir.

Talon sabia o que estava por vir.

– Talon, temos uma série de itens para sua lista de coisas a fazer – disse Bartholomew. – Mas achamos que esse merece o primeiro lugar.

– Entendo. E posso saber quando...?

Bartholomew o interrompeu.

– O dinheiro já foi depositado em sua conta na Suíça.

Uma rajada de vento gelado atingiu Talon quando ele saiu do castelo. Inspirou profundamente o ar fresco da montanha e fechou a gola do casaco enquanto o motorista sem língua abria a porta da limusine.

A viagem de volta a Zurique deu a Talon bastante tempo para pensar em Paul Wallach. Como ele, Talon, poderia ter sido tão descuidado a ponto de permitir que um lutador pouco habilidoso lhe atingisse o dedo daquele jeito? Foi uma estupidez. Devia ter esperado o rapaz ir embora e a moça ficar sozinha. Mas, depois de duas tentativas fracassadas contra a vida dela, Talon ficara impaciente e dera um passo antes da hora. Agora tinha de pagar o preço. Começou a esfregar a mão direita, que latejava devido ao ar frio e úmido. Levaria algum tempo até se recuperar o suficiente para ter um novo dedo de metal.

Talon sentiu a limusine derrapar um pouco ao fazer uma curva sobre a neve fresca. Viu os olhos do motorista relancearem para ele pelo espelho retrovisor e voltar para a estrada à frente.

Seria um final irônico. Derrapar para fora da estrada e cair naquele profundo cânion. Não era assim que eu imaginava ir. Mas às vezes a morte chega quando menos se espera. Em seu ramo de trabalho, Talon sabia disso melhor que ninguém.

Pensou nas pessoas que matara. Quantas seriam? Muitas para poder lembrar. Por quanto tempo ele ainda continuaria? Seria pelo dinheiro? Já tinha o suficiente para várias vidas. Por que fazia isso? Por raiva? Sim. Por prazer? Sim. Continuaria enquanto a saúde lhe permitisse? Por que não?

Afinal, ele refletiu, *quantas pessoas realmente amam o que fazem para ganhar a vida?*

QUARENTA E UM

MURPHY OLHOU PARA o relógio quando ouviu o telefone tocar. Eram 20h45. Estivera zapeando pelos canais e, sem encontrar nada que lhe atraísse o interesse, decidiu ir para a cama um pouco mais cedo e terminar o romance de mistério que estava lendo.

Relutou em atender o telefone. Ultimamente parecia que, sempre que lhe telefonavam, alguém havia sido ferido ou morto.

– Aqui é Murphy.

– Michael, é Bob. Espero não estar incomodando.

– Nem um pouco. O que houve?

– Lembra uma vez que estivemos na tenda de J.B. Sonstad?

– Como eu poderia esquecer? Pessoas desse tipo a gente não esquece.

– E comentei com você que um dos homens que foram para a frente frequentava nossa igreja?

– Sim, aquele doente dos rins.

– Isso. Ele se chama Clyde Carlson. Bem, nos encontramos depois e ele me falou sobre o que acontecera. Disse que não tinha certeza, que foi uma experiência muito emocionante e que esperava estar curado. Recomendei que ele voltasse ao médico e fizesse um *checkup*.

– Deixe-me adivinhar. Ele não está melhor.

– Infelizmente, você está certo. Estava desanimado, para dizer o mínimo. Sua saúde está se deteriorando. Mas isso não o fez parar. Ouviu de um amigo a respeito de uma pessoa que diz ser curandeira psíquica, uma tal Madame Estelle. Ela vive numa antiga casa de fazenda, nos arredores de Raleigh.

– Nunca ouvi falar dela.

– Nem eu... Mas não costumo frequentar esses lugares, portanto, não é de surpreender. Ele pediu que eu fosse com ele. Não me sinto nada confortável fazendo isso, mas quero ajudá-lo a aceitar o fato de que ele pode morrer logo dessa doença. Ele anda se agarrando a quimeras e não gosto de vê-lo lutando sozinho. Bem, essa foi uma longa introdução para perguntar se você estaria disposto a ir conosco. Vou me sentir muito mais à vontade se você for.

– Claro, Bob. Quando as pessoas enfrentam a morte, muitas vezes tentam qualquer coisa para escapar do inevitável. No lugar dele, talvez eu também procurasse qualquer tipo de ajuda. Pesquisarei um pouco sobre cura espiritual. Talvez pudéssemos nos ver no almoço e falar disso.

– Acho ótimo.

– Que tal o Adam's Apple ao meio-dia e meia amanhã?

– Muito bem. Vejo você lá.

Quando Murphy entrou no restaurante, viu que estava lotado, como de costume. Rosanne parecia sob pressão. Além de atender às mesas, tentava treinar uma nova garçonete. Ao avistar Murphy, apontou para o fundo.

– O pastor Bob está no canto. Chego em um minuto.

– Obrigado, Rosanne.

– Vai querer o de sempre, doutor?

– Isso mesmo, ótimo.

A caminho do fundo do restaurante, Murphy ouviu Rosanne gritar o pedido. Havia um rasgo no assento verde de vinil da cabine, ele notou. Murphy e Wagoner apertaram-se as mãos.

– Bem, o que acha, Michael? Falsas cruzadas de cura, cirurgiões espirituais, ascensão do ocultismo, falsos mestres... Certamente, estamos vivendo tempos interessantes.

– No mínimo. Fiz uma pesquisa ontem à noite sobre curadores espirituais. Eles não existem só nos Estados Unidos, mas em muitos lugares do mundo. Li que a cura espiritual é bastante popular nas Filipinas.

– O que eles fazem?

– Suas atividades variam, mas muitos alegam fazer cirurgia sem sangue, sem bisturi.

– É o tipo de cirurgia de que gosto – riu Bob. – Sou um covarde quando se trata de dor.

– Não vai acreditar no que estou para lhe dizer. Deitam a pessoa numa mesa e gesticulam como se estivessem enfiando as mãos no corpo dela, arrancando a doença ou o câncer. Depois da incisão imaginária, o curador parece tirar algum tipo de tecido, e o descarta. Então, passa as mãos pelo corpo da pessoa, o corte desaparece, e tudo fica normal. Parece ótimo, não?

– Não. Acho esquisito.

– Mas é isso mesmo. Há um livro chamado *Arigó: o cirurgião da faca enferrujada*. É a história de um camponês brasileiro que operava com um canivete sujo. Supostamente, tudo era feito sem dor, sem sangramento, sem pontos. Dizem que esse Arigó era capaz de conter o sangramento com um comando verbal e conseguia tirar a pressão sanguínea sem instrumentos. Parece que mais de trezentos pacientes o visitavam por dia.

– Isso está documentado?

– Não. Ele morreu em 1981, antes de qualquer investigador científico verificar suas declarações. Também li a respeito de um mago chamado Henry Gordon, que revelou a farsa dessas cirurgias espirituais. Diante das câmeras de televisão, ele executou o mesmo tipo de cirurgia e também retirou um pouco de tecido de um paciente. Na verdade, era fígado de galinha que ele escondera na palma da mão. Mas foi impressionante.

– Bem, quando formos com Clyde ficaremos atentos ao fígado de galinha.

Rosanne veio equilibrando os pratos em direção à mesa. Os cabelos grisalhos estavam presos num coque e pequenas gotas de suor brilhavam em sua testa.

– Aqui está, senhores – disse, depositando os pratos. – Bom almoço.

– Obrigado, Rosanne – agradeceu Murphy, sorrindo. – Aliás, viu o rasgo aqui no assento?

Rosanne levou as mãos aos quadris e olhou para onde Murphy apontava.

– Ah, deve ser coisa daqueles adolescentes que estiveram aqui ontem à noite. Uns arruaceiros.

Deu as costas e se afastou.

– Sabe, Bob – comentou Murphy –, parece que o mal vem crescendo. Não são apenas crianças fazendo estragos por aí, destruindo bens alheios como este banco, riscando e roubando carros... Mas também crimes violentos, atentados terroristas, assassinatos e guerras. Há muitas trevas neste mundo, e isso só vai piorar.

– Como você sabe, Michael, a Bíblia diz que nos últimos dias muita gente abandonará a fé em Deus. E então virá "o homem do pecado". Será alguém que trará muita desilusão. Acha que pode ser esse sujeito... como se chama? Rosa alguma coisa...

– Quer dizer Constantine De La Rosa?

– É, esse mesmo.

– Não sei, Bob, mas, quem quer que seja, será um líder forte. Infelizmente muita gente acreditará em suas mentiras. Dizem também que ele será capaz de realizar milagres e maravilhas.

– Como esse De La Rosa, que ultimamente tem aparecido nos jornais e na televisão?

– Sim. Dizem que ele tem realizado curas e previsões poderosas. – As implicações disso passaram rapidamente pela mente de Murphy. – Acha que ele poderia ser o anunciado Anticristo, Bob?

– Não, acho que não. Mas, certamente, poderia passar pelo Falso Profeta, que teria um grande poder e seria capaz de realizar milagres. O Falso Profeta preparará o caminho para o Anticristo. Ele fará isso pregando uma unificação religiosa para todos os povos e culturas. Se tentar organizar globalmente a vida social e política, será um claro sinal. Se em seguida montar algum tipo de controle econômico, por meio de uma marca ou sistema de registro, certamente será ele. O Falso Profeta é aquele que supervisionará a marcação do 666 na mão direita ou na testa das pessoas.

– Hum.... – disse Murphy com ar ausente.

– Michael? Ainda está me ouvindo?

– Desculpe, eu estava pensando em Ísis. Não creio que ela tenha chegado ao ponto de adotar uma fé. Eu detestaria vê-la seguir alguém como o Falso Profeta.

– Michael, posso lhe falar francamente?

– Claro, Bob.

– Tenho me preocupado um pouco com você e Ísis. Parece que isso está começando a se transformar em algo mais do que apenas uma simples amizade.

– Está indo nessa direção.

– Você sabe que sua fé desencoraja o envolvimento com alguém de crença diferente da sua. Isso poderia levar a muitas divergências e decepções um com o outro. Muitos casamentos enfrentam esse tipo de problema. Eu detestaria vê-lo num casamento assim, especialmente depois de você e Laura terem sido tão felizes e combinarem tão bem.

– Tem razão, Bob. Mas fica difícil quando os sentimentos começam a crescer.

– Talvez seja melhor terminar antes que seja tarde demais, Michael.

– Eu sei. Penso seriamente nisso. Mas é muito difícil.

– Há outras pessoas maravilhosas que amam o Senhor e têm a mesma fé que você. Por exemplo, há aquela jovem que passou a frequentar a igreja. Ela é a nova treinadora do voleibol feminino em Preston.

– Summer Van Doren.

– Você a conhece? Eu não sabia. O que acha dela?

– Ela impressiona bastante. Tem tudo... boa aparência, personalidade, talento e uma grande fé.

– E então?

– Bem, estive pensando nisso. Ísis tem tudo também, só não temos a mesma fé. E isso é realmente importante para mim. Tenho notado a diferença nas poucas vezes em que falei com Summer. Ela é muito acolhedora e afetuosa. Há toda uma dimensão com ela que não tenho com Ísis. Só não gosto da ideia de machucar alguém.

– Não há nenhuma maneira fácil de contornar isso, Michael. Não pode guardar o bolo e comê-lo ao mesmo tempo. A vida é feita de escolhas. Algumas fáceis e outras muito difíceis. Você tem de levar em conta o quadro geral. Quer passar a vida com a pessoa errada? Aparece um monte de gente assim em minha sala de aconselhamento.

Murphy calou-se. Wagoner notou que ele estava em conflito.

– Michael, rezarei para que Deus lhe dê a resposta certa para seu relacionamento com Ísis. Lembre-se das palavras: *Confia em Deus de todo o coração e não te fies em teu próprio entendimento; reconhece-O em tudo, e Ele endireitará teus caminhos.* Confio que Deus vai iluminá-lo com a resposta certa, no momento certo.

QUARENTA E DOIS

MURPHY ABRIU A porta do táxi e entrou. O motorista virou-se e olhou para ele.

– Para onde?

– Fundação Pergaminhos da Liberdade.

– Vamos lá. Talvez demore alguns minutos mais do que de costume. O trânsito está bem lento hoje.

– Entendo – respondeu Murphy, acomodando-se no banco e olhando para fora da janela.

O voo de Raleigh para Washington parecera longo. A expectativa de Murphy já não era tão intensa quanto nas viagens anteriores. Uma nuvem negra pairava sobre seus pensamentos. Ele não queria enfrentar o que estava por vir, no entanto, sabia que precisava fazer isso.

A situação toda tornava-se ainda mais difícil diante da empolgação de Ísis com sua visita. Murphy franziu os lábios e sacudiu a cabeça. Sentia dor no estômago. Respirou longa e profundamente e soltou o ar bem lentamente.

Ísis guardava papéis num arquivo em seu escritório quando Murphy chegou. Ela estava de costas e cantarolava uma canção. Ele hesitou na soleira da porta. Ela vestia um conjunto de paletó e calça preta talhado sob medida para seu corpo bem-modelado. Seus cabelos ruivos tinham um toque acastanhado.

Murphy, delicadamente, pigarreou e ela virou-se ao ouvir o ruído.

O rosto de Ísis iluminou-se com um grande sorriso, e os olhos verdes brilharam de contentamento.

– Michael!

Ela se aproximou, abraçaram-se, ela o beijou.

– Chegou mais cedo.

– O avião pegou um vento de cauda e o voo adiantou uns 20 minutos.

Ísis recolheu suas coisas.

– As reservas são para as 19 horas. Estou tão feliz por você estar aqui! – disse ela.

A conversa no jantar foi muito genérica e um pouco formal. Ísis sentiu que Murphy estava preocupado. Pensou que ele devia estar cansado da viagem, talvez estivesse preocupado com Shari... ou com Paul Wallach no hospital.

Foi só depois de chegarem ao apartamento de Ísis que Murphy começou a se abrir.

– Ísis. Precisamos conversar um pouco.

O seu tom de voz a deixou bastante inquieta.

– Bem, tivemos muitos bons momentos juntos. Já enfrentamos grandes perigos e serei sempre grato por você ter cuidado de mim durante minha recuperação depois dos acontecimentos no Monte Ararat.

Ísis percebeu que algo estava por vir.

– Reconheço tudo o que fez por mim. Seu trabalho de pesquisa e de tradução foi inestimável. Você ajudou na descoberta de uma série de objetos importantes. Foi maravilhoso.

Vem um "mas" por aí, ela pensou.

– Meus sentimentos por você se tornaram mais fortes nos últimos meses. Mas há uma questão que para mim tem sido difícil de resolver.

Murphy fez uma pausa e respirou fundo.

– Você sabe que eu tenho uma grande fé em Cristo e acredito na Bíblia. Isso tem um papel importante em minha vida. Também sei que você não está no mesmo ponto que eu em sua jornada espiritual.

Ísis apreciava a fé de Murphy em Deus. Isso o tornava diferente de todos os outros homens com quem ela já saíra. Dava-lhe um senso de propósito que faltava nos outros homens. Isso também se refletia em seu comportamento para com ela. Ele a tratava com mais respeito e gentileza do que qualquer outra pessoa que ela conhecera. E, para ser sincera consigo mesma, tinha de admitir que esse era o grande motivo que a levara a começar a pensar em sua própria relação com Deus.

– Se duas pessoas pretendem cultivar uma relação forte e duradoura, precisam estar no mesmo comprimento de onda no que diz respeito à fé em Deus. As famílias divididas costumam ter grandes conflitos. As duas partes precisam compartilhar a mesma experiência, os mesmos valores. Senão, o estresse pode ser grande.

Ísis sentiu o que estava vindo e não quis ouvir. Sabia que não seria bom.

– Gosto muito de você. Mas não sei se é prudente continuarmos a nos ver, aprofundando nossos sentimentos. Talvez caminhemos para uma dor maior se fizermos isso. Preciso de alguém com as mesmas crenças que eu. Eu a respeito muito, Ísis. Você é bonita por dentro e por fora. E adorei estar com você. Mas não posso deixar meus sentimentos avançarem. Não quero magoá-la além do inevitável. Isso não seria bom para nenhum de nós. Também não quero que se sinta pressionada a acreditar no que acredito. Nem gostaria que você tentasse alguma experiência só para me agradar. A fé de cada um deve ser mesmo de cada um. Cada pessoa tem de chegar por si só a seu relacionamento com Deus.

Ísis sentiu que ia chorar.

– Talvez seja bom para nós dois começarmos a ver outras pessoas. Você tem muito para oferecer e não quero impedir que encontre alguém que a ame de todo o coração.

Era como se lhe puxassem o tapete, sentiu Ísis. As lágrimas estavam a ponto de surgir quando ela conseguiu se recompor.

– Michael, não sei se concordo com você. Acho que duas pessoas podem se ver, cultivar um relacionamento e falar de fé. Não acho que seja preciso terminar.

– Mas e se o relacionamento crescer e a fé, não?

– Há risco em todas as relações, Michael.

Ele não respondeu. Ísis sentiu que ele já tinha tomado uma decisão e nada do que ela dissesse faria diferença.

– Entendo o que diz e percebo que se sente desconfortável – disse ela. – Eu não queria que você entrasse num relacionamento que não atenda a suas expectativas espirituais.

Ísis não quis pressionar, como se estivesse implorando para continuarem o relacionamento. Tinha muito respeito, muito orgulho próprio para fazer isso. Tudo o que queria era fugir de suas emoções. Sentiu-se mal. Sabia que isso era difícil para Michael, e ela o amava tanto que estava disposta a deixá-lo ir. Só podia esperar que ele mudasse de ideia e voltasse para ela.

Murphy sabia que suas palavras haviam destruído a noite, e talvez até mesmo, para sempre, a amizade entre os dois. Ele pegou a mão dela.

– Ísis. A última coisa que quero é magoar você. Mas penso que a diferença de fé entre nós pode nos levar a uma mágoa maior. Sinto muito fazer isso com você.

Murphy sentiu que ela estava prestes a romper em lágrimas.

– É melhor eu ir, Ísis. Vou tomar um táxi de volta para o aeroporto.

Murphy não se moveu.

Ísis enxugou uma pequena lágrima e também não se moveu. Tentava desesperadamente manter-se íntegra.

Murphy pegou-lhe as mãos, olhou-a nos olhos e a abraçou.

– Sinto muito – sussurrou-lhe no ouvido.

Ela se sentiu tão bem em seus braços! Ele, por sua vez, não queria soltá-la, mas sabia que precisava. Deixou finalmente cair os braços e recuou devagar.

Ela levou as mãos ao rosto e começou a enxugar as lágrimas que começavam a fluir de modo incontrolável.

Murphy foi até a porta, virou-se, lançou um último olhar para Ísis e saiu.

O voo de volta a Raleigh foi pior que o de ida a Washington. Murphy sentia-se muito mal. Sabia que magoara Ísis profundamente, e não era isso que ele queria ter feito. Repassou mentalmente a conversa, e se sentiu pior. Teria ele tomado a decisão errada? Suas emoções o faziam querer pegar o próximo voo de volta para Washington e reparar o dano causado. Quis abraçá-la de novo.

A aeromoça surgiu oferecendo bebidas e lanche para os passageiros. Murphy pediu uma Coca-Cola e começou a comer os pretzels mecanicamente.

Embora a razão lhe dissesse que tomara a decisão certa, tudo dentro dele gritava em protesto. E agora, o que faria? Sentia um enorme vazio no coração. Perdera Laura quando Talon a assassinara, e acabava de colocar Ísis para fora de sua vida.

Murphy sentiu-se irritado, deprimido e terrivelmente só.

Deus, por que está acontecendo isto?

QUARENTA E TRÊS

Se era curiosidade, palpite ou apenas ilusão, o fato é que algo motivava Murphy a pegar de novo a Highway 40 para North Myrtle Beach. Precisava de mais informações sobre o misterioso Matusalém. Havia muitas perguntas não respondidas sobre o bilionário recluso.

Desta vez não haveria disfarce, nada de vestir uniforme de garçom. Ele simplesmente se aproximaria de Matusalém e deixaria as fichas caírem onde tivessem de cair. Estava cansado daqueles jogos todos. Além do mais, isso lhe pouparia uma gorjeta de 200 dólares.

Murphy estacionou o velho Dodge, pegou um livro e foi à praia. Desta vez chegava um pouco mais tarde, supondo que Matusalém só viria depois das 11 horas, quando o sol estivesse mais quente. Havia umas dez pessoas na praia. Um casal pescava, várias pessoas corriam e outras simplesmente relaxavam.

Não sabia se Matusalém apareceria ou não, mas quis arriscar. No mínimo, se ele não viesse, Murphy ficaria na praia, descansando e lendo um bom livro. Além do mais, isso o ajudaria a não pensar em Ísis.

Às 11h30 Murphy parou de ler e começou a olhar ao redor. Nem sinal de Matusalém. *Talvez ele nem esteja no país.*

Por volta de 12h15 levantou-se e se espreguiçou. Começava a crer que a viagem fora inútil. Já voltava para o carro quando viu três homens caminhando pela praia, perto da água. Vestiam camisas havaianas. Atrás deles, um homem acompanhado de três outros, também de camisas havaianas. O do meio tinha uma leve coxeadura. Ninguém carregava cadeira de praia.

O coração de Murphy começou a bater um pouco mais depressa. Decidiu que iria juntar-se a Matusalém em seu passeio. Ao se aproximar do grupo, viu que os guarda-costas da frente se puseram em alerta, observando-o atentamente. Um deles já começava a pegar sua automática, cujo volume se destacava debaixo da camisa colorida.

– Senhor M! – Murphy chegou a ouvir um deles dizer.

Matusalém virou-se para seu guarda-costas e avistou Murphy. Os três seguranças de trás avançavam, diminuindo a distância entre eles e Matusalém, que começou a sorrir e soltou uma risadinha cacarejante.

– Bem, bem, bem, professor Murphy. A curiosidade matou o gato, e a satisfação o trouxe de volta.

O grupo inteiro parou. Dois homens se aproximaram de Murphy e começaram a revistá-lo em busca de armas,

– Tudo bem, senhores. Acho que o professor Murphy gostaria de se juntar a mim para um passeio.

Matusalém começou a andar e Murphy juntou-se a ele.

– Ainda tenho perguntas não respondidas – começou Murphy.

– Estou certo de que sim, professor Murphy.

– Não entendo seu jogo. Por que continua revelando para mim a localização de objetos bíblicos? O que está por trás disso tudo?

– Por vários motivos, professor Murphy. Em parte, isso tem a ver com meu avô, Marcello Zasso. Como você sabe, ele era um missionário dedicado e um estudioso da Bíblia. Também tinha paixão por arqueologia bíblica, como você. Queria sair em busca de objetos bíblicos, mas nunca teve oportunidade. Em vez disso, passava incontáveis horas pesquisando obscuros textos históricos e documentos raros. Quando eu era criança, ouvia suas histórias e teorias a respeito de onde certos objetos poderiam estar escondidos. Eu costumava ter um caderninho para anotar as ideias de meu avô.

Murphy o ouvia com atenção.

– Quer dizer que ele tinha ideia de onde a cabeça de ouro de Nabucodonosor estaria localizada?

– Sim, e muito mais. Ele tinha feito pesquisas sobre os três pedaços da Serpente de Bronze de Moisés, a localização da Arca de Noé, a Escrita na Parede e até mesmo a localização do Templo de Dagon.

– Você me deixou notas sugerindo que o Cajado de Aarão e o Pote de Ouro com maná poderiam ser encontrados. Você os encontrou?

– Não pessoalmente, professor Murphy. Eu apenas uso as anotações de meu avô. Estou deixando a descoberta de vários objetos para você.

– Também mencionou que minha descoberta de diversos objetos bíblicos prejudicaria as atividades de um grupo de pessoas que mataram sua família.

– Sim, sim. São pessoas do mal, que não acreditam em Deus nem na Bíblia. Muito me alegra tentar destruir os planos deles. A vingança, como eles dizem, é doce.

– Planos? O que quer dizer? Quem são essas pessoas?

– Eles se chamam os Sete. São extremamente ricos e sedentos de poder. Juntos, controlam os maiores bancos do mundo. Exercem influência sobre os mais ricos campos de petróleo já descobertos. Estão infiltrados em muitos governos e têm inúmeros líderes políticos nas mãos. Promovem a corrupção onde for possível. Também influenciaram o movimento do Mercado Comum Europeu e planejaram uma conspiração clandestina para controlar as economias do mundo todo. São a força por trás da reconstrução da cidade da Babilônia.

Murphy tentava processar a enormidade do que Matusalém dizia.

– Esse grupo de pessoas quer que os Estados Unidos se tornem uma potência menor no mundo. Eles tentarão fazer as Nações Unidas se voltarem contra os Estados Unidos. Ajudarão a fomentar guerras e tumultos em vários países, assim como a crise entre o Paquistão e a Índia. Sustentam financeiramente as principais organizações terroristas, além de terem contribuído para o ataque de 11 de setembro. Têm contatos em muitas células preparadas para entrar em ação e estão se regozijando com a pressão financeira que os Estados Unidos sofrem por causa da guerra no Iraque, dos desastres provocados pelos furacões e com o custo da segurança nacional.

– Como sabe disso tudo?

– É uma das vantagens de ser bilionário, professor Murphy. Há uma grande quantidade de informações à venda para quem pode pagar o preço que pedem. Além disso, eu me infiltrei na organização deles.

– Recebe informações de um dos Sete?

– Não, mas tenho um informante.

– E se o pegarem e o fizerem falar?

– Isso é impossível. Ele não pode falar, não tem língua. Mora no quartel-general deles, num quarto solitário. Eles nem suspeitam que um mesmo duto de ar passa pela sala de reuniões e pelo quarto do informante. Ele pode ouvir tudo o que falam. Foi um tremendo golpe de sorte!

– Se são tão poderosos, como pode detê-los?

Matusalém parou, pegou uma estrela-do-mar que tinha sido trazida para a areia e a segurou diante de Murphy.

– Está vendo isto, professor Murphy?

Matusalém jogou a estrela-do-mar de volta à água.

– Certamente, você conhece a história do menino que jogava de volta à água as estrelas-do-mar encalhadas na praia. Quando lhe perguntaram o que estava fazendo, ele respondeu: "Salvando a vida desta estrela." "Mas", retrucou quem lhe dirigira a pergunta, "há tantas estrelas-do-mar aqui na praia. Que diferença isso vai fazer?" E o menino respondeu: "Estou fazendo diferença para esta aqui", jogando-a no mar. Posso não ser capaz de impedir todos os malefícios dos Sete... mas evitar um já me traz grande alegria. Adoro ser um espinho ou uma pedra no sapato deles. Faço a diferença atrapalhando a atuação do grupo.

– E se tentarem matá-lo para pôr fim ao estorvo?

– Já tentaram em várias vezes. Mas meu informante toma conhecimento dos planos antes que o assassino os execute. É um homem estranho, que tem mania de matar gente com os pássaros de estimação.

O coração de Murphy quase parou. *Talon*. Se ele trabalha para os Sete, então esses são os responsáveis pelo assassinato de Laura e pelas tentativas de matar Ísis, Paul Wallach e muitos outros. Murphy, de repente, se dava conta de que ele e Matusalém tinham inimigos em comum: os Sete.

– Está vendo só, professor Murphy? Tenho usado você para dificultar o trabalho dos Sete. Suas descobertas ajudam a provar a validade da Bíblia, o que por sua vez contribui para destruir os planos deles.

– E o que tudo isso tem a ver com o Templo de Dagon, o Cajado de Aarão e o Pote de Ouro com maná?

– Ora, professor Murphy... É só pensar um pouco. O Cajado de Aarão soltou brotos, o que foi um milagre. E se alguém tivesse esse cajado e, assim, conferisse credibilidade aos supostos milagres que realizasse? Essa pessoa teria seguidores. E suponha que ela tivesse o Pote de Ouro com maná. O maná simboliza Deus provendo alimento aos famintos. E se então começasse a alimentar os famintos do mundo? Não acha que o número de seguidores aumentaria? Creio que tudo isso faz parte do plano dos Sete.

– E quanto à Serpente de Bronze de Moisés?

– Ela pode se tornar um símbolo de cura para todas as doenças. Lembre-se de que Moisés levantou a Serpente de Bronze numa vara ou cajado e as pessoas se curaram. Alguém poderia fazer a mesma coisa hoje ao utilizá-la. As pessoas podem atribuir poder à serpente. Até mesmo o rei Ezequias conhecia o perigo dessa adoração, por isso a partiu em três.

Murphy realmente se surpreendia com o conhecimento de Matusalém sobre a Bíblia.

– Com todo esse conhecimento da Bíblia... você nunca chegou a ter fé?

Matusalém soltou seu riso cacarejante.

– O fato de alguém conhecer a Bíblia não o torna um crente. Eu só ouvia com atenção a meu avô e meu pai. Eles eram crentes. Mas eu, não. Sou velho e amargo demais para isso. Deus não me quereria no céu.

– Mas Deus...

Matusalém o interrompeu antes que ele terminasse.

– Já chega dessa conversa sobre Deus...

Matusalém parecia irritado. Parou de andar e olhou para Murphy.

– Sei que você é um homem de fé. Isso é bom. Meu pai e meu avô também eram. Mas não tente me fazer aceitar sua opinião. Creio que a conversa acabou. Já que insiste em tirar o prazer do elemento surpresa em nossa relação, não o envolverei mais em meus pequenos jogos.

Surpreendentemente, Murphy sentiu-se frustrado. Decerto, não queria mais enfrentar as armadilhas mortais de Matusalém, mas será que o velho deixaria de fornecer informações sobre objetos bíblicos desaparecidos? Murphy ia lhe perguntar, mas Matusalém claramente encerrara o encontro do dia.

– Tenha um bom dia, professor Murphy – disse, secamente. – Talvez nossos caminhos se cruzem de novo um dia. Dois de meus homens vão acompanhá-lo de volta a seu carro.

Dito isso, Matusalém deu-lhe as costas e se afastou, acompanhado de quatro guarda-costas. Mudo, Murphy observou-o por um momento e olhou para os dois homens corpulentos que se aproximavam. Os óculos de sol cobriam parte de seus rostos inexpressivos, ele caminhou em silêncio ao lado deles.

A caminho do carro, Murphy tinha sentimentos mistos. Obtivera informações espantosas a respeito do poder exercido pelos Sete e ficara sabendo quem fora o responsável pela morte de sua mulher. Mas de algum modo ele ofendera Matusalém, privando-se de sua considerável ajuda justamente quando mais precisava dela.

QUARENTA E QUATRO

HÁ MAIS DE dois anos a Academia de Ginástica de Raleigh funcionava 24 horas por dia. Os proprietários queriam atender às necessidades atléticas de uma ampla gama de trabalhadores. Murphy costumava frequentá-la por volta das 6 horas da manhã, três vezes por semana. Estava satisfeito por manter essa rotina já há algum tempo. Sentia-se em boa forma. E com Talon e Matusalém em sua vida, ele nunca sabia o que esperar. Mas ao menos sentia-se à altura do desafio.

A primeira parte de sua prática de uma hora começava com alguns exercícios de alongamento. Em seguida, ia para o estepe suar um pouco. Depois vinham os pesos livres. Murphy comprimia os costumeiros 90 quilos e intercalava uma série de rotinas com halteres e outros equipamentos.

Acabara de terminar a última série de repetições no banco supino quando uma voz soou atrás dele.

– Parece um trabalho muito pesado, professor Murphy.

Murphy sentou e virou-se, surpreso com a presença de Summer Van Doren. Ela vestia calças de corrida, um top e uma faixa prendendo os cabelos louros, tudo em cor de cinza. Segurava uma toalha na mão esquerda e estivera evidentemente fazendo ginástica. Apesar da transpiração, parecia bastante atraente. Murphy notou que alguns rapazes que levantavam pesos perto dali diminuíram um pouco o ritmo, tentando observá-la melhor. Possivelmente, gostariam de ocupar meu lugar. *Será que ela nunca fica mal?*, pensou Murphy.

– Sou Michael, não professor Murphy, lembra-se?

– Está bem, Michael – disse ela com um suave sorriso.

– Eu não sabia que você fazia ginástica aqui, Summer.

– Venho aqui há várias semanas, mas à noite. É a primeira vez que venho de manhã cedo. Não gosto de ficar molhada de suor antes de ir para a escola, mas às vezes é mais conveniente este horário. Já terminou os exercícios?

– Quase. Sempre gosto de terminar com uma corrida de uns 20 minutos pelo parque aqui em frente.

– Pensei nisso, mas não me sentia segura com a ideia de correr pelo parque à noite, sozinha.

– É compreensível – disse Murphy, assentindo com a cabeça. – O mundo nem sempre é seguro. Tem sempre algum maluco por aí. Tomou a decisão certa.

Ele se levantou.

– Já terminou?

Murphy continuava bem consciente de ser alvo da inveja de todos os rapazes ao redor.

– Sim, há pouco.

– Bem, vou terminar com uma corrida. Gostaria de vir comigo?

Summer abriu um belo sorriso.

– Parece bem divertido. Por que não? Tenho bastante tempo antes de ir para a escola.

Murphy se impressionou com a facilidade com que Summer o acompanhava. Mantiveram um ritmo muito bom por 15 minutos e passaram para uma corrida mais lenta por mais cinco minutos. Por fim, começaram a andar.

– Como vai Paul Wallach? – perguntou Summer.

– Não muito bem. O estado dele não melhorou. Sofreu graves lesões internas devido ao espancamento.

– Isso é terrível – disse Summer, contraindo o rosto. – A polícia sabe quem foi o responsável pelo ataque?

– Não tem certeza. Mas acho que sei quem pode ser.

– Sabe? Disse à polícia?

– Disse. Estão tentando verificar.

– Quem faria uma coisa dessas?

– Um homem chamado Talon. É um assassino altamente treinado. Parece ter prazer em ferir e matar as pessoas. É um verdadeiro sociopata, sem nenhum escrúpulo moral por seu comportamento.

Os dois sentaram-se num banco do parque e continuaram a conversar.

– Por que ele escolheu Paul e Shari?

Murphy começou a contar a Summer algumas das experiências e batalhas com Talon. Ela ficou perplexa com as histórias de perigo e aventura. Não imaginara quão perigosa era a vida que o arqueólogo da Preston University levava.

– Tenho rezado por Shari e Paul – disse, depois de uma pausa. – Mas agora tenho de acrescentá-lo à minha lista. A graça de Deus o poupou em várias ocasiões. Já pensou em ter alguma ocupação um pouco menos perigosa?

Murphy riu.

– Para ser sincero, já. Mas sinto que tenho uma espécie de missão. Por algum motivo Deus permitiu que eu me envolvesse nisso tudo. Há poderosas forças do mal atuando no mundo. A Bíblia diz que nos últimos tempos a escuridão moral e espiritual aumentará. Apenas começamos a ver a ponta dela. Acho que, de algum modo, Ele quer se servir de mim para combater essas forças.

– O que você está dizendo é parecido com o que o pastor Wagoner tem dito em seus sermões na igreja. Ele falou que haveria um aumento da criminalidade, da maldade e do engano por falsos mestres. Quando ele fala sobre o perigo do ocultismo, fico perturbada. Preciso admitir que tenho medo do oculto. Já precisou enfrentar coisas desse tipo também?

Murphy contou a Summer a história de seu encontro com J.B. Sonstad. Ela ficou sentada no banco, boca entreaberta, sem tirar os olhos dele.

– Aonde acha que tudo isso levará? – finalmente perguntou.

– Não sei ao certo. Meu amigo Levi Abrams e eu seguiremos em breve numa expedição a um lugar em Israel. O local do antigo Templo de Dagon.

– O que espera encontrar?

– Não sei ao certo. Mas talvez algo de grande importância. Acho que pode se relacionar ao que a Bíblia chama de Falso Profeta.

– Quando vai partir? – Por algum motivo, Summer se entristeceu com o fato de que ele não estaria por perto.

– Parece que logo depois que as aulas terminarem, no começo do verão.

– Faltam poucas semanas.

Murphy e Summer voltaram para a academia, juntaram suas coisas e se despediram.

No caminho de volta para a escola, Murphy repassou mentalmente a conversa com Summer. Ela parecia muito interessada... Eles tinham uma fé em comum... Ela era atlética e muito atraente... E a conversa entre os dois fluía com muita facilidade.

Aonde será que isso vai dar?, Murphy perguntou a si mesmo, e não pela primeira vez.

QUARENTA E CINCO

EUGENE SIMPSON EMPOLGOU-SE quando o carro à prova de balas de Shane Barrington chegou. Já trabalhava como motorista há vários anos, mas nunca dirigira nada tão exótico quanto aquele veículo. Era um Mercedes preto com vidros indevassáveis e à prova de balas. O metal nas laterais do veículo resistiria a uma explosão média de bomba. O carro continuaria até rodando com pneus furados e esvaziados. Dispunha de todos os dispositivos de segurança possíveis.

Beleza de carro! Mas por que o Sr. Barrington precisa de um com tanta proteção? Ele não é o presidente.

Um grupo de especialistas em segurança cuidara de todos os detalhes para que se fizesse a manutenção e a inspeção antes de o veículo ser utilizado. Forneceram a Simpson uma vara comprida com um espelho para ele verificar se havia alguma bomba colocada no chassi, uma rotina que deveria se tornar usual antes de o Sr. Barrington entrar no carro.

Simpson perguntou a si mesmo por que Barrington estava tão cuidadoso com sua segurança. Antes ele não parecia se preocupar com essas coisas. Notou que dois guarda-costas haviam sido contratados nas duas últimas semanas. E viajavam com ele para todo lugar.

Ah, é o dinheiro dele! Os ricos são estranhos.

* * *

No décimo dia depois de começar a dirigir o novo carro, Simpson recebeu um telefonema do assistente de Barrington, Wilson Dewitt.

– Eugene, aqui é Wilson. O senhor Barrington vai para o escritório à hora de costume, às 9 horas. Ele gostaria que você o pegasse. Tem uma reunião importante às dez e quer tempo suficiente para preparar uns papéis de última hora. Não se atrase.

– Pois não.

Nove da manhã. No caminho da cobertura do Sr. Barrington, teria então tempo para pegar uma caixa que seus pais haviam lhe enviado da Califórnia.

Nove e dez da manhã. O telefone de Wilson Dewitt começou a tocar.

– Wilson falando.

– Senhor Dewitt, aqui é Eugene.

– Eugene, onde você está? O senhor Barrington o aguarda no saguão. Já está perdendo a paciência.

– Desculpe, senhor. Houve um acidente.

– Com o carro novo?

– Não, senhor. Um táxi bateu num ônibus à minha frente e o trânsito ficou bloqueado. Não podia seguir em frente nem voltar. Só agora estão liberando a passagem. Devo chegar em cerca de sete minutos.

– Vou avisar o senhor Barrington... Ah... lá vem ele, Eugene. Não parece nada satisfeito. Só um minuto... Está me perguntando uma coisa.

Simpson ficou aguardando nervosamente que Dewitt voltasse à linha.

– Eugene.

– Sim, senhor.

– O senhor Barrington quer falar com você.

O estado de ânimo de Simpson começou a afundar.

– Eugene. Aqui é Barrington. O que está acontecendo? Onde você está?

– Sinto muito, senhor Barrington. Depois de pegar a caixa, fiquei preso num congestionamento. Houve um acidente na minha frente.

– De que caixa você está falando, Eugene?

– Meus pais me mandaram algumas frutas da Califórnia. Passei na rodoviária para pegar a caixa. Saí mais cedo para isso. O acidente está...

– Seus pais costumam lhe enviar caixas de frutas? – Barrington o interrompeu.

– Não, senhor. É a primeira vez.

– Como ficou sabendo?

– Uma pessoa me ligou da rodoviária avisando.

– Como é essa caixa, Eugene?

– É um engradado pequeno, de madeira. Daqueles para transportar laranjas. Com ripas pregadas na parte de cima e uma imagem de laranjas na lateral.

– Onde você está, Eugene?

– Parado num sinal na rua 73. Esperando o sinal abrir.

– Eugene, você pode pegar a caixa de madeira?

– Sim, senhor. Está no banco do passageiro, a meu lado.

– Pegue-a e a leve ao ouvido, Eugene. Veja se ouve alguma coisa.

– Ouço uma espécie de zumbido muito fraco.

– Eugene, saia do carro. Está me ouvindo? Livre-se dessa caixa o mais rápido que...

Uma enorme explosão pôs um fim instantâneo à conversa. Uma bola de fogo saiu pelas quatro portas enquanto o veículo subia aos ares para cair na rua de cabeça para baixo.

Felizmente não havia ninguém na faixa de pedestres. Os motoristas dos outros carros que esperavam o sinal abrir ficaram com a visão ofuscada. Destroços do Mercedes caíram sobre as janelas e as capotas desses carros.

Eugene Simpson nunca soube o que o atingiu.

O telefone de Wilson Dewitt tocou. Era o balcão de notícias da Barrington Communications. Várias ligações de cidadãos no centro da cidade comunicavam a respeito de uma tremenda explosão na altura da rua 73. Ninguém ainda sabia a causa. A polícia estava a caminho. Havia temores de que fosse um atentado terrorista. Dewitt transmitiu a notícia a Barrington.

Barrington sacudiu a cabeça.

– Wilson, não é um ataque terrorista. É Eugene Simpson.

– O quê? Acabamos de falar com Eugene. Pensei que o carro estava protegido das bombas.

– Sim, se a bomba viesse *de fora*. O carro não foi projetado para resistir a explosões vindas *de dentro*. Se Simpson tivesse chegado na hora para nos pegar, não estaríamos conversando agora.

O rosto de Dewitt estampou uma expressão de choque. Os dois guarda-costas de Barrington ouviram a conversa e olharam ao redor, apreensivos.

– Wilson, ligue para o escritório e diga para cancelarem a reunião. Subirei para a cobertura. Vou trabalhar lá nos próximos dias. Preciso descobrir o que está acontecendo. O ataque era contra mim.

Quarenta e seis

No final da tarde, Barrington tinha todos os detalhes acerca da morte de Eugene Simpson. Realmente um superpotente explosivo plástico destruíra o novo carro blindado. A polícia não conseguiu encontrar nenhuma pista sobre o telefonema que notificara Simpson da caixa a ser retirada na estação rodoviária.

Nervoso, Barrington reforçou a segurança pessoal e refugiou-se no apartamento ao longo da semana seguinte. Embora nada tivesse falado à polícia acerca de suas suspeitas, no fundo ele sabia que os Sete estavam por trás da tentativa de assassiná-lo.

Na noite de sexta-feira o telefone tocou. Estava sozinho, excetuando os guarda-costas plantados diante da porta do apartamento.

– Aqui é Barrington.

Silêncio do outro lado da linha.

– Aqui é Barrington. Alô!

– Senhor Barrington, está tendo uma noite agradável?

Barrington imediatamente reconheceu o sotaque sul-africano.

– O que você quer, Talon?

– Apenas uma pequena conversa.

– Ah, é! Sobre o quê?

Barrington começou a andar de um lado para outro diante das janelas com vista para a cidade.

– Sobre a morte de seu motorista. Que pena!

– Eu não sabia que você se preocupava com a morte de quem quer que seja.

– Não, não por causa disso. É uma pena que eu tenha gasto bons explosivos sem conseguir matá-lo.

– Lamento desapontá-lo. Quando eu o pegar, tentarei fazer melhor.

Talon riu.

– O senhor pode ser um empresário cruel, mas não é assassino.

– Abro uma exceção para você.

– Isso soa muito corajoso, senhor Barrington... Vindo de um homem que se confinou em sua cobertura. Está nervoso?

– Nem um pouco. É muito aconchegante aqui em cima. Aliás, acho que ficarei por tempo indeterminado. Lamento frustrar seus planos.

– Senhor Barrington, não creio que meus patrões estejam muito felizes com o senhor.

– Do que você está falando? Estou fazendo tudo o que me mandaram fazer.

– É mesmo? E quanto ao doutor Constantine De La Rosa?

– O que tem ele? Eu o estou promovendo como pediram.

– E o editorial?

O coração de Barrington pulou uma batida. Como Talon soubera do artigo que ele escrevera? Não o mostrara a ninguém. Fingiu não saber de nada.

– Que editorial?

– O que estava em seu computador. Aquele que você ainda não publicou. Em que tenta desacreditar De La Rosa.

Barrington estava nervoso. O que mais aquelas pessoas sabiam? Teriam conhecimento de suas contas na Suíça?

– Está muito bem-informado, Talon. Como soube disso?

– Ora, não espera que eu revele todos os meus segredos, não é?

– Está bem, Talon. Vamos direto ao assunto. O que você quer?

– Puxa! Estamos ficando irritados? Não há necessidade disso. Afinal, você está em posição vantajosa, em segurança aí no conforto de seu apartamento.

Algo no tom de voz de Talon arrepiou a espinha de Barrington, que freneticamente passou a vasculhar a sala com o olhar. Não havia possibilidade de Talon ter entrado.

– Absolutamente intocável... – continuou Talon.

Barrington correu para a janela e olhou para o outro lado da rua. No topo do alto edifício em frente viu um clarão vermelho e uma fina coluna de fumaça branca. Imediatamente percebeu que estava em apuros.

Deixou cair o telefone e correu para longe das janelas. Percorrera uns 5 metros da ampla sala de estar quando um projétil atravessou a vidraça e explodiu.

Os pedestres na rua abaixo ouviram a explosão. Olharam para cima e viram chamas saindo pelas janelas da cobertura. A primeira coisa que lhes passou pela cabeça foi que talvez um avião tivesse se chocado contra o edifício. Correram em meio a uma chuva de vidro e destroços que começava a cair.

O telefone de Murphy tocou.

– Michael falando.

– Professor Murphy.

– Sim, Shari. Alguma notícia de Paul? Está melhor?

– Não, nada de novo. Continua em estado crítico. Estou com ele no hospital. Você viu as notícias?

– Não, estava lendo.

– Shane Barrington morreu numa explosão de sua cobertura. Eu estava na cafeteria quando veio o anúncio no noticiário da noite. Os bombeiros ainda estão tentando apagar o fogo. Ninguém sabe ao certo como aconteceu. Pensei que você gostaria de saber.

– Obrigado, Shari. Algo muito sombrio e terrível está acontecendo, tome cuidado.

– Tomarei. A polícia continua me dando cobertura. Há um policial comigo no hospital, e à noite um carro da polícia estacionado na frente da minha casa. Mas continuo com medo.

– Eu sei, Shari. Sinto muito, sei que é tudo por minha causa. Parece pouco, mas rezarei por você e por Paul. Vá para casa e tente descansar um pouco. Obrigado por me informar sobre Barrington. Vou falar com Levi sobre o que está acontecendo.

QUARENTA E SETE

Nos arredores de Ashdod, 1083 a.C.

O TERMO "PENOSO" mal é capaz de descrever a jornada de 16 quilômetros a partir de Ashdod, perto do grande mar chamado Mediterrâneo. A marcha continente adentro até Gath e ao grande povoado de gigantes foi uma tortura, no mínimo. Os sacerdotes do Templo de Dagon não podiam montar cavalos nem camelos por causa dos tumores. Tinham de andar, e a marcha fazia sangrar os tumores de alguns. Cada rosto estampava uma expressão de sofrimento.

Cadmiel falou aos outros sacerdotes:

– Queria nunca ter visto a Arca da Aliança dos israelitas. Tomara que, quando estiver em lugar seguro, em outra cidade, a praga desapareça de Ashdod.

Os outros sacerdotes concordaram com a cabeça e praguejaram em voz baixa.

O guarda da torre de vigia na muralha de Gath viu os forasteiros se aproximarem. Vinham à frente de um carro puxado por uma junta de bois que transportava algo.

– Há um grupo de pessoas se aproximando da cidade, a noroeste! Parece que vêm da direção de Ashdod – gritou o guarda ao capitão, abaixo no pátio.

– Quantos são?

– Contei 14. Caminham muito devagar.

– Parecem amigáveis ou inimigos?

– Levam a bandeira de nosso povo. Estão muito longe para termos certeza, mas parece que estão usando as vestes dos sacerdotes de Dagon.

– Fique de olho neles – gritou o capitão.

Levou mais duas horas para que os sacerdotes de Ashdod chegassem às portas de Gath. Foram autorizados a entrar e ir ter com os anciãos da cidade. Cadmiel ouvira sobre a existência de filisteus gigantes em Gath, mas não imaginava o tamanho deles. Os homens mais baixos e grande parte das mulheres pareciam medir 1,80m de altura. A maioria tinha pouco mais de 2 metros e alguns chegavam a 2,50m. Cadmiel chegou a ver alguns com quase 3 metros. Impressionou-se ao vê-los.

– Esses gigantes dão medo. Ainda bem que são filisteus.

Cadmiel falou-lhes da guerra com os israelitas, da captura da Arca da Aliança, do mistério da estátua de Dagon — que caíra ao chão diante da Arca — e descreveu a praga. Por fim, perguntou aos companheiros filisteus se eles poderiam ficar com a Arca.

Trophet, a mais alta autoridade entre os anciãos, começou a rir. Outros anciãos se juntaram a ele.

– É uma história e tanto – disse ele depois de aplacado o riso. – Esse baú de ouro com querubins em cima não causaria a queda de Dagon. Parece ter sido falha de engenharia. E quanto à praga... – Trophet riu mais um pouco.

Sofrendo com as dores, Cadmiel não achou nada engraçado.

– Nunca ouvimos nada parecido – prosseguiu o ancião. – Acho que os tumores resultam do medo.

Todos os anciãos riram.

– Será um prazer ficarmos com sua "temível Arca". E vamos levá-los numa carroça de volta para casa. É uma longa caminhada até Ashdod.

Cadmiel teve uma sensação de alívio ao sair de Gath.

Podem ser grandes, mas não parecem muito espertos, *pensou consigo mesmo.*

Em dois dias a cidade de Gath foi atingida por dolorosos tumores. O fato de recaírem sobre gigantes implicava tumores maiores. Não tardou para que tirassem de sua cidade a Arca da Aliança e a enviassem ao norte, para o povoado de Ekron, onde os filisteus tinham a reputação de cortar o tendão da perna dos cavalos do inimigo e escravizar as pessoas capturadas. Talvez eles pudessem lidar com a Arca.

A notícia sobre os tumores já alcançara Ekron quando levaram a Arca para lá. Os líderes da cidade não estavam nada satisfeitos.

– Os gigantes trouxeram a Arca do Deus de Israel para matar nosso povo!

Bastou uma noite da Arca em Ekron para a cidade conhecer a destruição mortal da praga. Um grande clamor se ergueu do povo. Estavam em pânico. Os anciãos, os sacerdotes, os vaticinadores se reuniram no dia seguinte para elaborar um plano.

– Vamos mandar embora o Arca do Deus de Israel – disse o chefe dos anciãos. – Que ela volte a seu lugar, para que não nos mate, não mate nosso povo.

– Perguntemos a Zereida o que pensa – propôs outro ancião. – Ele é um dos magos e um sábio vaticinador.

Todas as cabeças voltaram-se para Zereida, que fez uma breve pausa, como se refletisse.

– Se mandarem embora a Arca do Deus de Israel – disse –, não a mandem vazia. Precisamos devolvê-la com uma oferenda expiató-

ria. Assim poderemos ser curados. E se a praga não cessar depois da oferenda e da devolução da Arca, saberemos que não foi o Deus dos israelitas que enviou a peste.

– Qual deve ser a oferenda expiatória ao Deus israelita? – perguntou o ancião principal.

– Sugiro cinco tumores de ouro e cinco ratos de ouro, número correspondente aos cinco senhores e às principais cidades filisteias. A mesma praga atingiu todos vocês e seus senhores. Portanto, devem fazer imagens dos tumores e dos ratos que infestam a terra, além de glorificar o Deus de Israel. Talvez alivie o mal que se abateu sobre vocês, os deuses e a terra.

Os sacerdotes não gostaram dessa sugestão. Não queriam glorificar o Deus dos israelitas.

– Por que endurecem seus corações, como os egípcios e o faraó? – prosseguiu Zereida. – Quando o Deus israelita fez proezas contra eles, não deixaram o povo partir?

Ninguém tinha outra sugestão.

– Façam então um novo carro e atrelem nele duas vacas leiteiras que nunca puxaram carro. Cuidem de afastar delas seus bezerros. Em seguida, peguem a Arca da Aliança e a coloquem no transporte. Ponham as oferendas, os tumores e os ratos de ouro dentro de um baú perto da Arca, e a despachem. Observem a distância se as vacas puxam o carro na direção do território israelita, na direção de Beth Shemesh. Poderão saber se o Deus de Israel orienta as vacas se elas abandonarem seus bezerros e tomarem um caminho totalmente desconhecido.

Os homens de Ekron seguiram o conselho de Zereida. Para espanto de todos, as vacas seguiram diretamente para o caminho de Beth Shemesh. Não viraram para a esquerda nem para a direita, não pararam para beber água, nem para pastar. Os nobres filisteus acompanharam o carro até a fronteira de Beth Shemesh. Dali, a uma distância segura, o viram desaparecer.

QUARENTA E OITO

A NOITE COMEÇARA a cair quando Murphy, Wagoner e Clyde Carlson se aproximaram da antiga casa de fazenda nos arredores de Raleigh. Situava-se no final de uma estrada de terra, a uns 500 metros da rodovia principal, possuía dois andares com três janelas de empena no segundo. A luz estava acesa na empena do centro. Uma varanda coberta circundava a casa toda. Viam-se luzes acesas pelas janelas do andar de baixo, mas as cortinas impediam a visão do interior, afora umas sombras que se moviam de vez em quando. A casa devia ter sido construída no início dos anos 1900. Diante dela havia cinco carros último modelo estacionados.

Os degraus de madeira para a varanda pareciam precisar de reparo havia anos. A pintura dos pilares redondos que a sustentavam estava descascada e as tábuas de madeira do assoalho rangeram quando eles passaram em direção à porta. Bateram. Ninguém falou, mas todos se entreolham, apreensivos.

Quando a porta se abriu, recebeu-os uma mulher de uns quarenta e poucos anos, cujo rosto possuía mais rugas do que o normal para alguém de sua idade. Vestia-se de modo muito parecido com as ciganas.

– Bem-vindos, sou Carlota, assistente de Madame Estelle. Por favor, entrem e juntem-se aos outros. Estamos para começar.

Foram conduzidos a uma grande sala com iluminação fraca. Os móveis e objetos fizeram-nos sentir como se estivessem nos anos 1920. Havia outras dez pessoas na sala: quatro homens e seis mulheres, que viram Murphy, Wagoner e Carlson entrar, mas não lhes dirigiram a palavra. Murphy não saberia dizer se estavam sendo descorteses ou tinham vergonha de serem vistos lá.

– Por favor, sigam-me – disse a mulher que se apresentara como Carlota. – Realizaremos as curas na sala de jantar.

No centro da sala havia uma grande mesa com 14 cadeiras ao redor, cinco de cada lado, três numa extremidade e uma presumivelmente para Madame Estelle à cabeceira. Sobre a mesa, um candelabro de chamas fracas projetava estranhas sombras nas paredes.

– Parece um cenário de filme B de terror – comentou Murphy, inclinando-se e sussurrando no ouvido de Wagoner.

– Por favor, permaneçam sentados. Madame Estelle estará com vocês daqui a pouco.

Logo uma música começou a tocar ao fundo e Madame Estelle entrou, também em trajes de cigana e com um lenço colorido na cabeça. Usava maquiagem pesada, sombra escura nos olhos e batom vermelho vivo. Por um momento Murphy quase riu; ela parecia ridícula, mas ele se conteve.

Ela sentou e imediatamente fechou os olhos, como se estivesse meditando ou esperando que algum espírito se comunicasse. Todos observavam em silêncio. Finalmente, ela abriu os olhos e olhou ao redor da sala. Murphy, Wagoner e Carlson estavam sentados na extremidade da mesa, de frente para Madame Estelle.

Tão logo seus olhos encontraram os de Murphy, ele pensou ter notado um lampejo de medo em seu rosto. Ela em seguida olhou para Wagoner, e o olhar de medo transformou-se em raiva.

– O que os senhores estão fazendo aqui?

Chocados com aquela abertura, todos permaneceram em silêncio.

– Vocês não acreditam! Não têm lugar nesta reunião! Vão perturbar o espírito de cura.

Em seguida sua voz tornou-se mais grave:

– Devem sair desta sala! São uma força negativa!

Wagoner e Carlson, que já se sentiam desconfortáveis, começaram a se levantar. Murphy não se moveu. Não gostou de ser enfrentado em público, e seu temperamento irlandês inflamou-se.

– Estamos aqui para ver se o que você diz é real. Vamos ver se você realiza as supostas curas.

– Não. Precisam ir embora daqui!

– Com que poder realiza as curas? – contra-atacou Murphy, colocando um pouco mais de força na voz. – É em nome de Jesus?

Ouviu-se uma gargalhada estridente que deixou todos perplexos. Os olhos dos visitantes se arregalaram.

A cabeça de Madame Estelle foi para a frente e caiu sobre a mesa com um baque surdo. Todos deram um salto. Por um momento seu rosto permaneceu colado ao tampo da mesa e ela não se moveu, como se tivesse sido nocauteada.

Em seguida, ergueu a cabeça, de olhos saltados, como os de um animal selvagem; parecia numa espécie de transe. Quando ela abriu a boca e começou a falar, saiu uma voz grave e masculina que provocou arrepios nas espinhas de todos.

– Incrédulos! Inimigos do Mestre!

Enquanto falava, ela agarrou a mesa, levantou-se, ergueu a cabeceira e virou a mesa para o lado, atingindo um dos visitantes que tentava, aos tropeções, se afastar. Outros gritaram e saíram da sala correndo.

Murphy, Wagoner e Carlson pareciam colados no assento.

Wagoner gritou para Murphy:

– Michael! Isso é real!

– Eu sei! – ele respondeu, levantando-se rapidamente.

Murphy deu um passo adiante.

– Como se chama?

A voz grave e masculina começou a praguejar, e Madame Estelle pegou uma cadeira e jogou-a em Murphy, que se abaixou e não foi atingido. Wagoner desviou-se para o lado a tempo, mas Carlson não teve tanta sorte. Foi atingido e caiu no chão. Seu nariz sangrou.

Wagoner juntou-se a Murphy e falou:

– Qual é seu nome, demônio? Em nome de Jesus, diga seu nome!

– Me deixem em paz!

Wagoner enfiou a mão no bolso e puxou a pequena Bíblia que sempre carregava consigo. A essa altura todos os visitantes tinham ido embora.

Carlota, a assistente de Madame Estelle, medrosamente se aproximou e a tocou no ombro, por trás.

– Madame Estelle, por favor...

Não teve tempo de completar a frase. Madame Estelle a golpeou com força sobre-humana, arremessando-a contra a parede. Carlota caiu no chão. Sua boca sangrava no ponto em que fora atingida.

– Já chega, demônio! – gritou Murphy. – Em nome de Jesus, ordenamos que se sente!

Madame Estelle parecia lutar contra alguma força invisível enquanto se dirigia a uma cadeira que permanecera em pé, até que conseguiu sentar-se, com olhar feroz e selvagem. Sua cabeça balançava de um lado para o outro. Sons guturais irrompiam de seus lábios.

Murphy e Wagoner se entreolharam. Não acreditavam no que estava acontecendo. Só tinham ouvido histórias sobre acontecimentos desse tipo. Nunca tinham estado frente a frente com algo desse tipo.

– Qual é seu nome? Em nome de Jesus, ordenamos que fale!

A cabeça de Madame Estelle sacudiu para a frente e para trás com rapidez.

– Engano! – ela por fim falou, com voz grave e masculina.

– Há outros demônios aqui? – interveio Wagoner.

– Sim.

– Quais são seus nomes? Ordenamos que fale!

Madame Estelle se retorceu violentamente na cadeira.

– Curandeiro Negro – respondeu ela, com outra voz.

– Fraude! – acrescentou uma terceira voz desconhecida.

– Há mais algum? – perguntou Murphy.

– Não.

– Ordenamos que os três deixem essa mulher imediatamente.

Madame Estelle se contorceu, gritou, arqueou as costas e caiu no chão em espasmos até que finalmente se imobilizou.

Carlota, a assistente, segurava a boca e choramingava no canto da sala destruída. Carlson ainda estava no chão, expressão de choque no rosto. Murphy olhou para Wagoner, que respirava pesadamente, e lhe retribuiu o olhar.

– Bob, você está bem?

– Estou. Mas tremendo por dentro. Que pesadelo, nunca fiz nada parecido na vida.

– Nem eu – acrescentou Murphy, sacudindo a cabeça.

– Acho que nunca mais vou querer fazer de novo, foi como chegar à beira da escuridão e encarar o diabo. Existem forças por aí no mundo com as quais nunca sonhei.

Madame Estelle começou a chorar. Murphy e Wagoner se aproximaram dela.

– Você está bem? – perguntou Murphy.

Ela sentou e olhou para eles, já sem dureza e distância. A expressão em seu rosto se suavizara.

– Por quanto tempo esteve sob o controle deles? – inquiriu Wagoner.

– Até onde posso lembrar, acho que tudo começou quando minha mãe me levou com ela a uma cartomante. Isso me atiçou a curiosidade. Iniciei a leitura acerca do sobrenatural e o oculto, e passei a ter pesadelos terríveis. Eu me tornei uma criança muito raivosa e rebelde. Depois me aprofundei no assunto e cheguei a entrar para uma igreja satânica. Com 20 anos, comecei a me sentir capaz de prever o futuro. Com vinte e tantos, passei a atender pessoas em busca de cura. No princípio, pensei que estava ajudando. Mas em pouco tempo passei a ter depressões profundas. Eu lutava contra maus pensamentos, e não demorou para que os pesadelos se transformassem em terrores noturnos.

– Como está se sentindo agora? – perguntou Wagoner.

– Não sei ao certo. Sinto que um grande fardo foi tirado de meus ombros. Sinto uma paz que nunca experimentei. Por favor, fale sobre o que aconteceu comigo.

Murphy sorriu gentilmente. Isso exigiria alguma delicadeza.

QUARENTA E NOVE

ÍSIS ESTAVA EM conflito ao ligar para o número da Preston University. Queria que Murphy atendesse o telefone. Queria ouvir sua voz e conversar com ele. Sentia muito sua falta. Por outro lado, estava nervosa e, de certa forma, esperava que ele não atendesse. E se ele não quisesse falar com ela? Tamborilou com os dedos na mesa enquanto o telefone de Murphy tocava.

– Preston University. Aqui é Susan. Posso ajudar?

– Sim, Susan. Posso falar com o escritório do professor Michael Murphy?

– Um momento, por favor. Vou transferir a ligação.

Ísis continuou a tamborilar com os dedos enquanto continuava a ouvir o chamado do outro lado da linha. Espantava-a a intensidade de seu nervosismo. O coração batia como se fosse saltar fora do peito. Depois do quinto toque, sentiu-se decepcionada. Já ia desligar o telefone quando ouviu alguém atender.

– Escritório do professor Murphy. Shari falando.

Ísis levou o fone de volta ao ouvido.

– Alô, Shari. Aqui é Ísis McDonald.

– Olá, professora McDonald. Desculpe a demora em atender o telefone. Eu estava no laboratório, com um frágil manuscrito nas mãos.

– Entendo, Shari. Não dá para simplesmente largar um manuscrito antigo.

– Eu o estava colocando de volta no umidificador.

– Shari, aproveitando que atendeu... Lamento muito pelo encontro terrível com Talon. Deve ter sido assustador.

– E foi. Ainda acordo no meio da noite pensando nisso. Quase perdi a vida.

– Entendo o que quer dizer. Ainda tenho pesadelos em que ele me estrangula. Não creio que essas cicatrizes emocionais se curem rapidamente. Michael também me falou de Paul Wallach. Como ele está?

– Receio que ainda esteja em estado crítico – respondeu Shari com voz triste. – Parece até que está piorando.

– Lamento muito. Estive pensando em vocês dois, sei que eram bem próximos.

– Todos na igreja rezam por ele. Não sei o que Deus quer nos ensinar com isso. O professor Murphy tem dado todo apoio neste momento difícil. Sei que está se sentindo muito mal.

– Ele está aí?

– Agora, não. Teve de ir a uma reunião de professores. Posso lhe dizer que retorne a ligação.

Ísis sentiu-se desapontada, mas de algum modo aliviada por não encontrá-lo.

– Não, não se preocupe.

– Posso ajudá-la em alguma coisa?

– Poderia dar um recado a ele? Diga, por favor, que encontrei mais algumas informações sobre o rei Yamani. Pesquisei mais e descobri que um antigo historiador escreveu sobre a destruição do Templo de Dagon. Em poucas linhas ele menciona que, depois da destruição do templo, os sacerdotes de Dagon construíram uma passagem ligando-o a outro edifício nas proximidades. Esse edifício tornou-se temporariamente um lugar de culto. Acredita-se que os sacerdotes tenham transferido para esse lugar todos os objetos sagrados do templo. Talvez o que Michael está procurando esteja nesse outro local.

– O texto menciona em que direção segue a passagem?

– Não menciona mais nada. Pensei que essa informação poderia ser útil a Michael antes de ele partir para a exploração. Talvez ele consiga descobrir onde fica essa passagem.

– Vou passar a informação. Gostaria que eu dissesse mais alguma coisa a ele?

Ísis queria dizer muitas coisas, mas apenas para os ouvidos de Murphy.

– Não. Obrigada, Shari. É só isso.

– Tudo bem.

– Espero que Paul melhore logo. Estarei pensando em vocês.

– Obrigada. Também espero.

Ao desligar, Ísis se deu conta de que queria dizer mais. Queria ter contado a Shari sobre o que lhe acontecera depois que Murphy rompera o relacionamento.

Foi devastador. As pessoas que trabalhavam com ela na Fundação Pergaminhos da Liberdade perceberam sua depressão. Uma colega, Lisa, perguntou-lhe o que estava acontecendo. Então, Ísis se soltou e começou a soluçar, liberando toda a tristeza reprimida. Contou, então, por que estava daquela maneira.

Lisa a ouviu com tanta compaixão que Ísis realmente sentiu que a colega se importava com ela. Ao longo das semanas seguintes a nova amiga deu-lhe conselhos e opiniões. Certo dia, Lisa a convidou para acompanhá-la num estudo da Bíblia para solteiros. Foi lá que passou a se envolver mais com a Bíblia e a entender o que significava ser cristão.

Certa noite, sozinha em seu quarto, Ísis chegou a um ponto em que chorou e finalmente entregou seu coração a Deus. Ajoelhou-se ao lado da cama e pediu a Cristo que entrasse em seu coração, tomasse posse de sua existência e a transformasse. Era o que faltava em sua vida, ela sentiu.

Depois dessa experiência, Ísis sentiu uma onda de paz invadi-la. Sim, ainda sofria com a perda de Murphy, mas sabia que no fundo, de algum modo, ela ficaria bem. Também descobriu um forte desejo de começar a ler a Bíblia, o que lhe trouxe muito conforto.

Ísis desejava contar a Murphy sobre sua mudança, sobre o que acontecera, mas algo não a deixava fazer isso. Não queria que ele pensasse que ela adotara a fé apenas para reconquistá-lo. Não queria parecer que implorava para que ele voltasse. Queria que ele voltasse por vontade própria. Que a decisão fosse dele, não algo induzido ou forçado.

Ísis também se resignou com o fato de que talvez nunca voltassem a estar juntos. Sabia que teria de se tornar uma mulher de Deus pelos próprios meios. Assim, passou a mergulhar no trabalho e a frequentar os estudos bíblicos com a amiga Lisa.

Em várias ocasiões fora abordada por homens que queriam sair com ela, mas recusou. Eles eram atraentes, mas Ísis não queria entrar num relacionamento "de salvação". Sabia que era melhor deixar-se curar sem complicações adicionais.

Entregou-se a Deus e passou a confiar nele a fim de ter foco e direção. Não foi fácil no início, mas se tornou mais confortável a cada dia.

Ísis permaneceu imóvel, no escritório, depois de falar com Shari. Com o olhar distante, inúmeros pensamentos passaram-lhe pela cabeça.

Meu Deus. Por favor, me ajude a enfrentar os dias difíceis. Por favor, me ajude a ser honesta com meus sentimentos e não ser soterrada por eles. Me ajude a confiar no Senhor cada dia mais. Deus, o Senhor atende em domicílio? Eu o chamaria...

CINQUENTA

GABRIEL QUINTERO ERA policial há 13 anos. Cuidara de muitos casos ao longo da carreira, desde trabalho burocrático até os de grande emprego de força física. Os mais difíceis foram os de vigiar algum criminoso, à espera de que ele cometesse um crime, ou ficar de guarda para alguém no hospital. A inatividade era difícil para um homem que ansiava por ação. Ele andava de um lado para outro diante da porta de cuidados intensivos quando Murphy chegou ao hospital.

– Boa-noite, Gabriel. Dia longo?

– É o que me parece, professor Murphy. Não me importo com a responsabilidade de vigiar as pessoas, mas só ficar parado pode ser muito chato. Meu corpo pede movimento.

– Bem, obrigado pelo que está fazendo, mesmo que não seja fácil para você.

– É o meu trabalho, doutor – disse, deixando a passagem livre para Murphy entrar.

Shari estava numa cadeira ao lado da cama de Paul. Murphy aproximou-se, deu-lhe um abraço e olhou para todos os monitores e fios ligados ao corpo de Paul para registrar respiração, batimentos cardíacos e atividade cerebral.

– Alguma mudança?

– Na verdade, não. Mas parece que os médicos e enfermeiras têm vindo com mais frequência. – Ela parecia muito preocupada.

– Acho que vou falar com um deles, para ver se me dizem algo novo.

Murphy encontrou o Dr. Thornton conversando com uma enfermeira num corredor.

– Boa-noite, Don.

– Olá, Michael. Não o vi nos dois últimos dias.

– Fiquei mal por causa disso, mas estava atolado de trabalho. Como está Paul Wallach? Shari me disse que os médicos e enfermeiras têm entrado e saído do quarto mais vezes.

Thornton balançou a cabeça.

– Sinto muito, Michael. Ele pode ir a qualquer momento. Suas funções vitais estão cessando, não há nada a fazer. Creio que ele não tem nenhum parente vivo. É bom que Shari tenha ficado ao lado dele, e me sinto feliz por você estar aqui agora para confortá-la.

Murphy moveu a cabeça com ar grave.

– Entendo. Obrigado, Don.

Murphy voltou ao quarto, puxou uma cadeira para perto de Shari e pôs o braço em seus ombros.

– O doutor Thornton disse que ele não tem muito tempo. Eles fizeram tudo o que podiam.

Shari começou a chorar. Murphy entregou-lhe alguns lenços de papel. Ela assoou o nariz e tentou falar.

– Acho que Paul estava tentando mudar de vida depois de trabalhar para Shane Barrington. Começava a voltar para a igreja e parecia mais afetuoso do que nunca.

– Acha que ele tomou algum tipo de decisão a respeito de fé, Shari?

– Não sei. Ele, por certo, conhecia o assunto. Conversamos várias vezes a esse respeito. Mas não tenho certeza. É isso o que mais me incomoda.

Shari pegou a mão de Paul e a acariciou.

Murphy orou com ela e permaneceram ali sentados por cerca de dez minutos. Olhou para o armário ao lado da cama de Paul e viu uma pilha de cartões.

– É bom que muitas pessoas tenham enviado cartões a Paul – disse Murphy.

– A maioria deles veio de pessoas da igreja. Eu os abri e li para Paul. Não sei se ele me ouviu, mas li assim mesmo. Os de cima chegaram hoje, ainda não os abri. Há mais na gaveta.

Murphy pegou a pilha e olhou os remetentes. Muitos dos nomes ele reconheceu. Um cartão, no entanto, estava sem o remetente. Por curiosidade, ele o abriu e começou a ler.

As rosas são vermelhas
Há também as amarelas
Por causa do bastão de beisebol
Paul Wallach vai esticar as canelas.
... eu o chutei com muito prazer.

Murphy não acreditava no que lia.

Lamento os inconvenientes.
Geralmente morrem depressa e dolorosamente.
Devo dizer, no entanto, que há certo prazer
em ver os outros sofrerem.
A dor dele e a sua dor ajudam
a fazer passar a dor em meu dedo.

Até a próxima!

Murphy ficou furioso. Quis gritar, sair correndo. Rangeu os dentes e olhou para Shari. Ela prestava atenção em Paul. Sem dizer nada, Murphy pôs o cartão no bolso do paletó. Não quis que Shari lesse aquilo. Esperava não ter estragado alguma impressão digital que pudesse haver no cartão. Seu temperamento irlandês fervia. Respirou fundo várias vezes para se acalmar.

A certa altura seus olhos foram atraídos para um dos monitores. Uma pequena luz vermelha começara a piscar. Logo em seguida Murphy ouviu um bipe. No monitor cardíaco, a linha em ziguezague começou a se transformar numa reta e o sinal sonoro passou a contínuo. Não se ouviam mais bipes.

Shari arregalou os olhos, incrédula. Sabia que era apenas questão de tempo, mas mesmo assim foi pega de surpresa.

Duas enfermeiras correram para o quarto, seguidas por uma terceira, que empurrava uma maca. O sinal azul as alertara. Murphy e Shari abriram espaço para que aplicassem o desfibrilador no peito de Paul.

– Pronto!

– Já.

O corpo de Paul estremeceu, mas o único som era o zumbido surdo do monitor cardíaco. Fizeram mais três tentativas, e o Dr. Thornton entrou na sala em seguida. Ele injetou algo no braço de Paul e tentaram mais uma vez restabelecer os batimentos do coração.

O Dr. Thornton debruçou-se sobre Paul e levou o estetoscópio ao pescoço e ao peito do paciente. Por fim, ergueu o tronco e balançou a cabeça. Fez-se um silêncio no quarto, quebrado apenas pelos soluços de Shari.

O funeral estava bem concorrido. A maioria das pessoas era da igreja. Algumas outras da comunidade, que ouviram o noticiário, também estavam presentes. Como o caso fora considerado homicídio, três estações de televisão cobriam o serviço fúnebre. Uma meia dúzia de policiais fora designada para vigiar a multidão.

O pastor Bob Wagoner conduziu o serviço e as exéquias ao lado da sepultura. Shari vestia preto, e Murphy, sentado a seu lado, tinha o braço em seus ombros. Ela enxugava as lágrimas o tempo todo.

Prcurando distrair-se da própria dor, Murphy observava a multidão. Tentaria Talon usar um disfarce e comparecer ao funeral? Murphy achava que não, mas estava alerta. Por dentro, sentia a raiva crescer. Talon tinha de ser detido. Não podia continuar matando inocentes. A decisão de pôr um fim àquele reinado de terror começava a lhe consumir os pensamentos.

Olhou para Shari e deu-lhe um abraço. Ela olhava fixamente o caixão. Estava sem energia, entorpecida, como se presa num pesadelo. A realidade bateu com toda a força quando o caixão baixou à sepultura. O relacionamento deles nunca teria uma chance de progredir. Mas, acima de tudo, ela sentia uma dor no peito por saber que o destino de Paul estava selado.

Shari se levantou e foi até a beira da sepultura. Olhou para baixo e deixou cair a rosa vermelha que levava na mão.

Adeus, Paul.

Virou-se e, chorando, afundou o rosto no peito de Murphy.

CINQUENTA E UM

O TÁXI FOI desacelerando e parou. O motorista começou a praguejar em italiano por causa do trânsito e das pessoas que atravessavam a rua. Talon apenas sorriu. Há muito aprendera que a paciência era uma virtude... Especialmente quando se trata de perseguir alguém. Os altos ganhos que obtinha como assassino facilitavam um pouco.

Ocupou-se admirando pela janela a bela Fontana di Trevi, em frente ao Palácio de Netuno. Há anos não ia a Roma, mas se lembrava bem da cidade.

O sinal abriu e logo o trânsito voltou a andar, e o táxi passou por uma das mais antigas edificações de Roma, o majestoso Panteão. Pelo que recordava, o Panteão fora construído em 27 a.C. por Marcus Vipsanius Agrippa e mais tarde reconstruído por Adriano em 118 d.C. Talon olhou para o domo a quase 45 metros acima do chão.

Espantoso!

Não demorou muito para que passassem por seu monumento preferido de toda a Roma... o Coliseu, construído por Vespasiano e Tito.

– É grande, *signore*, *no*? – comentou o motorista do táxi, olhando Talon pelo espelho retrovisor. – Dizem que cabiam 45 mil espectadores aí dentro.

Teria sido muito interessante ver toda a carnificina que acontecia aí.

O táxi entrou na Via Vittorio Veneto.

Hum..., pensou Talon. *Excelente localização. O escritório dele não fica longe da Piazza Barberini. Boa escolha.*

O táxi parou na frente de um dos edifícios mais tradicionais de Roma, e Talon desceu com uma única peça de bagagem, parecida com uma capa de violão. Na placa de bronze próxima ao lado da porta de folha dupla lia-se:

INSTITUTO DA HARMONIA RELIGIOSA **Dr. Constantine De La Rosa, fundador** **Bem-vindos os que amam a paz e a unidade religiosa**

Talon notou que a área de recepção era moderna e elegante, mas sem ostentação. De La Rosa era esperto demais para não demonstrar que gastava todo o dinheiro das doações em imóveis e mobília, pensou. Queria que as pessoas acreditassem que seu objetivo era ajudar o homem comum e não enriquecer a si mesmo.

– Posso ajudá-lo, senhor? – disse a recepcionista com um sorriso grande, caloroso e acolhedor. – Estamos felizes com sua presença aqui hoje.

Eles a treinaram bem, pensou Talon.

– Sim, tenho um encontro marcado com o doutor De La Rosa.

– Obrigada, vou avisar sua assistente. Pode sentar-se ali. Fique à vontade para pegar uns folhetos sobre a futura Cúpula da Unidade Mundial. Vamos realizá-la aqui em Roma, em setembro.

– Senhor Talon? Meu nome é Gina. Sou assistente do doutor De La Rosa. Ele vai recebê-lo agora.

Talon seguiu a assistente por um corredor largo de brilhantes azulejos e entrou numa modesta sala de espera. Ela bateu e abriu a porta do escritório.

– Doutor De La Rosa, gostaria de lhe apresentar o senhor Talon.

De La Rosa estava atrás de uma mesa grande, vazia demais em comparação à de um executivo que trabalhasse regularmente.

Talon imediatamente se impressionou com sua aparência quando ele se levantou para apertar-lhe a mão. De La Rosa tinha um rosto radiante, barbeado, bronzeado de sol, mandíbulas salientes. Sem sardas, pintas nem manchas. Tinha olhos amendoados, de uma estranha cor castanho-avermelhada, como de folhas no outono. Seu nariz grande, caracteristicamente romano, se destacava contra os cabelos pretos mesclados de cinza acima das orelhas, o que lhe dava um aspecto muito distinto. Quando sorriu, deixou à mostra dentes muito brancos e incrivelmente bem-formados. Havia algo nele que fazia as pessoas quererem ficar olhando.

Parece um Apolo.

De La Rosa estendeu a mão para Talon, que largou a bagagem e ofereceu a mão esquerda, já que a direita continuava enfaixada. Talon sentiu a força do aperto. Embora fosse de grande estatura, teve de erguer o rosto para o musculoso De La Rosa, que media mais de 1,80m de altura.

Todos os movimentos de De La Rosa revelavam autoridade. Sua voz era grave, cheia de convicção, e o discurso demonstrava sabedoria e conhecimento.

– Senhor Talon, é um grande prazer conhecê-lo. Tenho ouvido falar muito do senhor.

– Tem? – Talon era sempre cauteloso com quem soubesse alguma coisa a seu respeito. Tentava manter sua vida em segredo.

– Sim.

De La Rosa hesitou um instante, olhando a mão direita de Talon.

– Sofreu um acidente?

– Um breve encontro com um bastão de beisebol.

– Os esportes coletivos podem ser perigosos algumas vezes – disse De La Rosa com um sorriso. – Você é um jogador importante. Precisa cuidar de si mesmo.

Talon não soube ao certo o que responder.

– Creio que temos alguns amigos em comum. Um grupo de pessoas chamado os Sete.

Embora Talon fosse capaz de controlar suas reações, sentiu o estômago se contrair. Os Sete pagavam bem por seus serviços, mas nem de longe ele os considerava amigos.

Como não gostava de conversa mole, foi logo ao ponto:

– Tenho algo que, creio, o senhor vai querer.

– E o que pode ser isso?

Talon abriu a mala que trouxera.

De La Rosa ficou curioso para ver o que havia dentro. Os olhos brilharam quando surgiu a Serpente de Bronze de Moisés. Todas as três peças haviam sido reunidas e polidas de tal modo que o olho humano não seria capaz de notar as emendas.

– Maravilhoso! Me falaram dessa relíquia, mas estar diante dela é realmente um privilégio extraordinário. Vai ser um símbolo muito útil em meu trabalho futuro. Como você sabe, em minha linha de trabalho, credibilidade é tudo. Obrigado pela diligência. Como conseguiu as três peças?

– Foi muito fácil encontrar a cauda e a parte do meio. Estavam em mãos de tolos, gente sem bastante dedicação para protegê-las. A cabeça estava perdida num poço profundo na Pirâmide dos Ventos. Precisei de um homem pequeno para descer com uma corda. Ele a acabou encontrando alguns centímetros soterrado na areia.

– E o homem que desceu no poço?

– Infelizmente a corda quebrou e não pude puxá-lo de volta para fora – disse Talon, com um sorriso sinistro. – A arqueologia é um negócio arriscado.

– Entendo. Creio que você tenha sido bem-recompensado por encontrar as peças da serpente e juntá-las.

– Sim, o dinheiro já está em minha conta na Suíça.

– Ótimo. Quero ter certeza de que você esteja sendo bem-cuidado. Podemos precisar de seus serviços em um futuro próximo. Quero que seja feliz.

– Sempre fico feliz ao receber dinheiro, doutor De La Rosa.

CINQUENTA E DOIS

DEPOIS DO FUNERAL Bob Wagoner convidou todos para o salão social da igreja da comunidade de Preston.

– As mulheres da igreja prepararam um lanche para todos. Sabemos que alguns de vocês vieram de longe para honrar a memória de Paul. E consideramos um privilégio oferecer alimento a vocês e um lugar para se encontrarem. O lanche deve ficar pronto para ser servido em cerca de 15 minutos.

Murphy estava nos últimos lugares da fila para o lanche quando Summer Van Doren se aproximou. Ela vestia um terninho preto bem-modelado, em agradável contraste com os belos cabelos louros.

– Vi o quanto Shari estava arrasada no funeral. Soube que ela e Paul estiveram juntos por um bom tempo e depois se separaram. Como ela tem passado?

– Tem sido difícil para ela. Ela não tem por perto ninguém da família para lhe dar apoio. Os membros da igreja têm sido muito gentis.

– O que acha de eu convidá-la para um fim de semana em minha casa? Assim pelo menos ela não ficaria sozinha. Poderíamos conversar e fazer algumas coisas de mulher.

– Seria ótimo. Shari certamente estará aberta para isso. Passou por um momento difícil. Mal saía da cabeceira de Paul, não queria que ele ficasse sozinho. Deve estar exausta.

O celular de Murphy tocou.

– Com licença – disse Murphy saindo da fila para ter um pouco de privacidade.

– Aqui é Murphy.

– Michael, Levi falando.

– De onde está ligando?

– Estou em Tel Aviv. Acabo de saber de Paul Wallach e do ataque a Shari. Como ela está suportando isso?

– O choque da morte de Paul acaba de ser assimilado. Exceto pelo fato de estar meio apavorada com Talon, acho que ficará bem. Ela é muito forte e tem uma fé firme em Deus.

– Por favor, lhe diga que estou pensando nela.

– Vou dizer.

– Mudando de assunto, finalmente consegui permissão do governo israelense para explorar o Templo de Dagon no sítio original de Ashdod.

– Isso é ótimo.

– Desculpe a demora. Houve muita burocracia por causa do assassinato de Moshe Pearlman. O acesso ao sítio esteve bloqueado enquanto os investigadores tentavam descobrir o que acontecera. Vasculharam a área em busca de provas. Encontraram poucas pegadas de pneus.

– Você foi ao local?

– Fui.

– O que tem lá? Dá para ver muita coisa do templo?

– Não muito, Michael. Só duas paredes de pedra e vários montes de terra.

– Só isso?

– Foi o que consegui ver. Não sei por que alguém iria àquele lugar. Ainda quer ir?

Murphy ficou pensando por um momento. Parecia uma causa perdida, mas o instinto lhe dizia que fosse e visse por si mesmo.

– Sim. Deve haver algo lá que ninguém encontrou ainda. Marcarei a passagem de avião e avisarei quando vou chegar. Pode me enviar algumas fotos do local?

– Mando para você amanhã por e-mail. Estou ansioso por sua chegada. Aliás, tem tido contato com Matusalém?

– Para falar a verdade, tenho. Encontrei com ele duas vezes, e não foi fácil passar por seis guarda-costas. Se ele não concordasse, eu nunca teria me aproximado. Sem dúvida, é bastante excêntrico. Ele fala tranquilamente com você por um tempo, depois simplesmente encerra a conversa e vai embora.

– Parece que ele gosta de estar no controle da situação.

– Com certeza. Mas passou algumas informações novas. Talon não está agindo sozinho. É contratado de um grupo de pessoas conhecido como os Sete. Já ouviu falar deles?

– Não, nunca ouvi nada a respeito. Vou verificar para você. Talvez alguém na Mossad tenha informações sobre esse grupo. Tem mais alguma informação sobre eles?

– Nada foi mencionado além do fato de que Matusalém odeia essas pessoas e está tentando se vingar delas por terem matado sua família.

– Nunca encontramos nenhuma pista do responsável pelo acidente aéreo que matou a família de Matusalém e aqueles líderes políticos de Israel. Se ele acredita que se trata do mesmo grupo, por certo nosso serviço de inteligência desejará saber a respeito. Vou comunicar a você o que descobrirmos. Nesse meio tempo, cuide-se.

Murphy voltou para o lado de Summer na fila.

– Era meu amigo Levi. Estávamos combinando uma expedição.

– Aquela sobre a qual você me falou, ao Templo de Dagon?

– Essa mesmo. Logo estarei de partida para Israel.

– Há algo em que eu possa ajudar?

– Não, nada... Além de ser amiga de Shari enquanto eu estiver fora.

– Tudo bem. Será bom conhecê-la melhor. Não se preocupe, cuidarei para que ela fique bem.

A ternura presente nos olhos muito azuis e no sorriso suave de Summer fez algo se agitar dentro de Murphy.

É uma mulher incrível.

CINQUENTA E TRÊS

MURPHY SEMPRE ESCOLHIA um assento no corredor quando viajava de avião. Não gostava da ideia de se ver bloqueado no caso de uma emergência. Também detestava passar por cima das pessoas ou fazê-las se moverem quando quisesse ir ao toalete ou simplesmente se esticar um pouco durante um voo longo. Passar dez, 12 horas sentado no mesmo lugar não era algo que o agradasse.

Ele estava em pé no corredor quando a aeromoça passou.

– Por favor, quanto tempo falta para chegarmos a Israel?

Ela parou e olhou para o relógio.

– Cerca de cinco horas, senhor.

As pessoas que gostam de viajar simplesmente não viajaram o bastante, pensou Murphy abafando um gemido.

Sentou-se e começou a relacionar os acontecimentos. Os Sete haviam usado Talon a fim de sabotar seus esforços para descobrir a Arca de Noé. Também obstruíram suas investigações acerca das informações do Dr. Harley B. Anderson sobre o nascimento de um certo menino. Mandaram matar Laura, Stephanie Kovacks, Shane Barrington, Ísis, Shari, o piloto do helicóptero Vern Peterson, Levi Abrams e ele mesmo, Murphy, que escapara por pouco da morte nas mãos de Talon ou de seus contratados. Muitas outras pessoas, como Paul Wallach, inadvertidamente entraram na linha de fogo. Mas uma pergunta permanecia: qual seria a extensão dos planos sombrios dos Sete?

Seus pensamentos voltaram-se para Matusalém. Por qual razão queria que Murphy descobrisse o Templo de Dagon? Em que os Sete seriam prejudicados caso recuperasse o Pote de Ouro com maná e o Cajado de Aarão? Incapaz de resolver o enigma, Murphy passou a refletir sobre as experiências recentes com J.B. Sonstad, Madame Estelle e os demônios.

O mal parece estar aumentando e os Sete estão bem no meio disso tudo.

A certa altura Murphy acabou cochilando e mergulhou num sono agitado.

Um voz da cabine surgiu nos alto-falantes, assustando Murphy.

– Por favor, fechem as bandejas... Ponham os assentos em posição vertical... E apertem o cinto de segurança. Estamos finalizando a descida para o aeroporto. Devemos chegar em vinte minutos. Caso queiram ajustar os relógios, são 7h32 em Israel.

Murphy ficou feliz com o fim da viagem. Seu corpo avantajado clamava por sair daquele espaço exíguo. *Alguém da Inquisição espanhola deve ter projetado esses assentos apertados.*

O avião inclinou-se um pouco para a direita e ele pôde ver os prédios altos de Tel Aviv-Yafo, o maior e mais importante centro comercial de Israel. Tel Aviv tornara-se uma das cidades mais modernas do Oriente Médio. Ao descerem ainda mais, foi possível avistar os inúmeros edifícios modernos à beira do Mediterrâneo. Há anos Murphy não ia a Tel Aviv.

Levi Abrams encontrou Murphy ainda dentro do terminal. Ao vê-lo, abriu um grande sorriso. Abraçaram-se e deram-se tapinhas nas costas.

– Como foi a viagem?

– Longa, como sempre. Que bom é voltar a pôr os pés no chão!

– Dê-me o passaporte. Vou fazê-lo passar pela alfândega sem ficar na fila.

– Gosto de seu estilo, Levi.

– Michael, sei que fez uma longa viagem e deve estar um pouco cansado. Gostaria de ir para um motel descansar um pouco ou está pronto para seguir para Ashdod?

– Vamos tomar café e seguir para Ashdod. Sinto que o tempo é crucial.

– Tem mais alguma informação sobre algo que vá acontecer?

– Não. Só uma forte sensação de que essa expedição é importante. Descobriu alguma coisa a respeito dos Sete?

– Não, ninguém nunca ouviu falar. Não há absolutamente nenhum registro da existência deles. Tem certeza de que Matusalém não está apenas jogando com você?

Murphy considerou essa possibilidade.

– Duvido. Não desta vez.

– Bem, designei outro agente da Mossad para vigiar o sítio do Templo de Dagon. Ele se chama Gideon. Está observando o local a distância. É um bom homem e sabe agir sem ser visto.

Não demorou para que Murphy e Levi passassem pela alfândega. Quase todos conheciam Levi, e os que não conheciam reconheceram a identificação da Mossad.

– Melhor pedir um grande café da manhã, Michael. Não há nenhuma lanchonete no lugar aonde vamos.

CINQUENTA E QUATRO

A VIAGEM DE Tel Aviv à moderna Ashdod levou cerca de trinta minutos, seguindo em direção ao sul. Dali, Levi e Murphy rumaram para o leste durante uns 6 quilômetros, até o sítio do Templo de Dagon.

– O que acha que está acontecendo, Michael?

– Não tenho certeza, Levi. Tudo começou quando passamos a procurar a Serpente de Bronze de Moisés, aquela que foi partida em três pedaços. Encontramos um manuscrito de um sacerdote caldeu chamado Dakkuri que menciona a Serpente de Bronze. Isso nos levou a um mapa que indica um lugar chamado Chifres de Boi. Laura tinha uma incrível capacidade de ler e entender mapas, um senso intuitivo da transformação geológica ao longo do tempo.

Levi ouvia atentamente.

– Acabamos por descobrir uma caverna repleta de ânforas de argila, aquelas bojudas na parte de baixo, com duas alças que se ligam como orelhas a um gargalo estreito.

Levi acenou com a cabeça.

– Laura encontrou uma delas selada com uma camada de cera. Retiramos a camada de cera e dentro encontramos um tecido grosseiro que envolvia uma peça de bronze de uns trinta centímetros de diâmetro. Estava enrolada como uma serpente em uma ponta e quebrada na outra. Demorou um pouco, mas acabamos descobrindo que era a cauda da Serpente de Bronze de Moisés.

– Descoberta incrível!

– Sim, era difícil acreditar que tínhamos encontrado algo tão antigo e significativo para nós. Ficamos tão empolgados que mal podíamos nos conter. Cheguei a pensar que precisaríamos de calmante.

– Eu também teria ficado empolgado. O que fez com a peça?

– Levamos para a Fundação Pergaminhos da Liberdade.

Levi tinha uma expressão estranha no rosto.

– Encontraram alguma outra parte da serpente?

– Sim. Ísis McDonald nos ajudou a descobrir. Foi encontrada na cidade de Tar-Qasir, ao sul da Babilônia. Descobrimos um caminho pelos esgotos que corriam sob a cidade. A parte do meio era objeto de culto por um certo grupo. Resgatamos essa parte arriscando nossas vidas.

– O que aconteceu com essa parte do meio?

Murphy começava a se perguntar por que Levi lhe fazia todas aquelas perguntas.

– A parte do meio acabou indo para a Universidade Americana do Cairo. Está sob os cuidados de Fasial Shadid, professor de cultura antiga e escritos antigos, e de seu assistente Nassar Abdu.

– E a história termina aí? – prosseguiu Levi com o interrogatório.

– Não propriamente. A parte da cauda foi roubada... duas vezes.

– Duas?

– Sim. Estava guardada na Fundação Pergaminhos da Liberdade. Um dia a assistente de Ísis, Fiona Carter, decidiu limpar o escritório de Ísis. Foi até a fundação e encontrou dois guardas mortos. Tinham sido mortos por falcões. Em seguida, ela foi ao lugar onde ficavam as antiguidades valiosas. A cauda da serpente fora roubada.

– Essa foi a primeira vez. E a segunda?

– Meses depois, um pacote estranho foi entregue na fundação pessoalmente e sem endereço de retorno. Destinado a Ísis McDonald. Dentro do pacote estava a cauda da Serpente de Bronze. Não havia nenhuma mensagem e ninguém sabe quem a devolvera nem por quê. Isso me parece coisa de Matusalém. O segundo roubo ocorreu recentemente. Três guardas foram mortos. Um deles por um falcão, outro com a garganta cortada e o terceiro com o pescoço quebrado. Sabemos que foi serviço de Talon. Por que está me fazendo todas essas perguntas, Levi?

– Michael, sabe alguma coisa sobre a parte do meio?

– O que quer dizer?

– Nossos agentes no Egito ouviram dizer que a parte do meio da Serpente de Bronze foi roubada da Universidade Americana. E que Fasial Shadid e Nassar Abdu tinham sido assassinados.

Murphy nem precisava ouvir os detalhes. Já sabia que era obra de Talon.

– Lamento ouvir isso. Significa que Talon tem duas partes da Serpente. Eu me pergunto se ele vai tentar pegar a cabeça. Dizem que deve estar no fundo de um poço na Pirâmide dos Ventos.

– E o que ele faria com as três partes?

– Não tenho certeza. A serpente parece carregar um grande significado para os cristãos evangélicos; não sei se para alguém mais. Acreditam que é um talismã com misteriosos poderes de cura. Meu palpite é que Talon tentará juntar os pedaços. Talvez os Sete planejem algo envolvendo a Serpente, como transformá-la num símbolo de adoração. Em mãos erradas, pode ser usada para fazer as pessoas acreditarem que podem curar-se de todos os tipos de doença. Eu e o pastor Bob Wagoner temos conversado sobre essa possibilidade.

– Que bom que você veio, Michael. Meu palpite é que, se ele tem dois pedaços da Serpente de Bronze, tentará conseguir o terceiro. Talvez tenhamos oportunidade de pegar Talon e pôr fim à sua matança.

Levi fez uma breve pausa e pegou seu telefone celular.

– Já estamos perto do local. Vou ligar para Gideon e avisá-lo que estamos quase chegando.

– Gideon. É Levi. Estamos quase chegando ao local. Viu algum atividade?

– Tudo quieto ao redor das ruínas. Ninguém por aqui a não ser alguns agricultores nos olivais e vinhas das proximidades. Cerca de uma hora atrás três veículos foram até um olival a mais ou menos 400 metros daqui. Sete pessoas desceram e entraram no olival. Talvez sejam trabalhadores. Não sei.

– Onde você está?

– Meu carro está estacionado fora de vista, numa vinha. Tenho binóculo e estou posicionado num lugar em que vejo o que se passa no sítio e no vale.

– Por que você não pega o carro e nos encontra perto das ruínas? Devemos chegar lá em cinco minutos.

CINQUENTA E CINCO

O VALE ESTAVA silencioso quando Levi e Murphy o percorriam. Viram ao longe um grande monte e algumas ruínas. Havia um carro estacionado lá e um homem encostado no veículo. Saíram da rodovia e pegaram uma estrada de terra que levava ao monte.

– É Gideon. Está na Mossad há 13 anos – disse Levi enquanto avançavam.

Ao saírem do carro, Levi foi até Gideon e deu-lhe um abraço. O homem tinha cerca de 1,70m e pele escura, cabelos bem pretos, volumosos, sobrancelhas negras. Embora não fosse excepcionalmente alto, parecia muito forte, músculos salientes nos braços e antebraços.

– Gideon, este é meu bom amigo, professor Michael Murphy, dos Estados Unidos.

Murphy cumprimentou Gideon. Ele tinha mão de ferro e um grande sorriso que punha à mostra os dentes muito brancos.

Enquanto Levi falava com Gideon, Murphy começou a olhar ao redor. Ao norte, notou os três carros que Gideon mencionara. Estavam estacionados ao lado do olival. Não havia ninguém à vista.

– O que acha, Michael? – perguntou Levi. – O lugar parece deserto. Nada além das ruínas do templo. Parece que não há nada aqui.

Murphy examinou a parede externa.

– Nada de excepcional.

Virou-se, olhou a outra parede, a uns 6 metros de distância, e ficou mais animado.

– Levi. Olhe para a outra parede. Alguma coisa lhe chama a atenção?

– Não sou arqueólogo. Vejo só uma velha parede de pedras. Todas me parecem iguais.

– Veja a encosta atrás da parede. Parece ter sido cortada. Será que há alguma coisa atrás da parede?

Levi e Gideon deram uns passos para a frente, observando a parede com outros olhos. Os três começaram a examinar cuidadosamente todas as pedras.

Gideon foi o primeiro a falar.

– Professor Murphy, veja só a argamassa em torno dessas pedras. Parece diferente.

– Muito bem! Tem razão. Quem a colocou realizou um bom trabalho tentando torná-la semelhante à original, mas a cor está um pouco diferente.

Murphy pegou uma faca e começou a raspar a argamassa.

– É fresca. Não teve tempo de endurecer completamente.

Levi voltou ao carro e pegou uma pá curta. Começou a tirar a argamassa e soltar algumas pedras. Em cinco minutos havia um buraco na parede. Murphy pegou na mochila uma pequena lanterna e lançou o feixe de luz para dentro dele.

– Parece que há um grande oco atrás da parede, talvez com uns 2 metros de largura e também de altura. Vamos tirar mais pedras.

A descoberta empolgou os três e os fez trabalhar mais. Em cerca de dez minutos já havia um buraco grande o suficiente para passarem rastejando. Gideon pegou mais duas lanternas do porta-malas do carro.

– Prontos para entrar? – perguntou Murphy.

Levi hesitou.

– Não sei se devemos entrar os três. Talvez seja melhor que Gideon fique vigiando a retaguarda.

– Concordo – disse Gideon. – Acho que vou verificar aqueles três carros e conversar com os trabalhadores no olival. Depois, volto para vigiar a abertura enquanto você e o professor Murphy fazem explorações lá dentro.

Murphy foi o primeiro a passar pelo buraco na parede. Levi o seguiu.

– Não é uma caverna – observou Murphy lançando o feixe de luz. – É uma passagem que leva para dentro da colina. Muitos homens devem ter sido empregados na construção desse túnel.

Seguiram pelo caminho que avançava com um leve declive. Os dois notaram aros de metal a cada 10 metros na parede ao lado.

– Aposto que serviam para prender as tochas que iluminavam a passagem.

– Eu preferiria lâmpadas elétricas – retrucou Levi. – Lembra-se do último túnel em que estivemos? Quase perdemos a vida lá dentro.

– Bem, pelo menos desta vez não estou arrastando seu corpo. Acho que o túnel avança para a esquerda – observou Murphy, tentando se orientar. – Talvez passe sob o olival, na parte baixa da encosta.

Ao iluminarem o chão poeirento com as lanternas, os dois viram marcas de pés.

– Parece que o lugar tem sido bastante frequentado ultimamente.

– Talvez façam *raves* subterrâneas – disse Levi com um sorriso sarcástico.

Não demorou para passarem debaixo de um arco que dava para uma grande câmara. Murphy lançou o feixe de luz ao redor.

– Aposto que esta era uma espécie de sala secreta que levava ao Templo de Dagon.

Murphy mediu a sala com passos.

– Tem uns 12 metros de extensão... 8 de largura... e cerca de 6 de altura.

Levi lançou o feixe de luz em algumas ânforas num canto. Todas estavam vazias.

– Para que esta câmara seria usada, Michael?

– Provavelmente, para armazenar alguma coisa para o templo. Não creio que alguém pudesse morar aqui. Não há muita ventilação.

– Não seria a sala que Matusalém queria que encontrasse?

– Duvido. Aqui dentro não há uma cabeça de rei para empurrar.

Os dois começaram a vasculhar o chão e as paredes.

– Veja só, Levi. As paredes foram recentemente lascadas, como se alguém tivesse tentado atravessá-las.

– E, pelo visto, não conseguiram. Parecem muito espessas.

– Deviam estar procurando alguma coisa. O que seria?

De repente, Murphy e Levi ficaram paralisados. Procuraram ouvir melhor. Eram uns estouros amortecidos.

– O que pode ser? – perguntou Murphy virando-se para Levi.

– São tiros. Vêm do outro lado da parede!

– Deve haver uma passagem lá – disse Murphy. – Rápido, procure um pouco mais.

Murphy e Levi começaram a examinar cada centímetro da parede de 10 metros de comprimento. Nada parecia fora do lugar.

– Michael, veja só!

A lanterna de Levi iluminava uma cabeça de leão esculpida. Murphy então varreu as paredes com seu feixe de luz e viu por toda a câmara cabeças de leão de uns 20 centímetros a cada 2 metros uma da outra e a cerca de 1,50m acima do chão.

– E daí?

– Ora, Murphy! O arqueólogo é você. Matusalém não lhe disse para empurrar a cabeça do rei? Talvez estivesse se referindo *ao rei da selva.*

Murphy arregalou os olhos.

– É isso! Comece a empurrar as cabeças dos leões.

A penúltima cabeça da parede cedeu à pressão de Murphy. Ouviu-se um ruído como o de uma grande pedra rolando e parte da parede começou a deslizar lentamente para trás. Murphy e Levi lançaram seus feixes de luz para a abertura que surgia e se entreolharam com espanto.

CINQUENTA E SEIS

Campo de trigo de Beth Shemesh, 1083 a.C.

Fuva e os companheiros faziam a colheita no campo de trigo de Beth Shemesh desde a madrugada. O sol já estava quase no zênite e seus corpos transpiravam copiosamente. Ele fez uma breve pausa para esticar as costas cansadas e enxugar o suor que escorria sobre os olhos. Ao passar pela testa a manga da túnica, viu algo curioso surgir ao longe.

Era uma carroça puxada por vacas leiteiras, mas não havia ninguém a conduzi-la. O sol refletia algo tão brilhante lá dentro que Fuva precisou desviar os olhos. Seus companheiros interromperam o trabalho ao ouvir seu grito e saber o motivo do espanto. Todos ficaram mudos.

Fuva finalmente se deu conta do que se tratava. Embora nunca a tivesse visto, ouvira muitas descrições da Arca da Aliança, o suficiente para reconhecê-la. Também sabia que os filisteus a tinham capturado na batalha de Ebenezer. Estaria de fato sendo devolvida? Seu coração saltou de alegria, e ele correu na direção de seu amo.

O campo de trigo de Beth Shemesh já era da família de Josué há três gerações. O vale sempre fora muito produtivo por causa do curso d'água perene que o atravessava e dos canais que haviam sido construídos.

Josué estava na cabeceira do canal conversando com um dos trabalhadores quando Fuva chegou, resfolegante.

– Senhor, é preciso que venha imediatamente!

– Alguém se feriu, Fuva?

– Não! É uma coisa maravilhosa!

– Do que está falando?

– Veja, meu amo! Veja só o que vem vindo pelo vale!

Josué olhou na direção que Fuva indicava. Seu coração quase parou de bater. Ele não podia acreditar no que seus olhos viam. Ele e todos os trabalhadores começaram a correr na direção da carroça.

As duas vacas leiteiras pararam ao chegar à beira do campo de trigo, como se esperassem a chegada dos trabalhadores.

– Não se aproximem do carro! – gritou Josué em meio à corrida. – Não toquem no carro nem as vacas. A Arca é sagrada! Não podemos profaná-la, de modo algum!

Todos pararam a 30 metros do carro. Ficaram por um momento parados, só observando. De repente, quase em sincronia uns com os outros, ajoelharam-se e reverenciaram a Arca.

Depois de um longo silêncio, Josué ordenou a Fuva:

– Corra o máximo que puder e chame os levitas. São os únicos que podem tocar na Arca.

Eram cerca de duas horas quando os levitas chegaram. Dançaram de alegria ao ver a Arca e levaram a carroça a uma grande pedra no campo de trigo de Josué. Mandaram os trabalhadores juntarem pedras menores e ergueram um altar. Depois tiraram do carro a Arca da Aliança e o baú e depositaram a Arca na grande pedra ao lado do altar.

Os levitas quebraram o carro em pedaços e colocaram a madeira debaixo do altar. Em seguida, ofereceram as vacas em holocausto ao Senhor. Todos se inclinaram e deram graças pelo retorno da Arca.

* * *

Escondidos atrás das rochas, na colinas acima de Beth Shemesh, estavam os senhores de Ashdod, Gaza, Ashkelon, Gath e Ekron. De lá observavam aonde iam as vacas e o que aconteceria com a Arca. Assistiram ao sacrifício dos animais e à oferenda. Viram depois os levitas partirem e os camponeses ficarem de guarda ao redor da Arca.

Um dos senhores, um gigante de Gath, finalmente falou:

– Os costumes deles são realmente estranhos. Nosso Deus é grande e poderoso. O deles fica numa caixa. Como pode ser grande? Certamente, não fez os israelitas vencerem a batalha. Os inimigos agora têm de volta a maldita Arca. Voltemos a nossas cidades para ver se a praga se foi.

Todos concordaram com um aceno de cabeça e começaram em silêncio a penosa viagem de volta. Uma hora depois o senhor de Ashdod arriscou um comentário.

– Acho que tomamos a decisão certa.

Todos pararam e olharam para ele.

– Por que diz isso? – perguntou o senhor de Ekron.

– Já não sinto tanta dor. Acho que o tumor está diminuindo.

Josué deixara Fuva encarregado dos trabalhadores que vigiavam a Arca. Ele os distribuíra em turnos, de modo que alguém sempre estivesse acordado durante a noite.

Uma meia dúzia deles estava ao redor da fogueira para se aquecer e conversar sobre a Arca.

– O que acham que está dentro do baú ao lado da Arca? – perguntou um dos homens.

– Boa pergunta. E o que acham que está dentro da própria Arca? – rebateu outro.

A curiosidade geral foi aumentando até que Fuva olhou para todos e disse:

– Façamos um pacto de segredo. Espiemos dentro do baú e da Arca; mas não contaremos a ninguém que fizemos isso. Concordam?

Todos sabiam que a Arca de Deus era sagrada e só os sumos sacerdotes podiam tocá-la. A curiosidade, porém, era maior que o medo, e todos concordaram com o pacto.

Empolgados, fizeram tochas e se aproximaram da grande pedra. A luz das tochas refletiu-se na Arca de maneira distorcida e sinistra.

– Vamos abrir primeiro o baú – disse Fuva.

Cuidadosamente, ele levantou a tampa. Todos ergueram as tochas e espiaram dentro do baú. Fuva, então, esticou o braço e tirou de dentro um dos tumores de ouro.

– O que é isso? – perguntou um dos trabalhadores.

– Não tenho a menor ideia – respondeu Fuva. – Só sei que é ouro puro – acrescentou, tirando também um dos ratos de ouro.

– Vejam só! Deve ser a imagem de um de seus deuses.

Todos caíram na gargalhada.

– Há cinco ratos de ouro e cinco esferas de ouro – prosseguiu Fuva. – Devem simbolizar as cinco grandes cidades fortificadas dos filisteus. São todos ratos!

Novamente o grupo todo caiu num riso incontrolável.

– Vamos olhar dentro da Arca – propôs um deles.

Cuidadosamente quatro homens levantaram a tampa e a colocaram na pedra. Erguendo suas tochas, todos espiaram seu interior. Fuva começou a pegar algo dentro da Arca...

Na manhã seguinte, bem cedo, Josué chegou ao campo de Beth Shemesh e não pôde acreditar no que viu. Seus trabalhadores estavam todos mortos e caídos em posições estranhas. Havia uma expressão de horror em seus rostos.

Ao se aproximar da grande pedra, viu seis corpos caídos ao redor da Arca. O mais próximo da Arca era Fuva. Josué caiu de joelhos e levou as mãos aos olhos, tentando conter as lágrimas.

– Eles sabiam! Sabiam que não deviam tocá-la. Ah, meus servos! Que morte inútil!

Notou a mão direita e o braço de Fuva enegrecidos, como se gravemente queimados por fogo. A tampa estava fora da Arca e também a do baú fora retirada. Ao lado deste havia dois objetos de ouro. Um deles parecia um rato. Josué permaneceu a uns 10 metros de distância da pedra grande.

– Preciso de ajuda dos levitas e dos sacerdotes!

Quando Josué chegou à aldeia dos levitas, encontrou mulheres e crianças chorando e se lamentando nas ruas. Um cheiro de morte pairava no ar.

– O que aconteceu? – perguntou, aproximando-se de uma das mulheres. – O que houve de errado aqui? – Ela não respondeu. Já ao proferir suas palavras Josué viu que havia homens mortos cobrindo o chão; tantos que não era possível contá-los.

Quando chegou à casa do líder dos levitas encontrou a porta aberta e ouviu ruídos no interior. Espiou lá dentro e viu o líder de joelhos, balançando o corpo para a frente e para trás, em oração.

– Senhor, o que aconteceu?

O levita virou-se ao ouvir uma voz masculina.

– Josué! Você está vivo! Louvado seja Deus. Todos os homens da aldeia morreram. Só os levitas estão vivos. Os mensageiros levitas de outras cidades e aldeias de Beth Shemesh relataram a mesma coisa. Calcula-se que mais de 50 mil homens foram fulminados. Ninguém tem ideia do motivo.

– Acho que sei por quê.

– Diga então, Josué. O que houve de errado?

– Hoje de manhã voltei ao campo de trigo e à grande pedra onde se colocou a Arca da Aliança. Todos os meus homens estavam mortos e a Arca, destampada. Devem ter tentado olhar dentro para ver o que havia.

– Então, por que você não morreu com eles? – perguntou o levita.

– Não sei. Talvez porque eu soubesse que a Arca é sagrada e uma pessoa impura não deve se aproximar dela. Não consigo imaginar

outra coisa. A morte de meus servos deve ter sido castigo de Deus devido à desobediência deles.

– Você deve estar certo, Josué. Quem poderia permanecer diante do santo Deus? Precisamos enviar mensageiros levitas à cidade de Kirjath Jearim. Pode ser que queiram levar a Arca e guardá-la em lugar seguro.

Passaram-se dois dias até os levitas de Kirjath Jearim chegarem para transportar a Arca. O processo de remoção foi cuidadoso. Os homens enrolaram panos nas mãos para pegar a tampa e a colocarem no lugar. Tomaram muito cuidado para não olhar o interior da Arca durante a operação. Em seguida, cobriram a Arca com um pano escarlate e a puseram num carro de bois.

A Arca, os tumores e os ratos de ouro foram levados à casa de Abinadab, que vivia no alto das montanhas. Lá seu filho Eleazar foi consagrado guardião da Arca do Senhor.

Uma semana transcorrera desde que a Arca da Aliança fora levada de Ashdod. Todos as pessoas haviam sido curadas da praga. A dor se fora e todos retomaram suas atividades normais. Todos, menos os sacerdotes de Dagon.

Cadmiel reuniu os sacerdotes.

– Dagon caiu no chão duas vezes. Na segunda vez, a cabeça e as mãos se desprenderam. Foi um terrível sinal de condenação. Vamos fechar e selar as portas do templo. Nosso culto será transferido para um edifício subterrâneo não muito longe dali.

– E os dois objetos retirados da Arca? – perguntou um dos sacerdotes. – O que será deles?

– Vamos levá-los para o novo lugar de culto. Creio que devem ter grandes poderes mágicos e podem ser úteis no futuro.

Cinquenta e sete

Levi puxou do coldre sua automática e cuidadosamente moveu-se na direção da abertura. Por um momento ele e Murphy prenderam a respiração. Nada se ouvia. E via-se apenas a luz tremulante lançando sombras pelo chão.

Levi entrou com cautela na câmara, seguido de Murphy. O teto ficava a uns 6 metros de altura, e o espaço parecia bem mais amplo do que a câmara com as cabeças de leão. Ao longo das laterais e em uma das extremidades havia três fileiras de bancos de mármore em forma de ferradura, virada para a parte frontal da câmara, onde ficava um grande altar de mármore.

Em duas das paredes havia tochas penduradas em aros salientes acima dos bancos de mármore. O fogo produzia estranhas sombras. Ao lançarem ao redor os feixes de luz das lanternas, Murphy e Levi viram quatro corpos no chão. Um deles jazia na frente do altar, dois estavam próximos do centro da sala e um outro caído perto do que parecia uma passagem que levava para fora da câmara. Todos vestiam mantos cinzentos e estavam caídos no meio de poças de sangue.

Levi se aproximou dos dois homens no centro da sala e tomou-lhes o pulso. Os corpos estavam quentes, mas os dois tinham sido mortos a tiros. Murphy, por sua vez, foi examinar o homem caído na entrada do corredor e o outro, diante do altar. Também estavam mortos.

O professor iluminou o manto do homem diante do altar e viu um aplique costurado na parte frontal, um pouco acima do coração, no qual havia um símbolo metade homem, metade peixe.

– Esses homens devem ter sido sacerdotes ou devotos. Todos têm o símbolo de Dagon pregado no manto – observou Murphy. – Deve haver outra entrada para esta câmara. Quem os matou não deve estar muito longe daqui.

Levi começou a revistar os corpos em busca de algo que os identificasse. Enquanto isso, Murphy examinava o altar. Nada encontrou. Lançando o feixe de luz e observando mais de perto, viu que a parte de cima do altar tinha uma leve camada de poeira, a não ser em duas áreas no centro. Uma marca circular com cerca de 15 centímetros de diâmetro e outra de uma linha reta de mais ou menos 2 metros de comprimento por uns 4 centímetros de largura.

Murphy estava empolgado e exasperado ao mesmo tempo. Parecia que tinham descoberto a localização do Cajado e do Pote de Ouro, mas tarde demais. Quem quer que tivesse matado aqueles homens, também levara os objetos de cima do altar.

Levi virou-se para Murphy:

– Esses homens não têm nada que os identifique. Descobriu alguma coisa?

– Sim. Dois objetos no altar. A menos que eu me engane, Matusalém estava certo. A marca circular na poeira era do Pote de Ouro que continha o maná. A linha reta devia ser o Cajado de Aarão. Estes homens deviam ser guardiões dos dois objetos. Não sei como os conseguiram, mas certamente por causa deles morreram.

– Não há nada que possamos fazer por eles, Michael. Vamos atrás de quem os matou.

– Sim, quem quer que seja! E você sabe tão bem quanto eu que dever ser Talon. Não estamos longe dele. Como será que ele soube do Pote de Ouro e do Cajado de Aarão?

Pularam o corpo do homem que estava na entrada da câmara e entraram no corredor escuro. Não tinham ido muito longe quando descobriram mais dois corpos vestidos com túnicas cinzentas. Ao iluminarem os corpos, descobriram que um dos homens ainda estava vivo... Mas por um fio.

Murphy se debruçou sobre o homem.

– Você fala inglês? Está me entendendo?

O homem apenas gemeu.

– Sabe quem fez isso com vocês?

O homem tentou falar, mas não conseguiu. Um fio de sangue escorria de seus lábios e cobria-lhe o peito.

Deve ter sangue nos pulmões, pensou Murphy.

O homem mexeu o braço e com o dedo começou a escrever na poeira. Mal traçara duas letras quando os dedos pararam de se mover e ele deu o último suspiro, olhos castanhos, agora sem vida, fixados em Murphy. O professor sacudiu a cabeça, com ar grave. Não era nada agradável ver alguém morrer. Ele se abaixou e fechou as pálpebras do homem.

Em seguida, iluminou as duas letras: T U.

O que serão essas letras? Não são as iniciais de Talon.

Levi se abaixou e começou a revistar o morto. Encontrou uma carteira com uma identificação do homem.

– Seu nome é Karim Nandar. Não há mais nada na carteira a não ser um pouco de dinheiro e duas fotos.

Murphy olhou as fotos. Uma delas era de um grupo de sete homens.

– Veja, Levi! O homem de bigode escuro, no centro, é Talon. – Examinou minuciosamente os outros rostos. – Os outros são os mortos que acabamos de encontrar. Ou Talon está ficando descuidado ou está com pressa. Ele não costuma deixar vestígios desse tipo. Os homens na foto estão atrás de um carro e dá para ler a placa. Acha que pode verificar isso?

– Claro.

Levi pegou uma caneta e um pedaço de papel.

– Quais são os números?

– M72F355.

– Michael, precisamos sair daqui e ir para um lugar de onde eu possa telefonar. Se isto é obra de Talon, temos de agir com rapidez antes que ele fuja.

Cinquenta e oito

Gideon trancou as portas dos dois carros e os deixou perto das duas paredes de pedra. Achou que seria melhor andar os 400 metros até o olival onde vira os sete trabalhadores saírem de seus carros e desaparecerem por entre as árvores.

Ao se aproximar dos três carros estacionados, ficou um pouco apreensivo. Devia haver algo errado. Não viu ninguém no olival nem ouviu ruído algum.

Estranho. Aonde teriam ido?

Olhou pelas janelas para dentro dos carros e não viu nada de extraordinário além do fato de os carros estarem muito limpos.

Entrou no olival e olhou ao redor. Nada além de oliveiras enfileiradas e uma grande formação rochosa. Já estava para voltar para os carros quando pensou ter ouvido um ruído. Parou e apurou os ouvidos. O som parecia vir da área rochosa

Soltou a tira do coldre de ombro e esgueirou-se na direção das rochas. Ao se aproximar, viu de repente uma bengala surgir dentre três pedras grandes e, atrás dela, um homem de bigode que levava na mão um saco de estopa com algo dentro. A mão direita estava enfaixada e segurava uma vara.

O homem virou-se e olhou nos olhos de Gideon, que por sua vez notou a surpresa do homem ao vê-lo ali. Notou também o olhar de relance lançado à mão que ele, Gideon, tinha sobre a arma.

– Olá – disse o homem, depois de transformar num sorriso a expressão de surpresa. – Como vai?

Gideon continuava incerto quanto ao homem.

– O que está fazendo nas rochas? E onde estão os outros?

O homem com a vara e o saco de estopa sorriu novamente.

– Estamos explorando o local. Encontramos uma entrada para uma câmara subterrânea. Deve ter ficado escondida pelas rochas por muitos anos. Os outros estão lá dentro. Venha ver o que encontramos.

Cautelosamente, Gideon subiu à área rochosa e às três grandes rochas. No centro, viu que uma pedra fora removida, revelando um buraco no chão de cerca de 1 metro de diâmetro. Parecia haver ali uma espécie de escada que desaparecia no subsolo.

– Vou-lhe mostrar o que encontramos lá dentro – disse amigavelmente o homem de bigode.

Cuidadosamente, pôs no chão o saco e expôs um belo pote de ouro.

A luz do sol refletiu-se no jarro, fazendo Gideon contrair as pálpebras.

– Isso é mesmo ouro? – perguntou Gideon, ajoelhando-se para examinar a peça.

– Com certeza.

Nesse momento Gideon sentiu uma forte pancada na parte de trás da cabeça. O golpe da vara de quase 2 metros o derrubou para a frente, virando o jarro e fazendo Gideon bater a testa numa pedra. Apesar do atordoamento e da dor, ele instintivamente pegou a arma. Ao fazer isso, o homem de bigode brandiu a vara uma segunda vez, atingindo-lhe a mão direita e quebrando-lhe três dedos.

A dor era insuportável. Gideon sabia que estava numa profunda encrenca. Tentou rolar a fim de desviar-se de um terceiro golpe, mas não foi rápido o suficiente. A vara, dessa vez, quebrou-lhe a clavícula esquerda. Gideon soltou um grito de dor. Algo estranho então aconteceu. O homem recuou e, com calma, embrulhou de novo o pote de ouro, dando tempo a Gideon para penosamente pôr-se de pé. Gideon se contraía devido a tantos ferimentos.

O homem largou o saco de estopa e se aproximou. Olhou para Gideon e sorriu de novo.

– Infelizmente este não foi um dia bom para você. Mas para mim foi maravilhoso.

Dito isso, ele enfiou a ponta da vara na garganta de Gideon, arrebentando-lhe a laringe. Gideon caiu no chão de pedras, tentando respirar.

Murphy e Levi continuaram pelo corredor sem saber aonde ele ia dar. Começaram a subir a colina num aclive de uns 30 graus. Ao dobrarem uma curva do corredor, viram luz adiante, e logo chegaram à base de uma escada de 3 metros de largura, com cerca de 15 degraus, que levava à superfície.

– Tome cuidado, Levi. Não sabemos o que vamos encontrar lá em cima.

Desligaram as lanternas e subiram a escada. Levi tinha a arma na mão, engatilhada.

A luz do sol fez os dois contraírem as pálpebras quando saíram do buraco em meio a três grandes pedras.

Levi lentamente olhou por cima das pedras grandes.

– *Oy Gevalt!*

– O quê?

– É Gideon.

Os dois correram aos tropeções até Gideon para procurarem sinais de vida. Os olhos de Levi se encheram de lágrimas quando viu o corpo ferido, sem vida. Era visível que Gideon tivera uma morte tremendamente dolorosa. Levi, de repente, se deu conta de que precisaria comunicar à mulher de Gideon e aos dois filhos que ele não voltaria mais para casa.

– Vou matar aquele homem! – Levi jurou em voz alta.

Murphy confortou-o pondo a mão em suas costas, e os dois correram os 400 metros de distância até o carro.

– Ele tem uma boa dianteira – disse Murphy.

– Telefonarei comunicando a morte de Gideon e tentarei obter informações sobre o número da placa do carro na foto. Michael, você dirige. Vamos voltar para Ashdod e para Tel Aviv. Meu palpite é que ele tentará sair do país o mais rápido possível.

O telefone de Levi tocou quando estavam a aproximadamente 25 quilômetros de Tel Aviv. Levi falou por cerca de cinco minutos.

– O serviço de inteligência diz que era um carro alugado. Saiu do aeroporto de Tel Aviv e foi devolvido uns vinte minutos atrás. Pise no acelerador, Michael. Provavelmente, ele ainda está lá. Quando chegarmos, mandarei fazer cópias da foto com os sete homens. Acionarei a polícia do aeroporto para que tentem descobrir qual companhia aérea ele pode pegar para sair do país.

– Desta vez é Talon quem está sendo perseguido. Espero que ele sinta o medo da raposa quando os cães estão atrás dela. Eu adoraria fazê-lo sofrer a dor que ele causa nos outros. Já passou da hora de ele pagar pelo que fez.

CINQUENTA E NOVE

O CHEFE DA segurança do aeroporto, Ezra Talmi, estava na calçada da área de embarque quando Levi e Murphy chegaram. Estava acompanhado de seis fortes policiais israelenses, todos fortemente armados.

Ele apertou a mão de Levi e falaram em hebraico por um momento. Levi apresentou Talmi a Murphy.

– Prazer em conhecê-lo, professor Murphy. Lamento que não tenha sido em melhores circunstâncias. Por favor, deixe as chaves no carro. Chamaremos alguém da locadora de veículos para buscá-lo. Pegue a bagagem e entre. Pelo que soube, Levi, você tem uma foto. Vamos fazer cópias e distribuí-las para todo o pessoal da segurança.

Murphy gostou de seu modo direto de agir, como se ele tratasse de negócios. Era bom ver alguém com evidentes habilidades de liderança e ciente da importância do tempo. Não demorou para que cópias da foto fossem distribuídas a todos os pontos de controle. O pessoal de segurança foi colocado em estado de alerta máximo.

– Há um saguão onde vocês podem aguardar enquanto nosso pessoal esquadrinha o aeroporto. São muito minuciosos – disse Talmi a Levi e a Murphy.

– Obrigado por tudo, senhor Talmi – agradeceu Murphy. – Mas, se não se importa, eu gostaria de circular por aí e dar uma olhada por minha conta.

– Como quiser. Apenas tome cuidado. Não creio que a pessoa que procuram esteja armada. Temos cães farejadores por todo o terminal e nossos pontos de verificação de segurança são muito sensíveis a qualquer arma. Caso o localize, basta contatar qualquer um dos seguranças que eles agirão instantaneamente. Levi e eu temos algumas questões para discutir. Aliás, permita que eu lhe forneça um passe de segurança; com ele você poderá circular por aí com mais liberdade.

– Obrigado. Vou contatá-lo a cada vinte minutos.

Murphy começou a andar aleatoriamente entre a multidão. O aeroporto estava lotado de viajantes, o que dificultava tudo. Ele entrou nos banheiros, olhou em todos os restaurantes, perambulou pelas lojas. Era como procurar uma agulha humana num palheiro de milhares de rostos.

É preciso chegar ao aeroporto pelo menos duas horas antes para pegar um voo internacional. Ele tinha cerca de uma hora de vantagem sobre nós. Deve estar aqui em algum lugar. Para onde será que vai?

Talon também estava alerta. Sabia que Israel tinha um esquema de segurança muito rígido. Todas as bagagens seriam verificadas manualmente em algum ponto. Por isso, ele deixara o Pote de Ouro e o Cajado de Aarão em uma propriedade segura dos Sete. A pessoa que administrava a casa enviaria as relíquias por jato particular a um lugar especial em Istambul. Chegariam um dia depois dele.

Por precaução, usou o cartão *platinum* de viagens, entrou na sala para executivos e foi a uma cabine com chuveiro, onde rapidamente tingiu os cabelos, as sobrancelhas e raspou o bigode. Em seguida, pegou o passaporte suíço em que a fotografia era a de um louro de cara limpa chamado Emile Cornelle. Olhou-se no espelho. A ausência de bigode e a cor dos cabelos mudavam-lhe a aparência de modo acentuado. Além disso, vestiu um terno azul risca de giz e desenfaixou a mão direita.

A pele na ponta do toco de dedo ferido estava bem avermelhada. Uma ligeira infecção, constatou. Pegou um curativo cor da pele e enrolou-o no dedo. Ficou quase imperceptível à primeira vista. O dedo continuava dolorido e ele ainda estava zangado com Wallach por tê-lo quebrado com um taco de beisebol. Era reconfortante saber que o moleque tinha merecido o que lhe acontecera.

Sentou-se e começou a ler um jornal israelense. Ficaria na sala para executivos até pouco antes do voo. Logo poderia relaxar.

Estava virando uma página do jornal quando viu Murphy no balcão de recepção falando com a atendente. Talon o viu apontando para uma espécie de cartão que tinha no pescoço. A mulher assentiu com a cabeça, Murphy entrou na sala e começou a olhar ao redor.

Ele é melhor do que eu pensava.

Talon levantou um pouco o jornal para cobrir a parte inferior do rosto. Fingia ler, embora não desviasse os olhos de Murphy. Quando este se aproximou, Talon levantou ainda mais o jornal.

Murphy viu o homem de terno azul risca de giz, mas não prestou nenhuma atenção nele. Nunca tinha visto Talon de terno e o conhecia com cabelos e bigode escuros.

Talon observou Murphy atravessar a sala, entrar na área dos banheiros e reaparecer pouco depois. Viu-o também agradecer à recepcionista e ir embora.

Quando Murphy voltou a ver Levi e Talmi, nenhum dos três tinha nada a relatar.

– E se ele estiver disfarçado? – disse Talmi.

– É uma possibilidade – respondeu Levi. – Mas ele não teria tempo suficiente para colocar maquiagem e barba falsa, nem nada muito elaborado.

– E se ele simplesmente cortar o bigode ou fizer pequenas mudanças? – redarguiu Talmi.

– Isso faria mais sentido – respondeu Murphy.

– Vamos pedir a nosso artista para desenhá-lo em vários disfarces diferentes, o que nos ajudará a encontrá-lo.

Uma hora depois Talmi apresentava uma série de desenhos diferentes.

– O que acha?

Murphy olhou todas as figuras. Uma delas com cabelos e bigode louros. Algo nesse desenho lhe chamou a atenção. Ele o examinou por um momento e depois colocou o dedo sobre o bigode.

– Esperem um pouco! Talvez eu tenha visto alguém parecido com ele numa das salas para executivos.

– Qual delas? – perguntou Talmi.

– A do segundo andar. Creio que a da British Airways.

Todos deram um salto e subiram correndo a escada para o segundo andar, seguidos por quatro seguranças armados. A atendente da recepção se surpreendeu ao ver aqueles homens entrarem de repente na sala e começarem a revistar. Havia lá apenas sete pessoas: três mulheres, uma criança e três gordos homens de negócios.

Murphy falou com a mulher no balcão:

– Havia umas vinte pessoas aqui cerca de uma hora atrás. Tem alguma ideia do voo em que poderiam estar?

Ela consultou uma folha de papel na mesa.

– Três voos da British Airways partiram nesta última hora. Um para Bruxelas, outro para Londres e o outro para Istambul.

– É isso! – disse Murphy com entusiasmo.

– Do que está falando, Michael? – perguntou Levi.

– No Templo de Dagon, lembra-se? Aquele sacerdote ainda vivo tentou escrever algo na poeira. Só chegou a duas letras...TU. Aposto que continuaria com TURQUIA. Talon está indo para a Turquia.

– Por que para a Turquia? O que há de tão especial em Istambul?

– Levi, ele tem o Cajado de Aarão e o Pote de Ouro com o maná. Tem também as três partes da Serpente de Bronze de Moisés. Ele deve estar indo atrás da mochila!

– Do que está falando, Michael? Que mochila?

– Lembra que fui a uma expedição em busca da Arca de Noé?

– Claro.

– Bem, encontramos a Arca. Mas também outras relíquias numa velha caixa. Uma espada e uma adaga que o doutor Wendell Reinhold, do MIT, disse terem sido feitas de aço de tungstênio. Noé teve de algum modo acesso a um processo de fusão capaz de derreter aço em temperaturas extremamente altas e produzir metal de alta resistência.

– Onde Noé teria obtido esse tipo de tecnologia?

– De acordo com os escritos de Josephus, a história judaica diz que a mulher de Noé se chamava Naamá. Ela era irmã de Tubal-caim, considerado o pai da metalurgia. Descobrimos também vários outros objetos. Havia uma curiosa máquina de bronze com mostradores, ponteiros, engrenagens interligadas e rodas. Imaginamos que fosse um instrumento de precisão que mapeava as posições das estrelas e dos planetas.

Murphy prosseguiu, falando rapidamente:

– Havia também os pesos e as medidas. E alguns cristais coloridos quentes para o toque. Mas, talvez, o mais significativo fosse umas placas de bronze que viriam a ser uma das maiores descobertas já feitas.

Levi e Talmi tentavam acompanhar a empolgação de Murphy e a história acerca da Arca.

– O doutor Reinhold acreditava que as placas de bronze continham o segredo da Pedra Filosofal. E eram capazes de transformar metais comuns em preciosos.

– Como transformar chumbo em ouro? – perguntou Levi.

– Mais importante que isso era a capacidade de transformar metais comuns em platina.

– Por que platina? – perguntou Talmi.

– Para a produção de combustível de hidrogênio. A água, ao passar por uma fina camada de platina, separa os prótons dos elétrons. Isso significa acesso a energia onde quer que haja água disponível, transformando-a num combustível limpo proveniente de um recurso renovável. E acabaria com a necessidade de gasolina ou de combustíveis fósseis. Isso já vem sendo feito por algumas empresas. O único problema é que a platina é muito cara e muito rara. Se pudesse ser criada a partir de metais comuns... quem tivesse o controle desse processo controlaria o fornecimento de combustível para o mundo inteiro. Agora entendo por que os Sete haveriam de querer isso. Vale uma fortuna.

– Mas o que isso tem a ver com a mochila? – perguntou Levi.

– As três placas de bronze com a fórmula da Pedra Filosofal estão na mochila, que foi ao mar com Talon quando estávamos num navio que ia de Istambul para a Romênia. Está em algum lugar no mar Negro. Penso que Talon tentará recuperar a mochila.

– Como poderia encontrá-la? – perguntou Talmi.

– Acho possível. O navio percorre a mesma rota toda semana e deve viajar mais ou menos à mesma velocidade. Tudo o que precisamos fazer é consultar o livro de bordo. Sei a hora em que Talon caiu no mar. Percorrendo o mesmo caminho, durante a mesma quantidade de tempo, deveremos estar muito perto do local.

– Mas, Michael – estranhou Levi –, mesmo assim é uma área muito extensa. Como seria possível encontrar a mochila?

– Com um minissubmarino usado para trabalho de resgate. Esses submarinos estão equipados com dispositivos muito sofisticados para detecção de metais.

– Ainda assim é difícil.

– Eu sei que é, Levi. Mas diante da possibilidade de a Pedra Filosofal cair em mãos erradas... Vale a pena tentar, não?

– Sim, tem razão. Vale a pena tentar.

– Precisaremos do equipamento certo. Você tem contatos, alguém que consiga para nós um minissubmarino?

– Com certeza. Preciso verificar com nosso pessoal da inteligência. Também vou prevenir o pessoal de Istambul para que vigiem o portão de entrada e tentem agarrar Talon antes que ele escape de novo. Enquanto isso, Ezra, pode providenciar para que o professor Murphy pegue o próximo voo para Istambul?

– Perfeitamente. Vou ver quando parte o próximo voo. Acho que só daqui a cinco horas. O homem que estão perseguindo terá pelo menos oito horas de vantagem. Boa sorte.

SESSENTA

Ao DESEMBARCAR EM Istambul, Murphy olhou por cima da multidão. Levi lhe dissera que um dos agentes da Mossad iria encontrá-lo no aeroporto. Logo notou um homem de porte médio, cabelos escuros, que o observava atentamente. O homem ergueu um cartaz: DR. MICHAEL MURPHY.

– Professor Murphy, meu nome é Yosef Rozen. Bem-vindo a Istambul.

Os dois apertaram-se as mãos. A caminho do carro, um só pensamento ocupava a mente de Murphy.

– Conseguiu pegá-lo?

Rozen sacudiu a cabeça.

– Descobrimos que havia cinco pessoas vindo de Tel Aviv para Istambul. Só uma correspondia à sua descrição. Ele tinha um passaporte suíço com o nome Emile Cornelle. Infelizmente já havia chegado antes de juntarmos todos os detalhes.

Apesar de desapontado, Murphy estava longe de se surpreender com a notícia. Talon era escorregadio.

– Istambul é uma cidade muito grande e complexa. Acha que há alguma esperança de encontrá-lo?

– Não será fácil, a menos que ele se registre num hotel usando o nome de Emile Cornelle.

Não é provável. Talon não cometia erros tolos como esse.

– Conseguiram alguma informação sobre as linhas marítimas?

– Sim.

Rozen abriu a maleta, pegou uma pasta e a entregou a Murphy.

– Aí encontrará o roteiro para o navio de passageiros de Istambul para Constanta, Romênia. É uma linha quase direta. Constam a velocidade da viagem e outros dados de navegação. Se você souber a que horas o homem com quem lutava caiu no mar, poderá calcular o local com uma margem de erro de 800 metros.

Murphy examinou a rota e calculou onde o navio deveria estar naquele momento.

– Parece que não fica longe da costa da Bulgária, entre Burgas e Varna. O mapa de navegação indica que a profundidade da água nesse ponto varia de 65 a 200 metros. Levi conseguiu providenciar um minissubmarino?

– Sim. Você também encontrará essa informação na pasta. Muito petróleo é despachado do porto de Constanta. Israel tem trabalhado com o governo romeno na exploração de poços perto da costa. Temos dois pequenos submarinos Netuno ancorados no porto de Varna. Liberamos o uso de um deles para vocês com combustível e oxigênio suficientes para cerca de sete dias debaixo d'água.

Eles estavam emprestando um submarino por uma semana! Levi, certamente, conhecia as pessoas certas.

– E quanto à detecção de metal?

– O submarino tem um aparelho muito sensível de detecção de metais. E com alcance de 200 metros. Esse detector é capaz de verificar o tipo de metal, desde aço até prata ou ouro.

– Bronze também?

– Claro que sim. Identifica a maioria dos metais comuns. Também indica a profundidade aproximada caso o metal se encontre debaixo da areia. É impressionante.

– Parece que é justamente disso que preciso.

– Mais uma coisa. Também estivemos no porto de Istambul para ver se há algum minissubmarino lá. Há três. Um deles está em doca seca para conserto e os outros dois, no cais número 103. Ainda estamos tentando contatar os proprietários para verificar se há alguém agendado para usá-los. Isso talvez represente mais uma possibilidade para encontrar o homem que procuram.

– Aprecio muito o trabalho de vocês. Esse homem é muito perigoso, e especialista em morte e terror. Ele precisa ser detido.

– Será uma satisfação ajudá-lo no que pudermos, professor Murphy. Também reservamos para você um hotel ao sul do Chifre de Ouro. Fica na parte antiga da cidade, no alto de uma das colinas que descem até o mar. Não é muito longe do Bazar Coberto. Estou certo de que irá achá-lo aceitável.

– Obrigado. Acho que vou me instalar e depois, talvez, explorar os minissubmarinos no cais 103.

SESSENTA E UM

Eram cerca de 6 horas da tarde quando Murphy chegou ao hotel. Ele se registrou e saiu para uma caminhada na direção do Bazar Coberto. Vieram-lhe lembranças do tempo com Ísis na Turquia. Momentos maravilhosos e outros perigosos em busca da Arca de Noé no Ararat.

Murphy soltou um longo suspiro. Sentiu falta dela.

Depois do jantar, tomou um táxi para o cais 103. O sol começava a se pôr quando ele chegou.

– Quer que eu espere, senhor? – perguntou o motorista.

– Não. Tudo bem. Não sei ao certo quanto tempo vou ficar. Pego outro táxi mais tarde.

– Não há muitos táxis nem gente por aqui à noite, senhor.

– Caminharei até um lugar mais movimentado.

– Não sei, senhor. Este não é um bom lugar para um americano andar sozinho. Tem celular internacional?

– Tenho – respondeu Murphy.

– Ótimo. Deixo-lhe meu número pessoal. Quando quiser voltar, ligue e virei pegá-lo. Vou me sentir melhor se o senhor fizer isso. Meu nome é Abd-Al-Rahim.

– Obrigado pela preocupação. Essa é uma boa ideia. – Murphy anotou o número. – É muita gentileza sua.

– Tome cuidado, senhor.

Murphy observou o táxi se afastar. Virou-se e olhou em volta por um momento. Não se via ninguém na zona portuária. O cais 103 tinha cerca de um quarteirão de comprimento e só dois postes de luz estavam acesos, bem afastados um do outro.

Andou pelo cais até encontrar os dois minissubmarinos flutuando perto um do outro. Nos dois lia-se CARSON OCEANOGRAPHIC na lateral cinza-escuro.

De quem seriam?

Murphy reconheceu que eram do modelo Ocean Ranger. Lera sobre isso numa edição da revista *Popular Science*. Chegavam a 300 metros de profundidade e eram movidos por uma combinação de bateria e diesel-elétrico. Só precisavam de um piloto e transportavam até quatro passageiros se necessário. A velocidade de superfície era de cinco nós, e a submersa, três nós. O mais importante era que tinham autonomia para 400 homens/hora. Um único ocupante permaneceria lá dentro por até 16 dias.

Seguiu mais um pouco pelo cais e sentou-se nuns engradados à sombra. Uma onda de pessimismo instalou-se em sua mente. A caçada a Talon parecia muito difícil, e encontrar a mochila seria ainda mais. Estava cansado de lutar contra alguém tão nefasto e que sempre surgia por cima da situação. Também estava fisicamente desgastado depois da aventura no Templo de Dagon, a perseguição a Talon no aeroporto e a ida não planejada a Istambul. Fechou os olhos por um momento.

O ruído de portas de carro batendo o assustou. Abriu os olhos e consultou o relógio. Para sua surpresa, uma hora e meia transcorrera.

Parece que meu cansaço era maior do que eu pensava.

À luz fraca do cais, Murphy distinguiu três homens. Acabavam de sair de um táxi e, assim que este foi embora, começaram a caminhar em sua direção. Silenciosamente, Murphy se escondeu atrás de uma grande caixa e observou.

Quando os três homens passaram sob uma das luzes do cais, Murphy reconheceu Talon. O cabelo voltara ao preto original e ele estava barbeado. Os dois homens corpulentos que o acompanhavam pareciam árabes. Uma mistura de empolgação e raiva percorreu-lhe o corpo.

O que Levi não daria para estar aqui agora.

Viu os homens pararem diante dos minissubmarinos. Estavam falando árabe. De quando em quando, Murphy entendia umas duas palavras.

Cerca de dez minutos depois começaram a voltar pelo cais e pegaram a rua. Murphy os seguiu, mantendo-se escondido. Viraram à direita e seguiram na direção de alguns armazéns. Murphy esperou até que dobrassem uma esquina antes de ir à rua aberta.

Quando chegou ao canto, espiou atentamente pela esquina e viu um longo beco entre dois armazéns. Havia uma luz acesa na entrada do da esquerda. Murphy não viu ninguém, mas ficou inquieto. Desejou que Levi estivesse com ele... Ou pelo menos a automática de Levi.

Decidiu continuar a perseguição. Avançara até mais ou menos metade do beco quando um dos árabes saiu das sombras cerca de 6 metros à frente, bloqueando o caminho.

O homem disse algo em árabe e Murphy ouviu um ruído atrás dele. O outro árabe se escondera atrás de uma lata de lixo a uns 10 metros de distância. Murphy estava cercado pelas paredes laterais dos dois armazéns e, pela frente e por trás, pelos árabes. Talon desaparecera.

Provavelmente, fora embora, para que fizessem o trabalho sujo por ele.

Com rapidez Murphy processou a situação. As palavras de um general da Guerra Civil vieram-lhe à mente.

Quando cercado por todos os lados... ataque!

Murphy moveu-se rapidamente na direção do árabe na frente dele, que não esperava pelo ataque. Ele enfiou a mão no bolso, puxou um canivete e apertou o botão lateral. A lâmina saltou para fora do cabo.

Murphy viu o brilho instantâneo do metal, mas seguiu em frente. Pouco antes de chegar a um ponto em que seria golpeado, rapidamente correu para a esquerda. Ao mesmo tempo, o árabe avançou com a faca. O professor recuou depressa, usando a mão direita para bloquear de cima para baixo o antebraço do árabe. Este soltou um grito de dor e deixou cair a faca, com o antebraço quase paralisado com a força do golpe. Em seguida, Murphy ergueu bem o braço esquerdo e meteu o cotovelo no rosto do árabe, quebrando-lhe o nariz. Por um momento, ele cambaleou e caiu para trás como uma árvore gigante que tivesse sido cortada.

Antes que Murphy pudesse gritar "Madeira!", o segundo árabe lhe bloqueara a passagem. Empunhara na mão direita uma barra de ferro e Murphy viu que ele tinha a intenção de rachar-lhe o crânio. Assim que o árabe ergueu o braço, Murphy abaixou-se e arremessou o ombro contra o estômago do oponente. Sentiu a barra passar de raspão pelas costas enquanto o corpo do árabe e a barra caíam no chão.

O árabe era forte e tentou dar um abraço de urso. Murphy, por sua vez, cerrou mão direita, com o polegar um pouco para fora. Em seguida, enfiou o polegar na parte de cima das costelas do árabe, pouco abaixo da axila esquerda. O árabe ganiu e afrouxou o golpe.

Então, rapidamente, atacou de novo com a ponta do polegar, desta vez atingindo-lhe a têmpora esquerda. Atordoado, o árabe já não atacava, só tentava bater em retirada.

Murphy rolou e se pôs de pé enquanto o árabe tentava se levantar. Em seguida, acertou o cotovelo direito na parte superior das costas do oponente, encerrando a luta. O golpe lhe roubara a consciência.

A luta pareceu durar uma eternidade, mas na verdade terminou em menos de um minuto. Ofegando e tremendo de tanta adrenalina, Murphy voltou pelo beco, pensando que era melhor ir embora antes que outros amigos de Talon aparecessem.

Levou a mão ao bolso para pegar o celular.

– Alô. É Abd-Al-Rahim? Aqui é o americano errante em Istambul. Se possível, eu gostaria que você me levasse de volta ao hotel.

SESSENTA E DOIS

MURPHY PASSOU OS dedos pelos cabelos quando o telefone tocou. Teve uma sensação de urgência que não soube explicar, apenas um sentimento.

– Aqui é Levi Abrams.

– Levi! Aqui é Michael.

– Michael, como vai? Já encontrou Talon?

– Sim e não.

– O que quer dizer?

– Eu o vi a distância ontem à noite, mas não tenho ideia de onde ele esteja agora. Eu o perdi quando dois de seus homens me atacaram num beco.

– Você está bem?

– Estou. Só um pouco cansado. Os dois que me atacaram estão um pouco fora de forma. Em todo caso, eu o vi no cais 103. Ele estava ao lado de dois minissubmarinos da Carson Oceanographic. Sabe alguma coisa a respeito?

– Ouvi falar. É uma companhia respeitável. Participa da prospecção de petróleo no mar Negro. Meu palpite é que Talon roubará ou alugará um dos submarinos. Vai esperar para tentar capturá-lo?

– Não sei, Levi. Eu gostaria de pegá-lo, mas e se ele conseguir um submarino de outra empresa que não a Carson Oceanographic? Eu ficaria aqui sentado à espera, enquanto ele já estaria procurando a mochila.

– Acho que tem razão, Michael. Você deve encontrar as placas de bronze antes dele. Depois, tentaria encontrá-lo. Por que não freta um avião para Varna e pega o submarino reservado para você? Você poderia se aproximar do local no mar Negro a partir do norte. Mesmo que Talon use um dos minissubmarinos da Carson, você pode chegar no local antes dele. Ele iria pelo sul.

– Faça-me mais um favor, Levi. Telefone para as pessoas em Varna e diga que estou a caminho.

O avião bimotor fretado fez uma curva acima da cidade. Murphy estava ao lado do piloto. Os dois tinham fones de ouvido para que se comunicassem em meio ao forte ruído dos motores

– O que é aquele edifício grande? – perguntou Murphy, apontando-o.

– A catedral da Assunção de Nossa Senhora, do século XIX. É um marco importante em Varna – respondeu o piloto.

– A cidade é maior do que eu imaginava.

– Sim. A terceira maior da Bulgária. Mas nem sempre teve o nome de Varna. De 1949 a 1956 era chamada Stalin, por causa do líder russo.

– Quantos anos tem a cidade? – perguntou Murphy.

– É muito antiga. O primeiro povoado data de 580 a.C. Em 1444 d.C., 30 mil cruzados chegaram à cidade e ficaram à espera de uma travessia de navio para Constantinopla. Mas nunca chegaram a ir, porque 120 mil turcos os atacaram. Isso deu início a uma retirada diante dos otomanos, que avançavam.

– Notei que há muitos navios no porto.

– Varna é a capital da navegação na Bulgária. Também é a sede da Marinha búlgara e do Museu Naval. Muitos dos navios que você está vendo são da Marinha búlgara.

– É mesmo uma bela cidade. Obrigado pela informação.

Murphy passou o restante do dia num curso intensivo de operação do minissubmarino e do detector de metais. O líder da equipe de exploração de petróleo o ajudou a praticar o resgate de objetos do assoalho marinho com o uso dos braços mecânicos da nave. Depois os objetos eram depositados num compartimento à prova d'água.

Também conversaram acerca de terrenos submarinos, profundidade do oceano na área de busca e procedimentos de fuga em caso de emergência.

– Fizemos uma exploração geral nessa área – disse o líder. – É preciso estar ciente de que há vários navios afundados numa profundidade de cerca de 200 metros. Vimos quatro traineiras de pesca e um navio de carga. O detector de metais vai localizá-los. Lembre-se de mudar de detecção geral para detecção específica de metais. Faça o ajuste para detecção de bronze.

– Quanto tempo acha que demorará para chegar à área geral de busca?

– Menos de um dia. Talvez sete, oito horas, dependendo de onde começar a busca. O melhor procedimento seria o de um padrão cruzado.

– E se eu encontrar dificuldades?

– Use o rádio e entre em contato com nosso quartel-general. Já o sintonizamos, você só precisa ligá-lo.

– Muito obrigado pela ajuda. Pretendo sair de manhã cedo.

– Designaremos alguns homens para ajudá-lo em qualquer detalhe de última hora. Espero que encontre o que está procurando, professor Murphy. Nós lhe desejamos muita sorte.

SESSENTA E TRÊS

Havia dois homens no cais quando Murphy chegou. Eles o ajudaram a carregar o estoque de alimentos, verificaram o diesel, os tanques de oxigênio e o suprimento de água, além de checarem duplamente as luzes subaquáticas para se certificarem de que todas funcionavam.

Murphy os cumprimentou com apertos de mão e entrou no minissubmarino. Fechou a porta, deixando-a bem-vedada e deslizou para o banco do piloto. Ligou o motor, verificou o painel, fez uma breve oração e ajustou o cinto do assento.

Olhou pela janela mais uma vez para os homens e sinalizou que prosseguissem. Eles lentamente submergiram o submarino. Murphy empurrou a alavanca e avançou pelo porto, começando a lenta viagem rumo ao oceano. Ao chegar ao quebra-mar, aumentou a velocidade.

A cerca de um quilômetro e meio da costa Murphy começou a testar a capacidade do submarino para avançar e recuar. Em seguida praticou as manobras de submergir e emergir. Testou também a própria capacidade de virar a nave com rapidez e estudou as diversas funções das luzes subaquáticas e das garras para recolher objetos do assoalho marinho.

Desacelerou até parar e verificou os mapas mais uma vez. Satisfeito, definiu os dispositivos de direção conectados à bússola. Agora, era só uma questão de tempo ele chegar ao possível local onde estava a mochila. Começou a sentir certa empolgação e, ao mesmo tempo, uma saudável dose de medo. Havia boa chance de trombar com Talon.

O minissubmarino era minúsculo diante da imensidão do oceano, e a cada hora Murphy se sentia ainda mais sozinho. Por companhia, ele tinha apenas o oceano sem fim e os próprios pensamentos.

Depois de cerca de sete horas de monotonia Murphy notou o piscar de uma luz vermelha no painel de controle. A luz piscou novamente após um minuto e meio. Era o detector de metais. O piscar aumentou de frequência até que, uns dez minutos depois, a luz permaneceu acesa. Murphy se inclinou, aumentou o volume do alto-falante e ouviu um bipe. Quando virava o submarino para a esquerda, o bipe ficava mais alto; quando virava para a direita, ficava mais baixo.

Isso não é muito difícil.

Continuou a avançar em direção ao local onde o bipe era extremamente alto. O mostrador indicava "aço" a cerca de 25 metros. Murphy ligou as luzes externas para ver melhor. Desacelerou o motor e suavemente foi deslizando em direção ao local. Logo o objeto pôde ser visto.

Tratava-se de um barril de aço que devia ter rolado de um navio ou talvez sido jogado ao mar. Murphy sorriu.

Ao menos deu para ver que o detector de metais funciona.

Murphy prosseguiu por mais uma hora e depois desacelerou, até parar. Reviu os mapas de navegação e os mostradores do painel. Estava agora na área geral. Estabeleceu no mapa uma grade de meia milha e começou a lenta tarefa de navegar de um lado para o outro pelo chão do oceano, em modo de busca padrão.

Os piratas de antigamente gostariam de algo parecido com este navio, para procurar tesouros submersos...

Após outra meia hora, captou um leve sinal sonoro e virou na direção indicada. Seu coração bateu mais rápido quando o detector de metais registrou muito aço e um pouco de bronze, mas a empolgação arrefeceu assim que ele viu surgir uma traineira de pesca. Parecia que aquela embarcação afundara havia muitos anos, tão enferrujada ela estava. A indicação de que nela havia bronze devia vir dos aros ao redor do mastro em decomposição. À medida que as luzes do submarino varriam a traineira afundada, uma profusão de peixes surgia.

Que mundo diferente!

Transcorridas mais duas horas, Murphy continuava indo e vindo, num percurso quadricular, até que parou para comer algo e beber água.

Eu poderia trabalhar o tempo que quisesse aqui embaixo. Não existe dia, só noite.

O tempo começava a perder o sentido na escuridão. Apenas a esperança de encontrar algo mantinha a motivação de Murphy. Seguiu mais um trajeto quadricular e continuou a busca.

Três horas depois, o detector de metais acusou a presença de algo muito grande nas proximidades, e Murphy seguiu as indicações que levavam ao objeto.

Dentro daquele minissubmarino, sentiu-se minúsculo ao lado do grande navio de carga que de repente surgiu. Diminuiu a velocidade e suavemente deslizou sobre o cargueiro, tão extenso, ao que lhe parecia, quanto um campo de futebol. Dava para ver os contêineres metálicos espalhados no fundo do mar ao redor do navio, cada qual parecendo ultrapassar 10 metros de comprimento.

Devem ter perdido milhões de dólares com o afundamento do navio e da carga.

Murphy se perguntou quantas pessoas haviam morrido no naufrágio. Teria o cargueiro se transformado em tumba? Dava uma sensação muito estranha mover-se em silêncio ao redor daquele gigante adormecido em leito de areia.

Manobrou o submarino ao redor do cargueiro, observando-o de diversos ângulos. Ao passar pelo convés, avistou o braço saliente de um guindaste, semelhante ao de um mendigo em gesto de pedir, como se dissesse "Por favor, me dê algo que eu possa pegar; estou muito entediado aqui".

Ora, Murphy! Perdido em devaneios? Deve estar cansado.

Diminuiu a velocidade, aproximou-se do assoalho marinho e deixou o submarino repousar na areia.

Pela janela arredondada ele via estranhos peixes nadando pelo cargueiro. Ficou assim por alguns minutos até que suas pálpebras pesaram e acabaram fechando. Adormeceu de cansaço.

Voltou a dar conta de si depois que um ruído o assustou e o arrancou do sono. O coração batia apressado.

O que foi?

Um ruído forte, espécie de baque contra a parte externa do pequeno submarino. Acendeu as luzes externas e espiou pela janela. Observou um pouco e de repente viu: três tubarões nadavam preguiçosamente ao redor do submarino. Talvez o ruído do gerador os tivesse atraído. Dois dos tubarões pareciam ter uns 4 metros de comprimento e um terceiro, enorme, mais de 5.

A cauda de um deles deve ter atingido a lateral do submarino.

Murphy ligou o motor e começou a se afastar do navio naufragado rumo à escuridão subaquática. Já devia ter avançado uns 100 metros quando o detector de metais começou a soar novamente. Ajustou o medidor. O dispositivo indicava a presença de bronze.

Será?

O coração de Murphy começou a bater mais depressa. Sentiu uma pequena descarga de adrenalina, mas, mesmo indo de um lado para outro, passando pelo mesmo lugar, não conseguiu ver nada.

Acho que precisarei bombear água.

Desacelerou o submarino, parou no ponto em que o bipe era mais forte e desligou o som para se concentrar. Em seguida, manobrou os braços mecânicos, baixando-os em direção à areia. Em cada braço havia um tubo através do qual a água podia ser bombeada. O fluxo sob pressão movimentaria a areia para expor o objeto que estivesse oculto.

Murphy começou lentamente o processo. Se bombeasse a água muito depressa, não enxergaria. Criaria algo como uma tempestade subaquática de areia.

Cerca de dez minutos depois viu algo mover-se na areia. No início, pensou que poderia ser um peixe, mas notou que o objeto não se movia.

Parou de bombear água e deixou a areia assentar. Algo se mexia, uma espécie de tira. Sua mão tremia enquanto ele manobrava o braço mecânico em direção ao objeto. Abriu a garra na extremidade do braço e fechou-a, prendendo a tira. Lentamente, começou a erguer o braço.

Murphy parou por um momento de respirar quando viu o objeto sair da areia. Era a mochila. Ele permaneceu sentado, olhando, diante das luzes subaquáticas, sem acreditar no que via. Fechou os olhos por um momento e orou.

– Obrigado, Deus.

Murphy estava tão encantado com o que encontrara que não notou a nova indicação no detector de metais nem a sombra cinza-escuro movendo-se em sua direção.

SESSENTA E QUATRO

Murphy soltou o cinto, saiu do assento e aproximou-se da janela de vidro espesso para ver melhor a mochila. Queria verificar se não fora danificada e também ter a certeza de que nenhuma das placas de bronze caíra. Todas as três placas seriam necessárias para a fórmula da Pedra Filosofal.

Ao que lhe parecia, a mochila estava intacta. Não havia rasgos nem costuras desfeitas e todos os zíperes permaneciam fechados. Ele suspirou de alívio. Agora, a única coisa a fazer era usar os braços mecânicos e depositar a mochila num compartimento à prova d'água.

Murphy virou-se e começou a voltar para o banco do piloto. Sua mão estava no braço do assento quando aconteceu...

O objeto cinza-escuro que ele não tinha notado era um dos minissubmarinos Carson Oceanographic.

Talon avistara as luzes do submarino de Murphy e apagara as dele para se aproximar. Vira, a distância, Murphy bombear água na areia e descobrir a mochila.

Obrigado, professor. Você me poupou muito tempo e esforço. Agora lá vai sua recompensa.

* * *

Talon passou o submarino para a velocidade máxima. Pegaria Murphy desprevenido, sem que ele o visse.

O submarino Carson bateu no do professor bem atrás das janelas que circundam a frente. Talon preparara-se para o impacto, mas não Murphy.

A colisão lançou o professor ao ar e contra a lateral do navio. Seu corpo chocou-se justo contra a alavanca de controle do compartimento à prova d'água, que estava erguida, e ele quebrou três costelas do lado esquerdo. Uma perfurou-lhe o pulmão. Murphy gritou devido ao choque e à intensidade da dor. Desesperadamente, tentou respirar, e caiu ao chão.

Também batera a cabeça contra a parede metálica. Sangrava, desorientado e confuso. Não fazia ideia do que acabara de acontecer. As luzes de dentro e de fora, do lado direito do submarino, piscaram um pouco e se apagaram.

Talon, nesse meio tempo, fazia o submarino Carson retroceder.

Murphy finalmente conseguiu tomar um pouco de ar, levantou-se com dificuldade e levou as mãos ao flanco esquerdo, lutando contra a dor aguda sempre que tentava respirar. Colocou o corpo em diversas posições, tentando encontrar algum alívio. Não encontrou nenhum.

Cambaleou para a frente e tentou voltar ao assento. Levantara a perna direita para instalar-se quando Talon lançou novamente o submarino Carson contra o lado direito do navio de Murphy.

O impacto fez a perna esquerda de Murphy estalar quando bateu no chão, e mais uma vez ele gritou de intensa dor. O ferimento na cabeça ainda sangrava, encharcando-lhe a camisa. Caído no chão do submarino, sentiu água no rosto e viu vários pontos de vazamento.

Suas roupas já se molhavam com a água fria do mar. Calculou que havia uns 3 centímetros de água no chão. Murphy sabia que era só questão de tempo para o navio encher.

Talon se afastou um pouco do submarino de Murphy e observou. Apenas duas luzinhas continuavam acesas. Ele podia ver Murphy caído no chão, sangrando, visivelmente ferido.

Creio que isso basta para dar conta de você, por enquanto, professor Murphy. Agora pegarei meu prêmio. Vamos, anime-se! Voltarei para terminar o trabalho. O submarino será seu túmulo.

Talon iniciou a operação de resgate da mochila.

A mente de Murphy girava. Tinha consciência de estar gravemente ferido. Se não recebesse socorro devido ao pulmão perfurado, sabia que se afogaria no próprio sangue. Para piorar, o submarino rapidamente se enchia d'água. Ele precisava, de alguma forma, chegar à superfície rapidamente.

Murphy começou a orar.

Yosef Rozen andava de um lado para o outro. Vigiar aeroportos não era algo que apreciasse fazer. A certa altura, porém, ouviu finalmente o que estava esperando.

– Voo 9312 da British Airways chegando ao portão 47.

Virou-se, foi até o portão e esperou o desembarque dos passageiros. Logo viu a figura imponente de Levi Abrams em meio à multidão. Os dois sorriram e apertaram-se as mãos.

– Há quanto tempo, Yosef.

– Há quanto tempo, Levi.

– Desde quando está em Istambul?

– Cinco anos. Francamente, eu gostaria de ir para casa em Israel.

Levi assentiu com a cabeça

– Notícias do professor Murphy?

– Não. Ele pegou um voo fretado para Varna e embarcou no submarino. Desde então não temos notícias dele. Tentamos contactá-lo por rádio diversas vezes, mas não obtivemos resposta.

– Deve haver algo errado com o equipamento.

– É possível. Mas tudo foi verificado antes de ele partir e estava em boas condições de funcionamento.

– O professor Murphy tinha experiência com minissubmarinos quando estava nas Forças Armadas dos Estados Unidos. Tenho certeza de que está bem.

– Talvez, Levi, mas é sempre um pouco perigoso operar um submarino sozinho. Se algo der errado, não há ninguém para ajudar.

Levi considerou o que ouviu.

– Talvez seja o caso de prevenir a Marinha búlgara de que podemos precisar de ajuda. Pelo menos se preparariam para responder rapidamente se necessário.

– Vou pedir que entrem em contato.

– Tem mais alguma informação que possa ser útil?

– Acho que sim. Roubaram um dos minissubmarinos da Carson Oceanographic. Dois trabalhadores do porto foram encontrados boiando na água com o pescoço quebrado. Sem dúvida, o ladrão do submarino também matou os homens.

– Talon. Só pode ser ele. Mas e Murphy? Talvez ele não saiba que Talon já está lá, em busca do mesmo objeto.

– Não há muito o que fazer, Levi. Só temos uma vaga ideia de onde estão. O mar Negro é muito grande.

– Eu sei, Yosef... Eu sei!

SESSENTA E CINCO

Com muita dor, Murphy rastejou pela água, arrastando a perna dormente. De algum modo, colocou-se no assento do piloto e apertou o cinto. Não havia posição confortável devido à dor nas costelas quebradas. Respirar era muito difícil. Sabia que estava em leve estado de choque, mas precisava esquecer a dor e agir, senão morreria.

Sentiu-se começando a tremer. Eram os primeiros sinais de hipotermia. A temperatura do corpo começava a cair devido à água fria do chão. Olhou para o lado do navio atingido. Parecia que os vazamentos haviam aumentado. Pegou o aparelho de rádio, mas estava mudo; evidentemente, fora danificado na colisão. Murphy só contava consigo mesmo.

Olhou pela janela e viu um submarino com grandes letras brancas... CARSON OCEANOGRAPHIC.

Embora não identificasse quem pilotava a nave, sabia que era Talon. Viu os braços mecânicos do submarino Carson pegando a mochila e a puxando para dentro. Seria apenas uma questão de minutos para que Talon se apoderasse totalmente das placas de bronze.

Murphy estendeu a mão e acionou a chave de partida. O motor a diesel fez um ruído, mas não ligou.

Oh, não!

Tentou novamente. Nada. Tentou uma terceira vez e por fim conseguiu dar partida.

Espero que eu ainda consiga manobrar.

Depois de pegar a mochila, Talon saiu do assento, abriu o zíper da parte de cima e olhou para dentro. As três placas de bronze ali estavam. Também os dois jarros de cristal para acender a chama. Sorriu satisfeito consigo mesmo.

E agora professor Murphy?

Acabara de voltar ao banco do piloto quando notou algum movimento lá fora. Virou-se e viu um objeto cinza encher a ampla janela. Murphy vinha atrás dele.

Não vai adiantar, professor Murphy!

Rapidamente Talon empurrou a alavanca de retrocesso e deu ao submarino Carson toda a velocidade possível. Deu certo. Conseguia mover-se mais depressa do que o submarino danificado de Murphy.

A distância entre os dois submarinos aumentou. Por um momento Talon considerou partir com o produto da pilhagem: a mochila e uma nítida vitória sobre Murphy. Mas isso não bastava. Havia ainda a possibilidade de o valente professor chegar à superfície. Ele queria Murphy definitivamente fora do jogo.

Talon tirou o submarino do retrocesso. Agora já poderia colocar-se em posição melhor para arremeter contra Murphy pela terceira vez.

A atenção mantinha-se no submarino de Murphy quando lançou o Carson para a frente e para a esquerda. O que Talon não percebeu é que recuara para perto do cargueiro naufragado. Ao virar e aumentar a velocidade, bateu no braço do guindaste projetado para fora do cargueiro. A ponta desse braço quebrou a janela do submarino Carson como um dardo ao acertar o alvo. A água começou a entrar aos jorros.

Murphy viu tudo acontecer. E não acreditava no que tinha visto. Começou a diminuir a velocidade. Finalmente Talon tinha o que merecia.

Estava perto o suficiente para ver a expressão de choque e horror no rosto de Talon lutando para se livrar em vão do cinto.

Murphy lembrou que Talon sufocara Laura até a morte. Vinha a calhar que tivesse o mesmo destino. Uma das luzes externas de Murphy ainda funcionava, o que lhe proporcionava luz suficiente para ver o submarino Carson encher-se d'água.

Finalmente se fez justiça para a doce Laura.

Os olhos de Talon se arregalaram de medo quando o nível da água ultrapassou sua cabeça. Em seguida, as luzes do submarino Carson se apagaram. Murphy viu enormes bolhas de ar subirem à superfície. O peso da água dentro do navio o fez escorregar do braço do guindaste e cair na areia ao lado do cargueiro. Uma nuvem de areia ergueu-se do fundo do mar, assinalando o local da sepultura perpétua de Talon.

Murphy aproximou-se um pouco mais e lançou luz para dentro da janela. Mal pôde enxergar Talon ainda preso ao banco do piloto, boca, olhos arregalados e cabelos ondulando como relva na doce brisa. Viu a mochila no chão do submarino. Talvez ainda pudesse resgatá-la.

De repente, ouviu um estouro quando a pressão de fora do submarino fez soltar um rebite, comprimindo ainda mais o casco. A água começou a entrar com mais rapidez.

Murphy sabia que precisava voltar depressa à superfície, senão o submarino seria também seu túmulo. As placas ficariam para depois.

Sentiu um calafrio e começou a tremer um pouco mais. Empurrou a alavanca para a velocidade máxima e começou a subir para a superfície.

Ao redor, o chão era uma piscina de mais de 10 centímetros de profundidade, e o volume d'água aumentava rapidamente. Olhou de relance para o indicador de oxigênio. Estava muito no vermelho. Seu coração se acelerou quando ele se deu conta de que o submarino perdia oxigênio.

Em seguida, Murphy percebeu que o indicador de subida não estava funcionando, de modo que não sabia se estava subindo rapidamente ou não. Tampouco tinha ideia do quanto ainda faltava para chegar à superfície.

Ferido e com o quadro de hipotermia se instalando, começou a sentir tontura. Ou seria pelo pouco oxigênio no navio? Não sabia ao certo. Tentava coordenar os pensamentos, mas tudo parecia se esvair.

Murphy começou a orar. Em seguida, a escuridão.

SESSENTA E SEIS

ALGO DENTRO DE Murphy se mexia. Ele tentou abrir os olhos, mas parecia muito difícil. Lentamente, as pálpebras começaram a tremer e se abriram. Ele imediatamente as fechou. A luz feria. Ele tentou novamente, contraindo as pálpebras, piscando, até que encontrou foco de visão.

Estava desorientado. Onde ele estava? O que estava acontecendo? Tinha morrido? Estava no céu? Logo a mente começou a clarear. Deitado numa cama, havia tubos em seus braços e um de oxigênio no nariz. A luz forte que viu era o sol brilhando na janela do quarto.

Ao olhar ao redor, percebeu que estava em um hospital, mas certamente não um hospital moderno. O quarto era pequeno... Não havia televisão... A cama era velha... A tinta verde nas paredes estava descascando. Pela janela, viu umas montanhas distantes.

Onde estou?

Ao tomar ar, sentiu dor do lado esquerdo. Notou as ataduras em volta do peito e da cabeça. Tentou mover-se um pouco, mas logo percebeu a perna esquerda imobilizada.

Então, começou a lembrar-se de tudo. A mochila, as colisões no submarino, as costelas e a perna quebrada. Lembrou-se de Talon preso ao assento do submarino afundado...

Mas como cheguei aqui?

Levou uma hora para que alguém entrasse no quarto, uma freira idosa. Ela se aproximou rapidamente da cama, olhou para ele e sorriu, visivelmente entusiasmada. Começou a falar numa língua estrangeira que ele não entendia. Murphy sacudiu a cabeça de um lado para o outro.

– Desculpe, mas não estou entendendo.

Ela lhe deu um tapinha no braço e saiu do quarto.

Não demorou a voltar, dessa vez com um médico e uma enfermeira, que também lhe falaram numa língua estrangeira. Ele de novo sacudiu a cabeça, dando a entender que não compreendia. O médico começou a examiná-lo, auscultou-o com o estetoscópio, viu seus olhos. Logo lhe trouxeram uma refeição. Isso se repetiu no dia seguinte.

No meio da tarde do outro dia, Murphy acompanhava pela janela os movimentos circulares de um pássaro no céu quando ouviu uma voz familiar.

– Já era tempo de voltar ao mundo dos vivos.

Virou-se e olhou na direção da voz. O corpo volumoso de Levi Abrams ocupava toda a porta, e ele estampava um largo sorriso.

– Levi!

Ele se aproximou e apertou-lhe a mão. Murphy gemeu um pouco.

– Estamos ficando sensíveis com a idade? Já não aguentamos um pequeno golpe no flanco?

– Parece um de seus golpes de caratê.

Levi riu.

– Levi, o que aconteceu? Onde estou? Como cheguei aqui?

– De algum modo você conseguiu manobrar o minissubmarino até a superfície. Ninguém sabe como fez isso naquele estado.

– Só me lembro de que ia perdendo os sentidos.

– Uma traineira de pesca passava por acaso nas proximidades e viu algo flutuando a distância. Aproximaram-se e encontraram o minissubmarino. Os pescadores abriram a porta e o encontraram inconsciente no banco do piloto. Viram que você estava gravemente ferido. Disseram que estava muito ensanguentado. Passaram você para o barco deles, foram ao porto de Burgas e você veio parar num hospital nos arredores da cidade. Você deve ter sete vidas, como os gatos.

– Isso explica as montanhas que vi pela janela. São as montanhas da Bulgária.

– A Marinha da Bulgária nos comunicou que tinha começado a procurá-lo. Quando os pescadores o encontraram, avisaram a Marinha, e o minissubmarino foi rebocado de volta ao porto.

– Há quanto tempo estou aqui?

– Três semanas.

– Três semanas? Está brincando?

– Não. O ferimento na cabeça provocou-lhe um leve coma. Os médicos cuidaram de sua perna, das costelas quebradas e do pulmão perfurado. Pedi que me avisassem quando você saísse do coma... E aqui estou.

– Que bom que está aqui, Levi! Tem sido um bom amigo.

– Bem, é o mínimo que posso fazer. Qualquer um que tenha me tirado meio morto de um túnel desabado merece férias na Bulgária.

– Férias? Quando acha que posso sair daqui?

– Os médicos dizem que terá de fazer fisioterapia por causa da perna quebrada. Foi coisa séria. Também levará algum tempo para que o pulmão perfurado fique bom. Dizem que precisará ficar aqui pelo menos mais um mês até estar em condições de ir embora.

– Um mês?

– Não é que você tem sorte? Vai poder relaxar e respirar o ar fresco da montanha por um mês inteiro.

– Bem, acho que isso vai me dar algum tempo para ler e pensar.

– Michael, deixe-me ser sincero com você. É provável que passe algum tempo andando de bengala e, depois, vários meses mancando. Mas os médicos acham que você vai se recuperar completamente depois de se submeter a reabilitação física.

– Obrigado pela sinceridade. Pelo menos agora sei o que tenho pela frente.

– Preciso lhe perguntar. Você encontrou a mochila? Não estava no minissubmarino.

Murphy contou a Levi que encontrara a mochila e que Talon o atacara antes de ser espetado como um *shish kebab* e se afogar.

– Não consigo pensar em lugar melhor para Talon – disse Levi.

– Nem eu. A mochila ainda está dentro do submarino Carson, no fundo do mar Negro.

– Bem, pelo menos não está em mãos erradas, por enquanto. Podemos montar uma operação de resgate se você disser onde está.

Murphy apenas sorriu.

– Não vai me contar?

Murphy sacudiu a cabeça.

– Depois de tudo o que passei, quero estar lá quando for resgatada. Agora não estou em condições de fazer essa viagem, ainda tenho dificuldade de respirar.

Levi riu.

– Ora, vamos. Mas que covarde!

Murphy riu, mas sentiu dor.

– Conseguiu alguma informação sobre os Sete?

– Não. São muito arredios. Mas pelo menos agora sabemos alguma coisa sobre eles.

– O quê?

– Não têm mais seu principal assassino.

Murphy sorriu e concordou com um aceno de cabeça.

SESSENTA E SETE

Ganesh Shesha e o señor Mendez pararam para olhar a Fonte de Apolo e o Grande Canal.

– Já tinha visto algo semelhante, señor Mendez?

– Não, não há nada na América do Sul que se compare a isso.

– Tenho de concordar com você. Viajei pela Índia toda, nem mesmo o Taj Mahal é comparável a isso. Achei maravilhosa a ideia que John Bartholomew teve de marcar o encontro aqui no castelo de Versalhes. Já estive muitas vezes em Paris, mas esta é minha primeira visita a este lugar majestoso.

– Veja, Ganesh. Bartholomew acena para que nos juntemos aos outros.

Shesha e Mendez juntaram-se novamente ao grupo e Bartholomew começou a falar:

– Peço a atenção dos senhores. Hoje circularemos pelos arredores do palácio e por vários edifícios. Por certo providenciei a área toda só para nosso desfrute; hoje não haverá, portanto, nenhum turista. De vez em quando pararemos a fim de tratar um pouco de negócios. Creio que esse seja um modo excelente de associar negócios e prazer.

Sir William Merton não estava tão entusiasmado. As vestes pretas de sacerdote o faziam transpirar sob o sol. Além disso, era bastante obeso e, da Fonte de Apolo até o castelo, a caminhada tinha cerca de um quilômetro e meio. A perspectiva para ele era deprimente.

O grupo logo chegou à Fonte de Latona, com rãs e tartarugas jorrando água pela boca.

Bartholomew falou:

– Vejam os animais em torno da estátua de Latona. Isso acontecerá quando De La Rosa unir as diversas religiões do mundo. Formarão um círculo em torno dele, colocando-o na posição de líder religioso mundial. Vão chamá-lo para assumir a liderança. Assim como os raios de uma roda convergem para o centro, ele atrairá todos com sua suprema sabedoria. E quando Talon voltar com mais relíquias cristãs, seus poderes e influência crescerão ainda mais.

– Muito bom! – aplaudiu Viorica Enesco. – Posso fazer um acréscimo a suas palavras, John? Assim como os animais da fonte jorram água pela boca, os líderes religiosos jorrarão das suas as mesmas doutrinas e as mesmas ordens de seu líder.

– Muito bem, Viorica. Entendeu o que é associar negócios e prazer.

Depois de cerca de uma hora de caminhada pelos fabulosos jardins os Sete voltaram ao palácio.

Ao chegarem aos aposentos do rei, pararam de andar, e falou o general Li.

– Vejam o ouro todo neste aposento, nas paredes, o tecido do cortinado. Isso me lembra nosso plano de dominar todas as riquezas do mundo. O señor Mendez colabora conosco controlando o petróleo produzido na América do Sul. Ele tem feito um excelente trabalho convencendo os líderes da Venezuela a suspender o envio de petróleo aos Estados Unidos.

– E não esqueçam nossa influência sobre a Síria e o Irã – falou Jakoba Werner. – Ao transferir as Nações Unidas para a Babilônia, passamos a ter influência na quantidade de petróleo produzido e na decisão de quem deve recebê-lo. Isso aumentará nossa capacidade de manipular as economias em todo o mundo. Além do mais, os ambientalistas nos Estados Unidos estão muito paranoicos com a perfuração no Alasca e em outros lugares — eles dificultam a produção de petróleo no país. E com mais alguns furacões, aí sim terão uma verdadeira crise de combustível.

A parada seguinte foi na Capela Real. O grupo inteiro ficou em silêncio contemplando o teto, até que Sir William Merton falou:

– Se olharem para a parte central da abóbada da capela, verão uma pintura de Antoine Coypel, retratando o Pai Celestial em Sua glória, anunciando ao mundo a promessa de redenção. Olhar para isso quase me faz passar mal. Estamos olhando para nosso inimigo... E o inimigo de nosso líder, prestes a revelar sua presença. Aí está nossa luta. Precisamos fazer tudo o que estiver a nosso alcance para convencer o mundo de que a redenção não virá através de Cristo. A redenção só virá através do poder do "Menino", que agora é homem. Ele virá em toda a sua glória dentro de poucos dias.

Todos assentiram com um aceno de cabeça e continuaram o passeio visitando outras salas.

– Este é o Grande Salão dos Espelhos. Vejam essas estátuas de ouro e os espelhos nas paredes, que refletem as pinturas majestosas do teto e a luz que entra pelas janelas. Isso me lembra o reflexo do grande poder e os milagres que De La Rosa é capaz de realizar – disse Jakoba. – Assim como a luz entra pelas janelas, creio que ele parecerá a luz espiritual aos olhos dos seguidores de mente simples. Para eles, será um anjo de luz. Eles não serão capazes de distinguir a diferença entre o reflexo da verdadeira luz do da falsa luz.

O grupo seguiu em frente e Sir William Merton voltou a falar:

– Este é o Salão das Batalhas. Luís Felipe encomendou a artistas 35 grandes quadros retratando 14 séculos da história da França e grandes vitórias militares. Devo lembrar-lhes que temos algumas batalhas pela frente. Uma delas será destruir Israel. Eles têm sido um espinho na carne de todas as nações do mundo. Outra é diminuir a voz daqueles que se dizem cristãos. Eles alegam ter uma relação com Deus e que Deus só se preocupa com eles. Ridículo! O mundo seria um lugar melhor sem esses julgadores hipócritas de mentalidade estreita. Precisamos renovar os esforços contra eles.

John Bartholomew ergueu a mão.

– Bem, estou um pouco cansado de andar. Além disso, um pouco cansado de falar do futuro. Ele virá em breve. Todos sabemos o que fazer. Que tal voltarmos à cidade para uma boa refeição e um bom vinho. Precisamos de uma pequena pausa antes de redobrar os esforços.

– Muito bem! – aprovou Sir William Merton.

– Acho que todos devemos demonstrar apreço a quem planejou a reunião – disse o general Li.

Todos olharam para John Bartholomew e educadamente aplaudiram.

Em meio ao aplauso, o celular de Bartholomew tocou. Ele atendeu, mas pouco falou com quem tinha ligado. Isso despertou a curiosidade dos outros, que apenas viam o rosto de Bartholomew tornar-se vermelho. Ele não estava nada feliz.

Enfim desligou o celular e olhou para o grupo.

– O que há de errado? – perguntou Sir William Merton.

– É um de nossos agentes em Istambul. Estavam esperando notícias de Talon, mas nada acontecia. Investigaram e descobriram que o professor Michael Murphy está hospitalizado há algumas semanas na Bulgária. Subornaram uma das enfermeiras e souberam que uns pescadores do mar Negro resgataram Murphy. Com mais investigações, chegaram a informações de que Talon morreu. Parece que o segredo da Pedra Filosofal pode estar num submarino no fundo do oceano.

– Precisamos deter esse Michael Murphy! – disse Jakoba Werner com fogo nos olhos.

– Sim, concordo – disse o general Li. – Mas se Talon está morto, quem fará o trabalho de assassiná-lo?

John Bartholomew abriu um sorriso sinistro.

– Não é a primeira vez que preciso pensar numa possível mudança de planos. Hà um ano e meio não estou satisfeito com Talon e sua arrogância. Durante esse tempo, discretamente verifiquei a possibilidade de substituí-lo. Encontrei alguém, e esse indivíduo já está à disposição. Apenas aguardava o sinal verde para entrar em cena. Ele foi treinado para eliminar Talon e seus falcões assassinos. Aliás, está ansioso para começar.

Ganesh Shesha parecia animado.

– Plano alternativo maravilhoso, John! Quem é esse indivíduo e onde ele mora?

Bartholomew sacudiu a cabeça.

– Parece que devo reter essa informação por alguns dias... Até acertar alguns detalhes de última hora. Por favor, confiem em mim. Ficarão muito satisfeitos com ele e seu excelente histórico de perversidades e assassinatos.

– E quanto a nossos planos de conquista, John? – perguntou Viorica Enesco.

– Creio que chegou o momento de pisar no acelerador. De La Rosa precisa começar o programa de controle da economia mundial. Já é hora de implantar o sistema de marcação. Ele também precisa apresentar nosso líder ao público em geral. A hora está quase chegando!

SESSENTA E OITO

MURPHY AGUARDAVA ANSIOSAMENTE o voo de volta aos Estados Unidos. Estivera fora por pouco mais de dois meses durante o verão. Nesse meio-tempo passara a gostar da Bulgária e de seu povo. Haviam sido muito gentis com ele. E muito bons na terapia que lhe aplicaram. Devido a seu temperamento irlandês e sua luta contra a fraqueza, ele não fora o melhor dos pacientes. Aproveitou o tempo para refletir, ler e fazer planos durante a recuperação. Tivera a oportunidade de reavaliar muitas coisas. *Mas*, pensou ele, *por mais humilde que seja, não há melhor lugar que a própria casa.*

Quando desceu do avião em Raleigh, parou e respirou fundo. Era ótimo estar ali. Demorou um pouco mais do que o habitual para sair do aeroporto. A coxeadura e o uso da bengala retardavam-lhe os movimentos. Até precisou de um carregador para a bagagem. Para ele, essa era uma experiência nova, de humildade.

Pegou um táxi para casa, que não ficava muito longe da universidade. O jardineiro fizera um bom trabalho durante sua ausência. Tudo estava verde e viçoso. Murphy abriu a porta e entrou. No chão havia um monte de faturas, cartas, revistas. *Que pena ninguém se ocupou também das contas!* O carteiro enfiara a correspondência de dois meses na caixa de correio.

Vai ser divertido passar por isso. Quantas contas atrasadas!

Levou a bagagem para o quarto com muita dificuldade; até precisou fazer mais viagens do que o normal. Estava ansioso para se livrar da bengala. Desfez as malas e levou as roupas sujas para a lavanderia. Mais tarde se ocuparia da lavagem.

Abriu algumas janelas para deixar o ar fresco entrar e em seguida pegou uma caixa de papelão na garagem. Sempre mancando, voltou para a entrada da casa, colocou toda a correspondência dentro da caixa e levou-a para a sala de estar. Sentou-se na poltrona preferida, pôs a caixa a seu lado e colocou a perna esquerda em cima da otomana. Era bom estar em casa.

Olhou para a caixa cheia de correspondência.

Acho que não. Agora não.

Olhou para o telefone e ficou parado, indeciso. Faria isso agora ou deixaria para depois? Pensara nisso durante todo o tempo de sua recuperação.

Ora, Murphy!

Respirou fundo, pegou o telefone e digitou o número. Tamborilou os dedos enquanto esperava.

– Fundação Pergaminhos da Liberdade. Em que posso ajudar?

– Eu gostaria de falar com a doutora Ísis McDonald, por favor.

– Sinto muito, senhor, mas ela está numa reunião do outro lado da cidade. Gostaria de deixar um recado ou uma mensagem gravada?

– Creio que não será necessário. Mas poderia me informar como está sua agenda nesta semana que entra?

– Pois não. A doutora McDonald estará fora na segunda-feira e na terça. Mas estará acompanhando visitas aqui na fundação na quarta, quinta e sexta.

– Muito obrigado.

Hummm... Sexta-feira.

* * *

Murphy pegou a bagagem e saiu pela porta do terminal, desta vez dispensando a ajuda do carregador.

– Para onde vai, senhor?

– Carlton Hotel.

Murphy olhava pela janela, pensativo, quando o táxi passou pelo Lincoln Memorial.

Grande homem, grande caráter!

– Pronto, chegamos, senhor.

Murphy pagou o motorista e foi para o balcão de recepção registrar-se. Depois de deixar a bagagem no quarto, voltou à recepção.

– Com licença. Há alguma floricultura perto do hotel?

– Há, sim. É só sair pela porta principal e virar à esquerda. Fica mais ou menos na metade do quarteirão. – O atendente sorriu. – Planejando alguma surpresa?

– Sim, uma surpresa e tanto.

Murphy escolheu duas dúzias de rosas vermelhas e chamou um táxi. Sabia que não estava sendo muito criativo levando rosas vermelhas, mas eram as preferidas de Ísis.

– Aonde quer ir, senhor?

– Fundação Pergaminhos da Liberdade, por favor.

Murphy começou a subir a escada da fundação e parou um instante. Respirou fundo duas vezes e continuou a subir. Com a mão esquerda segurava a bengala e com a direita levava as rosas. Sentia o coração na garganta.

Dentro do prédio, parou no balcão de informações.

– Poderia me dizer onde o grupo de visitantes estaria agora?

– Claro. Provavelmente no Salão de Antiguidades Egípcias. No fundo do corredor, à direita, terceira grande porta à esquerda.

Quanto mais se aproximava da porta do salão, mais nervoso ficava.

Ora, Murphy! Você não fica tão ansioso quando está enfrentando ninjas.

Ao virar a esquina, viu um grupo de pessoas diante de um sarcófago de múmia egípcia. Ouviu uma voz de mulher, mas não identificou o sotaque escocês.

Murphy esperou a moça parar de falar e o grupo passar para o objeto seguinte.

– Com licença, senhorita. A doutora McDonald está acompanhando alguma visita hoje?

– Ah, não. A doutora McDonald não está aqui. Houve uma mudança de planos. Ela partiu para a Jordânia na quarta-feira. Parece que alguém descobriu uma caverna com vários manuscritos antigos dentro de uns jarros. Pediram que ela os traduzisse. – A jovem sorriu. – Talvez sejam tão importantes quanto os do mar Morto.

Dito isso, virou para o outro lado e se afastou.

Murphy ficou ali parado um instante, apoiado na bengala. O grupo seguira em frente e só ele ficara ali. Uma grande decepção tomou conta dele.

Será que alguma vez vai dar certo? Talvez não seja nosso destino.

Murphy foi até uma lixeira e jogou as rosas dentro dela. O eco de passos arrastados era só o que se ouvia no caminho de volta pelo corredor.

Este livro foi composto na tipologia Minion Pro,
em corpo 12/16,9, impresso em papel off-white 80g/m²,
no Sistema Cameron da Divisão Gráfica
da Distribuidora Record.